ふるきをたずねてあたらしきをしる

温故知新五十年

吉野 勝美 著

コロナ社

新しい学校教育制度、いわゆる六、三制が発足し、中学校が誕生して五十年目にあたる平成九年前後には全国的に多くの学校で記念行事が行われたが、本書の前半は著者の母校である島根県八束郡玉湯町立玉湯中学校で行われた記念行事の一貫として、平成九年十一月二日開かれた記念講演会での話しをまとめたものである。当初、まとまった本とする意思も、気持ちもなかったが、面白かったから印刷にしておいてくれ、と云う声が何人かの方からあり、講演から半年ほど経ってから、録音テープのほか残った講演用のメモ、ＯＨＰ等をもとにほぼ再現した形でまとめたものである。もともと、そのつもりでとっていなかった事もあって、テープで聞き取れない所、走り書きのメモで読めない所、持っていた資料の散逸等もあって完全ではないがほぼ講演の内容を文書化したつもりである。逆に、メモにありながら、当日は時間の制約で端折って話しを省略した所、短くした所もあるかも知れない。しかし、少なくとも、当時云いたかった事はほぼ間違いなく表現できている筈である。

所が、それから、また印刷に廻すのを忘れてしまい、机の引き出しの中で眠っていたのを、催促されて数年後あらためて取り出してみると、一寸、気になる所が散見されたが、ゆっくり読み返し、修正する暇もなく、そのまま印刷され、仕上がった代物である。

本書の後半は一連の恥ずかしい個人メモの内、以前の本（自然、人間、放言備忘録（信山社、一九九二）、雑学、雑談、独り言（信山社、一九九二）、雑音、雑念、雑言録（信山社、一九九三）、吉人天相（コロナ社、一九九四）、過去未来五十年（コロナ社、一九九五）、番外講義（コロナ社、一九九七））に収録し残したものの中から拾い出したものであり、いつもと同じ戯言である。
何れにしても、前半、後半ともに、話があちこちに飛んだり、二重になったりしてまとまりのない事この上もなく、恥ずかしい限りであるが、話の種、笑いの種にでもして頂く所が少しでもあれば幸いである。

（平成十二年七月七日）

目　次

目　次

一　ふるきをたずねてあたらしきをしる　温故知新　五十年

只今ご紹介を頂きました大阪大学の吉野でございます。ここから、この玉湯中学校から二、三百メートル離れた所に家がある湯町の吉野でございます。

実は、数ヶ月前、いや半年くらい前だったかも知れませんが、この中学校が創立五十周年なので何か一寸話してくれないか、と云う依頼があったんです。大学の先生と云いますと話しが上手と思われるかも知れませんが、実の所、私は余んまり上手じゃございませんでして、話すのはむしろ不得意です。それから、いつも大人を相手に話しをしていますので、中学生の諸君の前でうまく話せるかどうか、一寸自信がございませんでしたが、ある理由で依頼を受ける事にしたわけであります。

ある理由と云うのはですね、丁度、講演依頼の電話の数日前に私の所に大学生が一人来たんです。時々ですね、玉湯村の、あっ、町ですか。玉湯町出身の学生さんが時々いる事があるんですが、その時に来ましたのはですね、玉造出身の永瀬君と云いまして、工学部の四年生でした。彼が私の所に尋ねて来て、来るなり云うんです、

「僕、なまっちょうましかえね」

それで、私、云ったんです。

「お前、なまっちょらんよ。なんで、そぎゃん事聞くてて」

と尋ねますと、云うんですね。
「友達が、〃お前、なまっちょう、なまっちょう、〃て云いましけん、気にな一だしまして、心配にな一だしたでしが」
「そら、ちょんぼしなまっちょうだども、たいしたこたねけん」
て云ってやりますと、帰え一ましたけん。〃そげでしか〃と、少し安心した様な顔で。（笑）
永瀬君と云うのは、私が玉湯小学校で習いました難波先生、この玉湯中学校の校長もやられた難波進先生の甥子さんだそうでして、非常に素直ないい学生さんです。大体、少々なまっちょうくらいが、皆から可愛がられましてね、本人が頑張りさえすれば絶対に良い仕事ができるんです。
こんな事がありまして、その直後でしたので、こちらさんから〃中学校で講演してくれ〃って電話が掛かってきたましたのが。それで、〃あんないい学生がたまにいるから、こら、行かんといけんわ〃と思いまして、そんなわけでここに来た次第です。（笑）
それから暫く忘れて放っちょいたんですが、近ずいて来て再度確認の連絡を受けて、思い出してから気になり出しました。ここ、玉湯中学校へ来て一体何を話したら良いのか、大分悩みました。大人を相手ならいくらでも話しますが、中学生さん相手には余り話し慣れませんし、専門の話しも一寸無理でしょうし。所が、そのうちある事を思い出しました。実は、四、五年前に、この近くの玉湯町公民館で〃過去・未来五十年〃と云う話しをした事がありました。その時にも何をどう話していいか大分迷いまして、同級生の高島君、玉造で高島食堂と云うのをやっていて、美味しいですが、その高島章嘉君に相談して色々助言を貰ったのを思い出しましたんですわ。それでまた。高島君に電話したんです。

「おい、何を話したらええかいの。」

と云いますと、

「この前と同じ様にやれや、それでえわね。」

と云うんですね。この前は確か高島君が

「余んまり難しい話しするなや」

と云ったんですね。それから、高島君がもう一人の同級生に声をかけたんです。、湯町の駅の近くに湯町窯と云うのがあって、そこに福間修司君と云う同級生がいますが、彼に高島君が電話しますと、彼もすぐに高島食堂に来てくれまして云うんですね。

「吉野君、大学らしい立派な難しい事話せや」

(笑)

それで、私何を話して良いか分からなくなりましたが、今回も高島君は〃同じ様にやれよ〃と云うんですから、易しく、しかも難しくと云う事でしょう。

それで、念の為に私の家、実家に電話を入れますと、義姉、私の兄のお嫁さん、美智子と云うんですが、電話に出て云うんです。

「この前の話しの時のあの手品が面白かったわね。あれしたら子供も喜ぶと思うわ、ためになるし」と云うんですね。

やったのは手品じゃなくて、本当の実験みたいなものだったんですけど、手品に見えたんですね。それに、それやっても五分か十分しか持ちません。

（笑）

そうこうするうちに吉崎校長先生からお手紙いただきました。それによりますと、〝生徒達が自信を持って、これから素晴らしい人生を歩めるのに何か参考になる事を云って下さい〟と書かれているんです。そぎゃん難しい事云われても、一寸、私の能力を越えてるんですね。誰れかは簡単な話しをしろと云いますし、難しい話しをしろと云うのもいるし、手品をしろというのも、良い話をしてくれという人もいます。だんだんこんがらがってきまして、まあ何でも話せる様にしておこう、と思って付けたのが先程ご紹介いただいたタイトルでございます。

（笑）

そんなわけで、私も、実の所かなり忙い事もあって準備を充分しておりませんので、まとまった話しになるかどうかわかりません。それに、今ご参加の方を見ますと中学生の皆さんの他、ＰＴＡの方、町内のご年輩の方から若い方まで色んな方々が多数お集まりですので、どなたに焦点を絞って良いのかわからなくなりましたが、まあ、出たとこ勝負で一時間ほど、一時間半ですか、話させて頂きたいと思います。

私達は大学で、もともと百二十分ですから二時間の授業をしてました。それが百十分、百分とだんだん短くなって、今は九十分になってるんですね。中学校は五十分ですか。そうですか、五十分ですね。何故、だんだん短くなったかと云うと、先生が大変だからどんどん短くしたのでなくて、学生さんがそんな長い時間、よう聞いておられん、と云う事で短くなったんです。

大学生でも集中して話しが聞ける時間と云うのは、たかだか九十分程度なんですね。それでも、まだ長すぎるかも知れません。中学校ではもっと短いですから、私が一時間半も話しをやりますと、多分、退屈されると思いますので、その時はもう休んで貰って結構です。何人かの人に聞いて貰えれば、それで充分と思います。

（笑）

私、専門的な話しをする時はいつも、スライドやＯＨＰ（オーバーヘッドプロジェクター）を使って図を示しながらやりますので、今日も、これから後はそれを使いながらやります。

スクリーンと、このＯＨＰの装置との位置関係を少し変えさせて頂いて、それからＯＨＰ用紙を置く台にこのスピーチ用の演台を利用させていただきますので、少し移動させて貰います。私、力だけは自信がありますが、それにしても立派な演台の様で随分重いですね。

（校長先生、教育委員長さんらの助けを借りて配置換えの為三十秒ほど中断）

さあ、これでやり易くなりました。人それぞれに癖があって、その人なりのやり易いパターンと云うのがあるものなんです。

えー、今日は最初に、あんなタイトルが付いていますから、まず前置き的な事をかなり長い時間話して、それから私の専門、どう云う事をやっているかと云う事を中心に少し話して、またその後で締めくくりの話しを少ししたいと思います。

今日のタイトルはこれです。このＯＨＰ（図１）見えますかな、小さくて見えないかな。〝ふるきをたずねてあたらしきをしる　五十年〟というタイトルになっています。漢字では、〝温故知新〟と書いて、〝おんこちしん〟と読みます。漢字を入れて書けば〝故（ふる）きを温（たず）ねて新しきを知る〟、となるでしょう。これは多分、中学一年生の方は習っていないでしょうが、三年生は習っている可能性があると思います。高校入試とか大学の入試にこれはよく出ますのでね、参考になるかも知れません。

これは、実は、論語という中国の古典の中に載ってまして、孔子の言葉で

ふるきをたずねて　あたらしきをしる

温故知新

温故而知新　可以為師矣

（論語　為政）

図１．講演タイトルの出典

す。儒教を始めたあの孔子の言葉なんですね。

もともと、この言葉はどんな意味かと云いますと、辞書を引いてみますと色々出てます。大体同じ事を云っていますが、少しづつ云い方が違いますね。ある辞書では、〃古い事柄も新しい物事もよく知っていて、始めて人の師となるにふさわしい〃と書いてありました。(広辞苑、岩波書店)こうしてみると先生のための言葉見たいなんですね。

と云うのは、普通、温故知新と云いますが、本当はもう少し長くてですね、この倍くらいまでをひとまとめにして云う事もあります。実際、論語　為政には、

温故而知新　可以為師矣

として出てます。

別の辞書にはですね、〃昔の事を調べて、そこから新しい知識や見解を得る事〃(大辞林、三省堂)、〃昔のことを研究して、そこから新しい知識や道理を見つけ出すこと〃(国語大事典、小学館)とかですね、〃過去の事実を研究し、そこから新しい知識や見解を開くこと〃(大辞泉、小学館)とか、色んな事が書いてあります。要するに、昔の事であっても、今に残っている様な事は結構時代が変わっても真実を含んでいるから、それをよくよく学んでいれば新しい事を拓く事ができるんだ、新しい事、時代に対応できるんだ、昔の真実は現在でも生きているんだ、と云う事なんですね。

それですから、こんなタイトルで話しをするとしますと、本当は、ずっと昔の事を考えないといけな

いんでしょう。しかし、丁度、中学校創立五十周年と云う事でございますので、私が子供の頃からあった事、特に中学生前後の頃の事から、そんな事柄の中から、今になってみて私が〝あんな事があったな、なるほどな〟と感ずる様な事を少しづつ述べて見たいと思います。それで今日の話しのタイトルに五十年を入れたんです。

今、皆さんは中学生ですが、そのうちに私くらいの年にはなります。これから、やがて世の中が急激に変化しますので、今どういう風に考えたり、勉強したりしたらいいか、と云う事の少しでも参考に私の話がなればと思っております。

これ(図2)も小さくて見えにくいかも知れませんな。要するに、今日は、〝ふるきをたずねてあたらしきをしる〟、と云う事で話しをするんですが、一つの事だけではなくてですね、関連していくつかの事、要するに、次の様な事が云いたいんです。

新しい事をやっていると、何か古い事は値打ちがない様に思いがちですが、実は古い事の中にですね、新しい事と非常によく合い通ずる事があり、学ぶ所があります。それと同じ様にですね、私はエレクトロニクスに関わっていますので、その関係で云いますと、エレクトロニクスは非常に複雑な事をやっている様ですが、実は原理は非常に単純なんだ、と云う様な事がいっぱいあります。それから、非常に難しい、原理が非常に難しい事を

古	新
単	複
易	難
小	大

図2．主な話のポイント

やっていそうな気がする事が多いんですが、よくよく調べると意外に易しい事、それが元になっている事がいっぱいあります。また、非常にでっかい、スケールの大きい事で、私達が立ち向かえない様なでっかい事だと思っているんだけど、よくよく見てみると意外に小さな事柄の積み上げになっている。そう云う事です、云いたいのは。

もう一度云いますと、ここでは温故知新と云う事で話しをしますが、これは一つの例であって、広い心で、先入観を捨てて見ると色んな事が見えてくる、分かってくる、色んなものから、意外なものからも色々学ぶ事が出来るんです。世の中、自分達が思っている事と意外に違う側面があって、難しそうだ、我々にとってはもの凄く高い障壁がありそうだと思ってでもですね、実は比較的容易に取り組む事が出来る事がいっぱいあるんです。こう云う事を話しの中で悟って頂ければ、と思っています。

私にはあんまり古い事は分かりませんが、五十周年と云う事ですし、私が五十数歳ですから、丁度、私が生まれた頃からの事を思い出して話してみる事に致します。すると、丁度、中学校が創立された頃からの事がよく分かると云う事になります。そこで、私に絡む事を話題にし、この五十年間の事を振り返りながら、色々考えてみたいと思います。

えー、こうしてOHPの装置をいじっているうちに、大きく映る様になりましたので、これなら皆さんの方からも見えますでしょう。さっきのOHPをもう一回見せますと、この通りなんですが、今度は読めますね。

ふるきをたずねてあたらしきをしる、漢字では、温故知新、と書いて〃おんこちしん〃と読みます。これ、変な話しで、話しが少し本題と離れて横道に入りますが、日本と中国では同じ漢字を使っているので、何でも同じ様に読み、同じ様に考え、同じ様に振る舞う様に思いがちですが、実は色んな面で随分違うんですね。

この温故知新も、音読みした〃おんこちしん〃と同じ様に中国の人も発音すると思ったりしますが、これは全くの錯覚でして、うちの大学にいる中国の人に〃おんこちしん〃と云っても通じないですよ。中国の人に読んで貰うと違うんですね、〃ウエン　グー　ツー　チン〃と発音するんです。同じ様に見えている事でも、日本と中国の違いを見てみると面白い事がいっぱいあります。

話しが変な方向に行きかけましたので、元に戻しましょう。

ここで古い事を少し話してみたいと思います。私がどんな時代に生まれていて、現在既に生まれて五十数年経っていますが、五十年くらい前がどんなだったたか、特に新しい学校制度が出来て、この新制の中学校が始まった頃がどんなだったたかを思い出してみたいと思います。

私は明治生まれの両親の下に出来た五人の子供のうちの真ん中なんです。姉もいれば兄もいる、弟も妹もいるんです。実は、今の教育制度、六、三制と云うのは、即ち、小学校が六年、中学校が三年の義務教育と云う制度は、昭和二十二年の四月にスタートしています。それが、どうも、よくよく考えられて出来た制度かと云うと、必ずしもそうでもない様で、戦後のどさくさに、あっと云う間に出来た様なんですね。それから五十年経っているんですが、始まりがそんなんですから、この制度は永久のものじゃなくて、やがてまた変わって行くと思っていいと思います。この前後の事を、もう少し身近な家族の例を引き合いに出して説明しておきたいと思います。次の図（図3）を見て貰いましょう。

私の姉が小学校へ行ったのは昭和十二年だそうですが、実は、小学校と云わずに尋常小学校と云った様なんです。それで、昭和十六年十二月八日に太平洋戦争が始まる。これはアメリカに対して宣戦布告して始めた戦争ですが、その次の年、昭和十七年の四月に私の兄が入学しています。その時は国民学校と云っているんです。姉が尋常小学校で兄が国民学校、私は昭和十六年十二月八日の戦争が始まってから二日目、十二月十日に生まれています。

これ、この間気が付いた事なんですけど、実は、日本がハワイの真珠湾（パールハーバー）を飛行機で攻撃して戦争が始まったのは十二月八日ですから、アメリカ人に〝一九四一年の十二月八日に日米の戦争が始まった〟と云うと、アメリカ人はキョトンとしてるんです。勿論、若い人じゃなくて私くらいの歳の人ですけど。そのうち私に云うんですね、〝十二月七日でしょう〟って。

今度は、私が、〝エッ〟と云う気がするんですね。わずか一日でも随分感じが違いますからね。そこで、〝ハッ〟と気が付いたんです。〝そうか、日本とアメリカは時差があって、アメリカの方が一日遅れているんだ〟と。ここにも一寸した常識の違いがあるんです。

別の見方をすると、アメリカ人にとってもこの日米開戦が重要な意味を持っていると云う事なんです

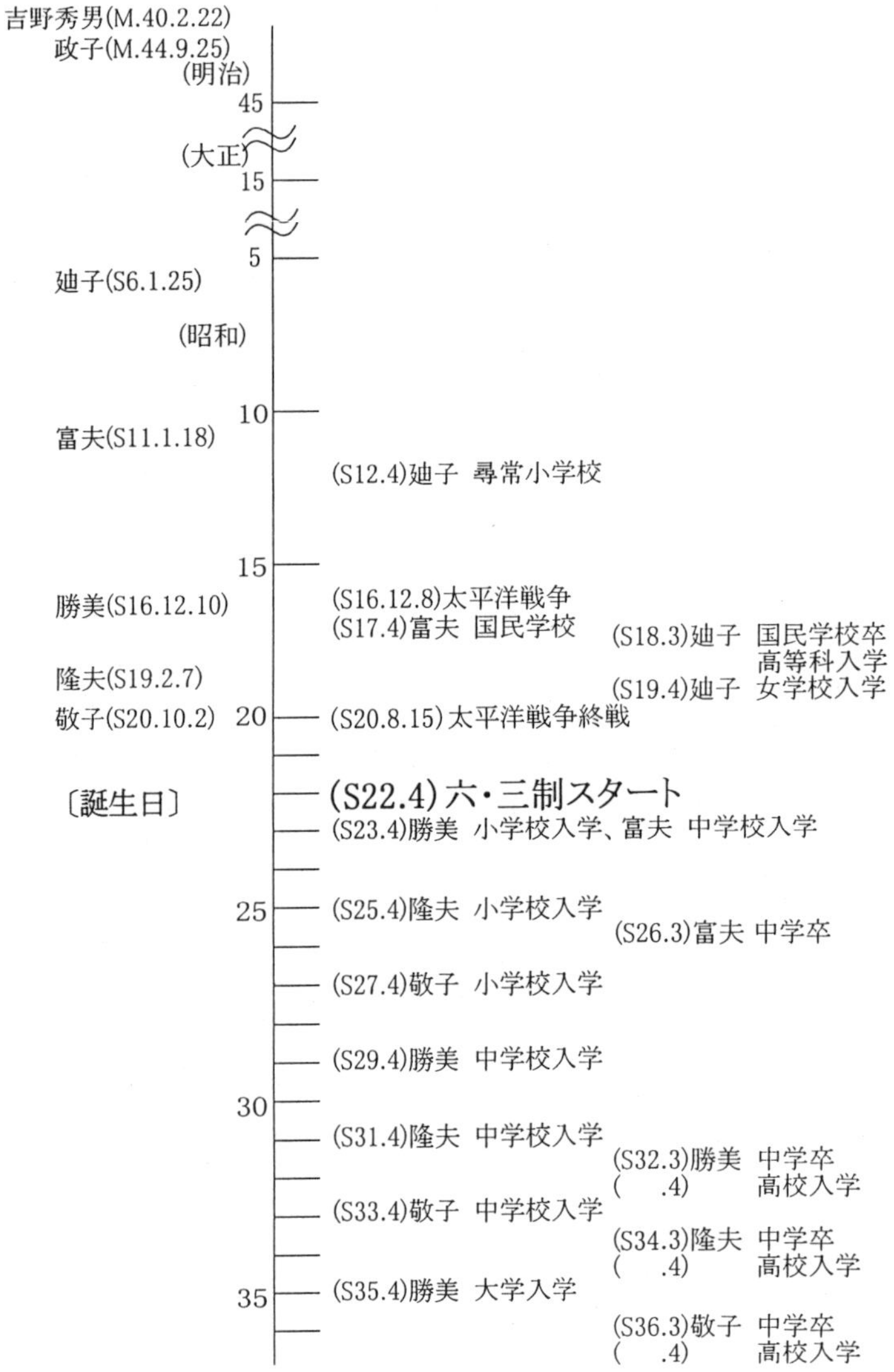
吉野秀男(M.40.2.22)
政子(M.44.9.25)
(明治)
45
(大正)
15
5
廸子(S6.1.25)
(昭和)
10
富夫(S11.1.18)
(S12.4)廸子　尋常小学校
15
勝美(S16.12.10)
(S16.12.8)太平洋戦争
(S17.4)富夫　国民学校
(S18.3)廸子　国民学校卒
高等科入学
隆夫(S19.2.7)
(S19.4)廸子　女学校入学
敬子(S20.10.2)
20
(S20.8.15)太平洋戦争終戦
〔誕生日〕
(S22.4)六・三制スタート
(S23.4)勝美　小学校入学、富夫　中学校入学
25
(S25.4)隆夫　小学校入学
(S26.3)富夫 中学卒
(S27.4)敬子　小学校入学
(S29.4)勝美　中学校入学
30
(S31.4)隆夫　中学校入学
(S32.3)勝美　中学卒
(　.4)　高校入学
(S33.4)敬子　中学校入学
(S34.3)隆夫　中学卒
(　.4)　高校入学
35
(S35.4)勝美　大学入学
(S36.3)敬子　中学卒
(　.4)　高校入学

図３．兄弟姉妹の小学校、中学校入学、卒業の年

ね、開戦日を完全に記憶していると云う事は。もっとも、この私の友人が特別だったかも知れませんけれど。それと、恐らく、かっては米国の学校で、〝日本人は戦争を仕掛けたひどい連中だ〟と云う教育がなされていた、と云う事かも知れません。私自身は、アメリカとの戦争に関しては、日本が本当はやらざるを得ない所に追い込まれたと云う面もあって、それも一因ではないのかと思ってます。日本も外交下手ですが、アメリカはハワイ、グアム等の太平洋の島々をどんどん抑えて、ついに、フィリッピンも支配下にする所迄になっていましたから、見方によったら日本も実質植民地化される恐怖を潜在的に持った人が出てもおかしくなかったかも知れません。と云うのは、世界史的な流れでは、十七、十八世紀、ユーラシア大陸、アジアを見てみると、当時北の方は陸上でロシアがどんどん東に進んでシベリアから南下を始め、また南の方では最初はスペインやポルトガル次いで英国を中心にヨーロッパ諸国によって既にインド、インドシナ半島、インドネシアが次々と植民地となって、更に、中国も植民地化が進みつつありましたから、日本も植民地化される前に、逆に大陸へ出ていったが良いと、とんでもない事を考えて、韓国を併合して、中国に攻め込んでいった側面もあるかも知れませんね。

もう一度家族の事に話しを戻しますと、姉の場合は尋常小学校から国民学校へ名前が変わっていますから、尋常小学校へ入学して、国民学校を卒業した、と云う事になります。それで、姉は国民学校を卒業してから高等科へ一年行って、それから松江市立女学校へ入ってます。これはその後、松江中学等と一緒になって新制の松江高等学校になってますから、本当は姉は私の松江高校の先輩と云う事になります。

昭和二十年八月十五日に戦争が終わって、昭和二十二年にさっき云った様に六、三制がスタートしてます。私は二十三年の四月に新制になった小学校へ入学しています。同じ年に、国民学校へ入学していた兄は小学校を卒業して、中学校に入ってます。二十五年には弟が小学校に入学して、兄は二十六年中学校を卒業して高校に入っている。昭和二十七年には妹が小学校に入学しています。私がこの中学校へ入ったのは二十九年四月でございます。それから弟が中学へ入って、妹も中学へ入って、更にそれから高校、大学と。

この表を見て分かります様に、これでも一部しか書いていませんけど、こんな事がずっと毎年の様に続いています。これを昨日書いてて思ったんですが、その当時の親は大変だったんですね。多分、母親の方が余計に大変でしょうが、子供が五、六人いるとですね。その頃は子供が五、六人はざらでしたから、毎年、今年は入学、今年は卒業と、毎年、入学、卒業、入学、卒業と切れ目が無いんですから、非常に大変だったと思います。こんな時代に私達は生まれて育っていたんです。それから、先程ご紹介していただいた様な形で私自身は今日まで来たわけです。

もう一度私の生まれた頃の事から話しをする事にしますが、さっきも一寸云いました様に、私が生まれる二日前に戦争が始まっています。

その昭和十六年十二月八日の朝日新聞の第一面見ますと、いかにも今にも戦争が始まりそうな雰囲気を伝える記事はいっぱいありまして、軍服を着た人も映っていますけど、戦争が始まったとはどこにも書いてない。ただ、米、英、蘭、中等で動きが急である事が紙面からよく読みとれます。

このＯＨＰにあるのは、その次の日、十二月九日の朝日新聞の第一面です。（図４）

私の生まれる前日ですが、ここに十二月八日に日本が真珠湾を攻撃した、ハワイ、フィリッピンを攻撃したと書いてあります。で、この日の夕刊（図５）には米国に宣戦布告したと出ています。こんな時代に生まれているわけです。

私が生まれた日の出来事は次の日の新聞を見れば分かります。（図６）英国の最新鋭戦艦プリンスオブウェールズを爆沈し、レパルス号も轟沈し、英東洋艦隊を全滅させた、グアムにも上陸した、と出ています。大変などさくさに生まれているんですね。それから四年半ほど戦争が続くんです。

その間、次第に状況が厳しくなってきます。これはそれから二年半ほどたった昭和十九年の春の朝日新聞の紙面です。（図７）この少し前に弟隆夫が生まれています。これを見ると最初の頃と随分調子が違っており、大分状況が厳しくなってきている事が読みとれます。靖国の英霊、戦力源の食料、更にインパール作戦の事も出ていて、日本が不利な状況になりつつある事が、今見てみると良く分かります。

それから一年数ヶ月経った昭和二十年八月十五日に終戦です。この少し後、妹敬子が生まれています。この終戦の日、兄に連れられて宍道湖にセイゴ釣りに行ってました。たくさん釣れて、手篭に入れて喜んで家へ帰ったら、丁度昼で、ラジオを聴いて両親がしょんぼりしていたのをおぼろげながら覚えてお

朝日新聞

ハワイ・比島に赫々の大戰果

米海軍に致命的大鐵槌

戰艦六隻を轟沈大破す

航母一、大巡四をも撃破

畏し陸海将兵に勅語

戰艦ウエスト・ヴァージニア撃沈

比島で敵機百を撃墜

米自慢の「空の要塞」撃滅

ウエーク島を占領

泰に友好進駐〔交渉成立〕

皇軍、シャム灣に上陸

泰政府發表

ホノルルに大火災

陸鷲香港の敵機を撃砕

ルソン島北部飛行場爆撃

香港方面全沿岸を封鎖

マレイ半島上空を制壓するわが陸鷲

絶對有利の大布石

米軍戰死傷千余名

米大統領聲明

國民貯蓄組合預金御取扱

三井銀行

図４．昭和16年12月９日朝日新聞朝刊第一面

夕刊

朝日新聞

帝國・米英に宣戰を布告す

西太平洋に戰鬪開始

布哇米艦隊航空兵力を痛爆

【大本營陸海軍部發表】（十二月八日午前六時）帝國陸海軍は今八日未明西太平洋において米英軍と戰鬪狀態に入れり

【大本營海軍部發表】（八日午後一時）

一、帝國海軍は本八日未明ハワイ方面の米國艦隊並に航空兵力に對し決死的大空襲を敢行せり

宣戰の大詔渙發さる

【情報局發表】（八日十一時四十五分）只今アメリカ、英國に對する宣戰の大詔が發せられ、また同時に臨時議會召集の詔書が公布されました

詔書

御名御璽

昭和十六年十二月八日

各國務大臣副署

二、帝國海軍は本八日未明上海に於て英砲艦「ペトレル」を撃沈せり、米砲艦「ウエイキ」は同時刻我に降伏せり

三、帝國海軍は本八日未明新嘉坡を爆撃し大なる戰果を收めたり

四、帝國海軍は本八日早朝「ダバオ」「ウエーク」「グアム」の敵軍事施設を爆撃せり

社説

帝國の對米英宣戰

我海鷲、ハワイ爆撃

ホノルル沖で海戰展開

被害甚大　米官發表

臨時議會を召集

詔書公布

詔書

御名御璽

昭和十六年十二月八日

各國務大臣副署

米艦隊出動

米輸送船に魚雷

比島、グアム島を空襲

グアム島大火災

シンガポールも攻撃

マレー半島に奇襲上陸

香港攻撃を開始す

樞府本會議開く

侵入英軍を撃攘

皇軍　泰の獨立守護

蘭印、帝國に宣戰布告

帝國政府聲明

図5．昭和16年12月9日朝日新聞夕刊第一面

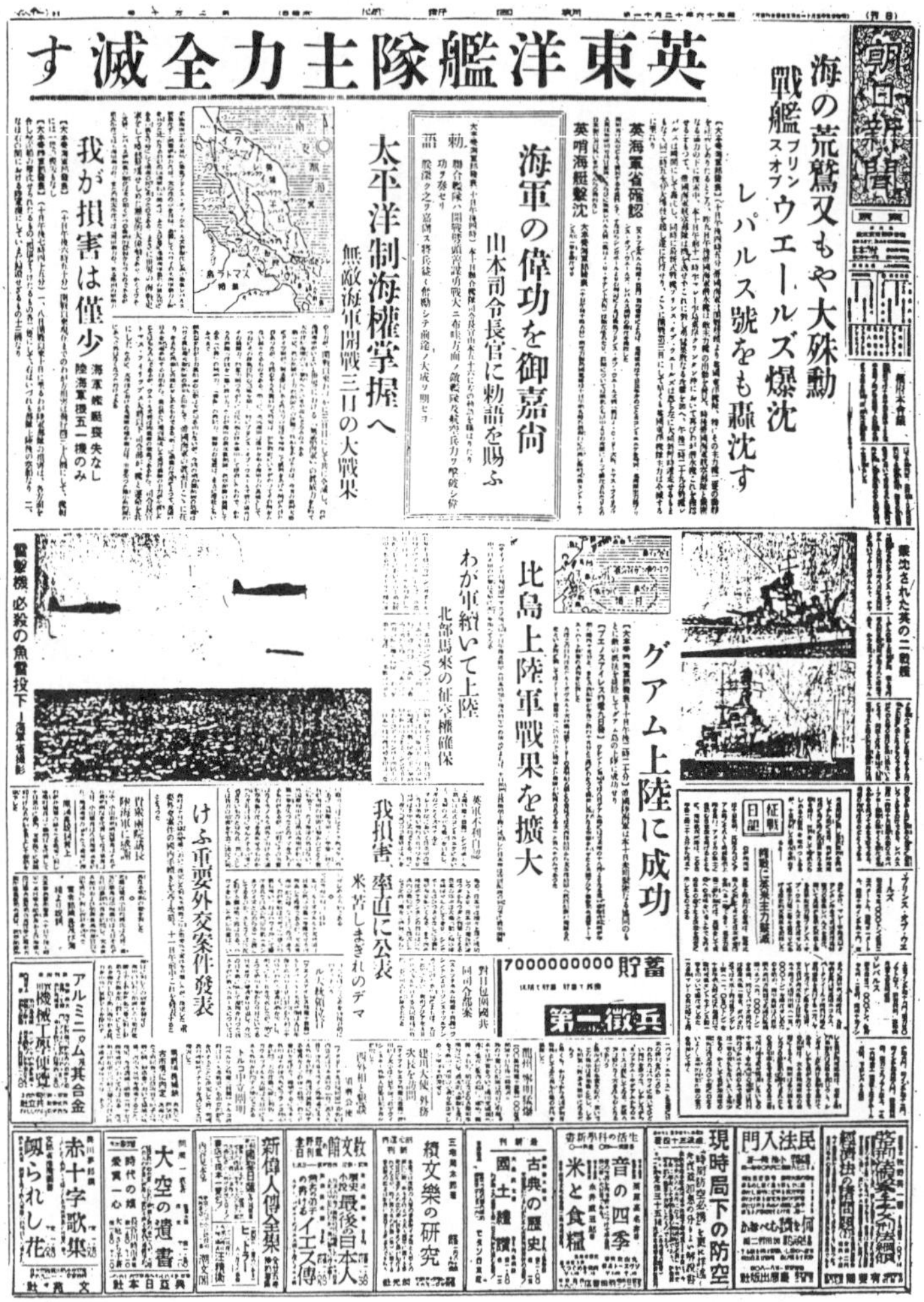
朝日新聞

英東洋艦隊主力全滅す

海の荒鷲又もや大殊勲
戦艦プリンス・オブ・ウエールズ爆沈
レパルス號をも轟沈す

英海軍省確認

英哨海艇撃沈

海軍の偉功を御嘉尚
山本司令長官に勅語を賜ふ

太平洋制海權掌握へ
無敵海軍開戰三日の大戰果

我が損害は僅少

雷撃機必殺の魚雷投下

比島上陸軍戰果を擴大

わが軍續いて上陸
北部馬來の征空權確保

グアム上陸に成功

撃沈された英の二戦艦

我損害、率直に公表
米、苦しまぎれのデマ

けふ重要外交案件發表

貯蓄 7000000000

第一徴兵

アルミニウム其合金

赤十字歌集

大空の遺書

新偉人傳全集

最後の日本人

イエス傳

續文樂の研究

國土讀體

古典の歴史

音の四季

米と食糧

現時局下の防空

民法入門

図６．昭和16年12月11日朝日新聞朝刊第一面

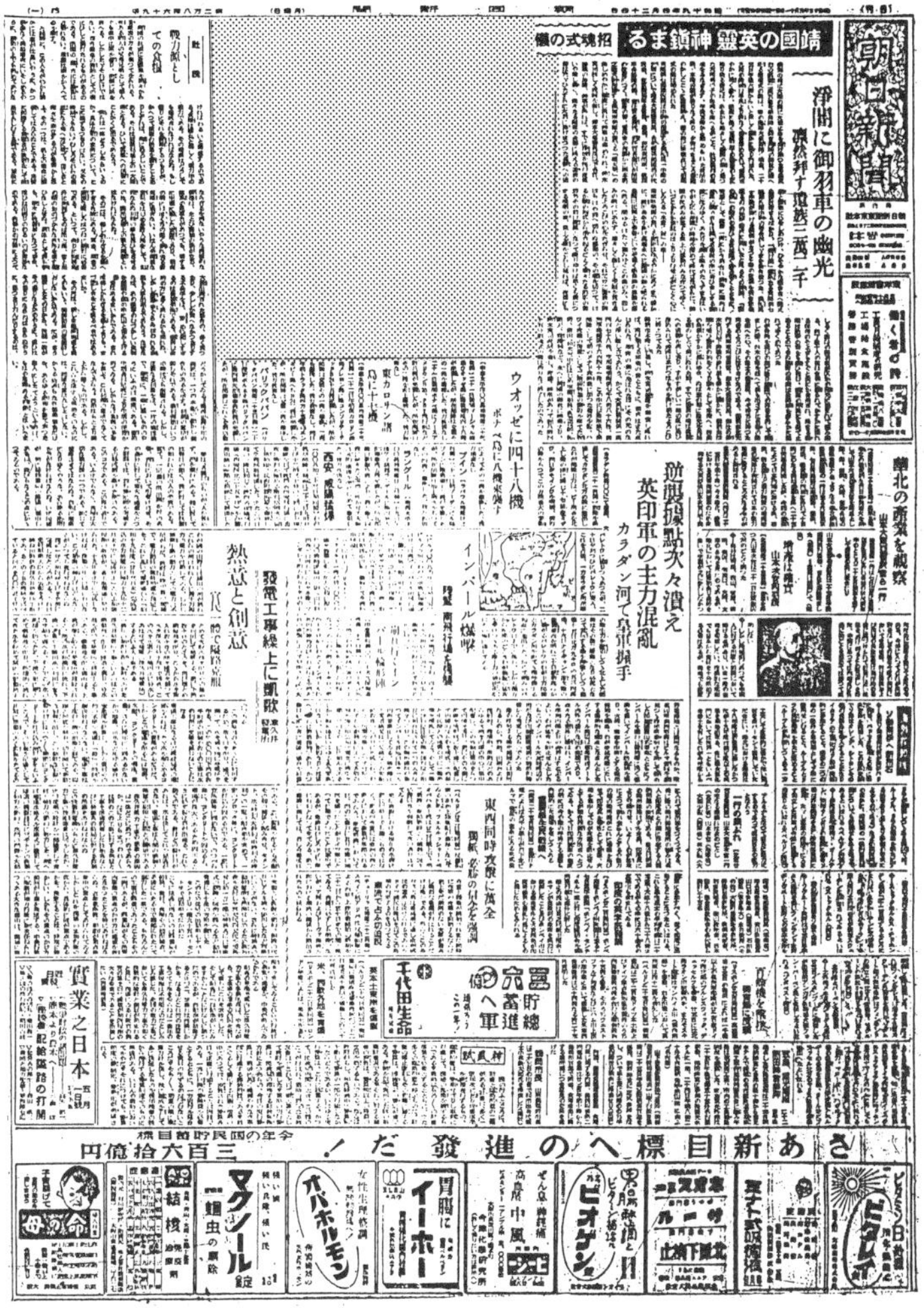
朝日新聞
靖國の英靈 神鎮まる
招魂式の儀
浮間に御羽車の幽光
ウオッゼに四十八機
敵據點次々潰え
英印軍の主力混亂
インパール猛爆
熱意と創意
發電工事線上に凱歌
東西同時攻撃に萬全
實業之日本
今年の國民貯蓄目標 三百六拾億円
さあ新目標への進發だ！

図７．昭和19年４月24日朝日新聞朝刊第一面

ります。これより前で覚えている事は、家から三百メートルくらいの所が激しく爆撃されて、爆弾が落ちる度に、かまどの中から灰が猛烈に吹き出していたのと、亡くなった人がたくさんいて、ケガ人も担架（タンカ）に載せて運ばれていた事、飛行機が家の屋根をかすめて宍道湖岸に墜落した事等限られています。その時、湯町駅の少し東で汽車が機銃掃射をうけて乗客がたくさん死んでいます。

しばらく経って、戦後、昭和二十二年から、六、三制が敷かれて小学校が始まっているわけですが、勿論、同じ時に中学校もスタートとしています。実は、昭和二十二年度の始まりの昭和二十二年四月一日の朝日新聞のコピーをとってきて見てみたんです。第一面のどこにも六、三制が始まったと書いてない。（図8）驚きましたね。例えば、今の時代に新しい学校制度が敷かれて小学校や中学校が日本でスタートしたとすると、当然、新聞に大きく出るはずです。所が、全然出ていない。同じ新聞の第二面、いや何面だったか忘れましたが、そこのコピーもとってきたんです。　ここに、ほんの小さく出てるんですね、端っこの方に。（図9）

〝新制中学校が四月十七日から発足する〟、〝指定校では男女共学である〟と。それまで、男子と女子は別々の学校へ行ってたんですね。これが大新聞の二面の端っこにほんの一寸出ている。

この所を一寸拡大してみますと、〝教室が無い、足りない、勉強する場所が無い〟と云う事が盛んに書いてあります。ですから、この記事の取扱なんかを見る限り、よくよく考えられ、六、三制が出来たのではなくて、アメリカからの指令で、従来の教育制度を廃止して、六、三制の新しい義務教育制度を作

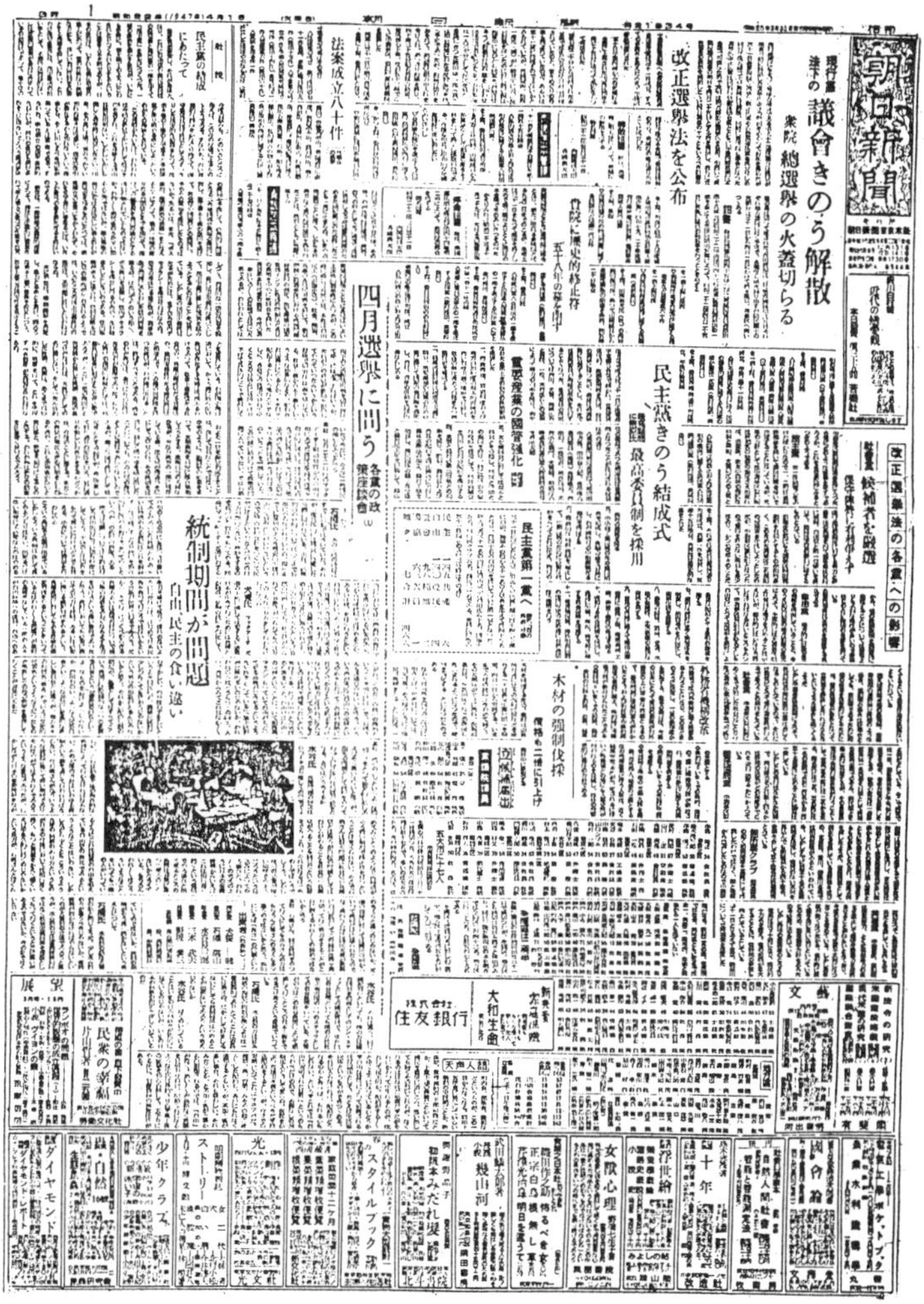

図８．昭和22年４月１日朝日新聞朝刊第一面

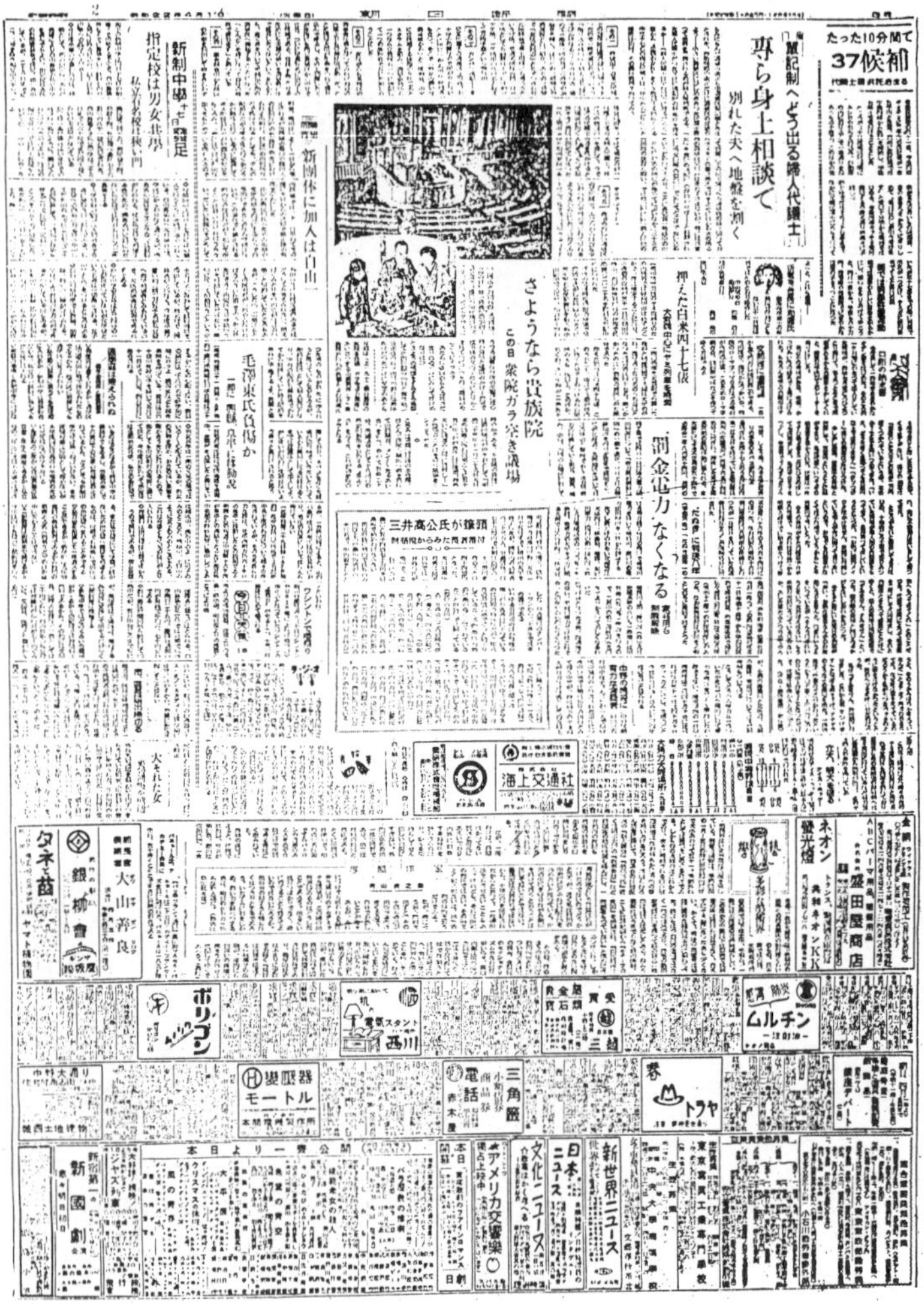
專ら身上相談で
別れた夫へ地盤を割く
たった10分間で37候補
さようなら貴族院
この日 衆院ガラ空き議場
新團体に加入は自由
毛澤東氏負傷か
指定校は男女共學
三井高公氏が筆頭
罰金電力なくなる

図９．昭和22年４月１日朝日新聞朝刊第二面

って、皆、学校へ行かせましょう、と云う形で戦後の教育がスタートした様に見えます。もともと、日本は昔から就学率が高くて、殆どの人が学校へ行っていたんですがね。

この新しい制度は、日本人がよく考え、議論して作ったものではないからなんでしょう。内容も殆どアメリカの考えで決められた筈です。ですから、この新制度に対する日本人の思い入れは余りなかったんじゃないかと思います。それがこの新聞記事の取扱いの程度に表れている様に思います。その六、三制が始まった四月十七日、十八日の新聞を見てみても殆ど載ってないんですね。恐らく、皆んながその日の生活をするのがやっとで、勉強の事等を云ったり、考えたりする余裕が殆どなかった、と云う事なんでしょう。

それから、当時の状況と云うのは新聞紙面からもよく分かります。この四月一日の新聞の第一面は全部政治関連記事なんです。知っている政治家の名前がいっぱい載ってます。皆んなずいぶん若いですね。実は、その前の日、昭和二十二年三月三十一日に最後の帝国議会が解散したんです。

さっき見せました昭和十九年四月二十四日の朝日新聞第一面（図7）の下の方を見ても面白いです。書いてありますね。

〝皆んなで貯蓄をしましょう。三百六十五億円〟

日本全国で三百六十五億円と云うのは、今の感覚からすると余り大きな額ではないですね。今日の玉湯町の年間予算の数倍から高々十倍くらいじゃないんでしょうか、よく知りませんけど。もしかして、これは当時の日本全体の年間予算と同じくらいの桁、或いは数分の一程度の額じゃないでしょうか。今から見ると小さいですね。今の国家予算の数千分の一以下じゃないでしょうか。兎も角、国の為、皆んなの為、一日一億円頑張って貯金しましょうと云う事でしょう。

私、おぼろげながら記憶があるんです。戦時中の事か、戦後の事か分かりませんが、こんな歌を断片的に覚えています。

〝------、ニコニコ　ジャブジャブお洗濯　若いママの独り言　綺麗なお家を建てる迄　セッセと貯金を増やしましょう〟

そうですね、ママと云っているから戦後の歌ですね。私、貯蓄推進の歌とか何とか冗談で云っていましたが、もしかするとどっかの銀行か農協の歌かも知れません。いずれにしても、この歌をちゃんと知っている人があったら是非教えて欲しいと思っています。

それから、下の方を見ると広告がありますが、そこを見ても面白いですね。

私達があなた方くらいか、もう少し小さい頃には、お腹の中に回虫を持っている人がいっぱいいましたから、マクノールと云う虫下しの薬の広告が載っていますし、結核の人も多くて、結核の薬の宣伝もある。それに、私、何んの事か分かりませんが、女性用にオバホルモンと云うのが広告されています。叔母ホルモン、叔母さんに良いホルモンと云う事でしょうか。（笑）

こんなものが出ている時代だったんですね。それが、五十年経った今、ご承知の様に結核で亡くなる人は殆どいない。もっとも、最近、また強烈なのが復活していると云う話しもあって油断は出来ませんが。兎も角、結核は助からない、不治の病みたいなものでしたが、今はそれ程でもない。これからまた分かりませんけど。回虫のいる人も殆どいませんね、オバホルモンは知りませんけど。

（笑）

こんな話しをやりだしますと切りがありませんので、一寸おきまして、私が今何をやっているかと云う事、もう一寸真面目な話しに返りたいと思います。

私が今おりますのは、恐らく日本の中でも一番環境のいい大学でございます。これが私のいる建物の屋上です。（図10）人相が少し悪く見える人が映ってますが、これは私じゃなくて、私の友人のロシア人です。本当はいい人です。これは屋上から周りを見た所です。これでは一寸分かり難いのでもう一寸良いのを出しましょう。これも昨日ＯＨＰにしてきたものです。（図11）私の大学の大阪大学工学部創始百年史とか工学部要覧という本の中に入ってるんですが、これがうちの大学です。正確に言うと、大阪大学吹田キャンパスの空から見た鳥瞰写真です。もう一つ豊中キャンパスと云うのもあるん

図10．大阪大学工学部電気系建物屋上から望む周辺の景色

です。

私がいるのはこの吹田キャンパスの工学部の中で一番高い、てっぺんに白い丸いドームがある建物です。

今、オジポフさんと云うロシア人の写真を撮ったのはこの建物です。ここにいつもいますから、大阪の方へお越しの時は是非お立ち寄り下さい。お茶かコーヒーくらいは出します。

日本の大学にも色んな良いキャンパスがありますが、恐らく、一、二の良い所だと思います。

新大阪からタクシーですと二十分くらいの近い所にこんな良い環境があるんです。

見て貰ったら分かりますが、ここ、この大学のすぐ隣が昔、一九七十年に開かれた万博会場（万国博覧会会場）の跡地でして、岡本太郎の作った太陽の塔があります。そんなものに興味の無い人も多いと

図11．大阪大学吹田キャンパスとその周辺の鳥瞰写真
（大阪大学工学部創始100年史から、撮影：鳥瞰師　浜四郎氏）

思いますが、長いジェットコースターもあります。私は怖くてよう乗りませんが、皆さんは私の所に立ち寄ったついでに乗ってみて下さい。こう云う所に私はいるわけでございます。

ここで私が一体何をやっているのか、自己紹介のために少し話させて頂きます。

大学生や大学院の学生さんに教育をやっているのは当然皆さんも承知されている所でしょうが、その他色んな事をやってます。中でも研究が最も大事なものの一つですので、その研究で何をやっているかを説明いたしましょう。

最近、理系離れが進んでいると云う事ですが、少し理科系の事も理解していただける様に、私のやっている事も少し話したいと思います。

先程聞きましたらですね、幸いな事に、ここの吉崎校長先生は数学が専門だそうですし、教育長の兼本さんも数学が専門という事ですので、私は安心したんですが、世の中、一般に理科系離れが進んでいます。しかし、日本が生きていく為には、理科系が不可欠ですので、あなた方の中の何人かは工学部や理学部等の理科系へ行って頂きたいと思っています。農学、薬学、医学等も理科系ですね。理科系にも色んな分野がありますが、その中でも私はエレクトロニクスと云うのをやっていますので、そのエレクトロニクスの根本の事を少し分かり易く説明しておきたいと思います。

この絵は私の所の学生さんが、昨日の休みに学校に出て来て手伝って、パソコンを使って作ってくれたものです。(図12)

全てのものは小さく小さく分けていくと原子にいきつきます。例えば、これは自動車の絵です。この自動車のボデイの所を拡大すると、この材料は金属で、鉄やその親戚みたいなものですが、これは原子が集まって出来ています。原子が集まって金属が出来ているんです。

所が、その一つ一つの原子を更に拡大して見ますと、三年生くらいになったらあなた方も習うと思いますが、真ん中にプラスの電荷を持った原子核と云うのがあって、周りをマイナスの電荷を持った電子が取り巻いて廻っています。これが原子なんです。これが集まってある物質が出来て、それを加工して自動車なんかを作っているわけです。ですから、細かく分けると最後はこれ、原子、電子の問題になると云うわけです。じゃあ、自動車はそうだろうが、他のものはどうかと云う事になります。

これは木です。さっきと同じ様に昨日学生さんに協力して貰って作った図です。(図13) 木は葉っぱや幹や色んなものから出来ていますが、よくよく拡大して調べてみると、矢っ張り原子が集まって出来ています。原子が色んな形で集まって出来ています。勿論、自動車の場合と木の場

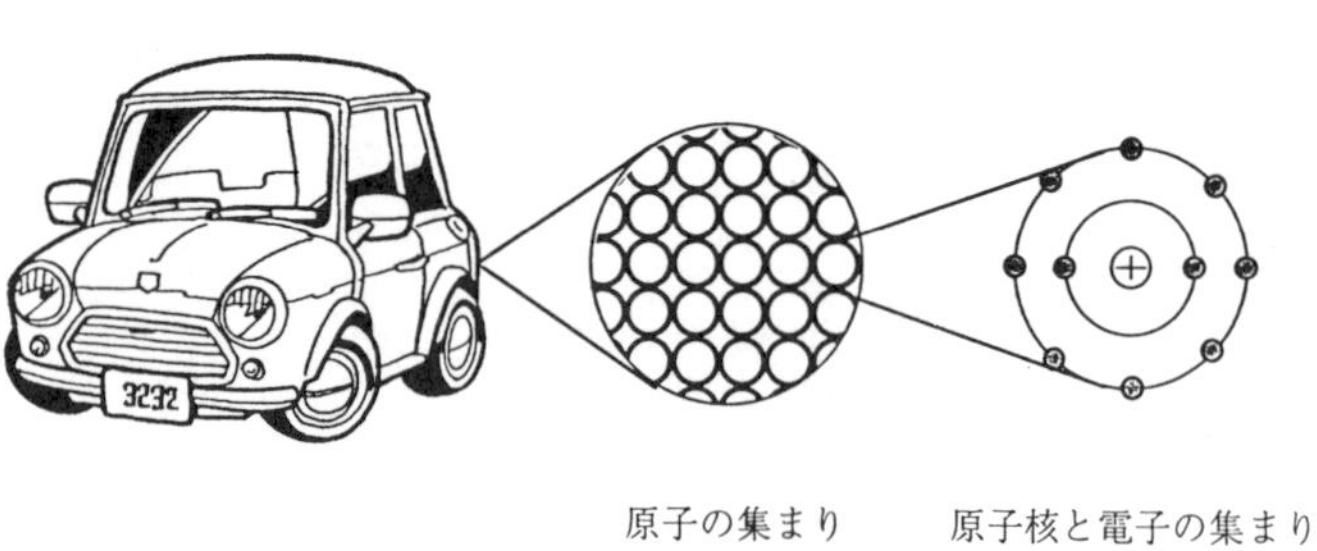

図12．全てのものが原子から出来ていることを説明する図（自動車）

合では原子の種類も違いますが、ともかく原子が集まっている事には間違いありません。原子がいくつか集まって分子と云うものが出来て、その分子がまたたくさん集まって一つの物体、今の例では木の葉っぱが出来ているんですね。

今話しました様に、物質を構成している単位であります原子を更に分けてみますと、中心の原子核と周りの電子から出来ています。プラスの原子核と周りのマイナスの電子です。原子核は重く、電子ははるかに軽いんです。

エレクトロニクスと云うのは何をやっているかと云うと、この電子を動かしているんです。この電子をうまく動かすのがエレクトロニクスの根本であるわけです。

先程も云いました様に、自動車のボディ板の様な無機材料も木の葉っぱの様な植物も、更には人間を含めて動物の体自体も、全て、このプラスの原子核とマイナスの電子から出来ているのです。この電子を自由に動かす事が出来るかどうかで、電気が流せる金属か金属でないかが、即ち、電流の流れない絶縁体か、

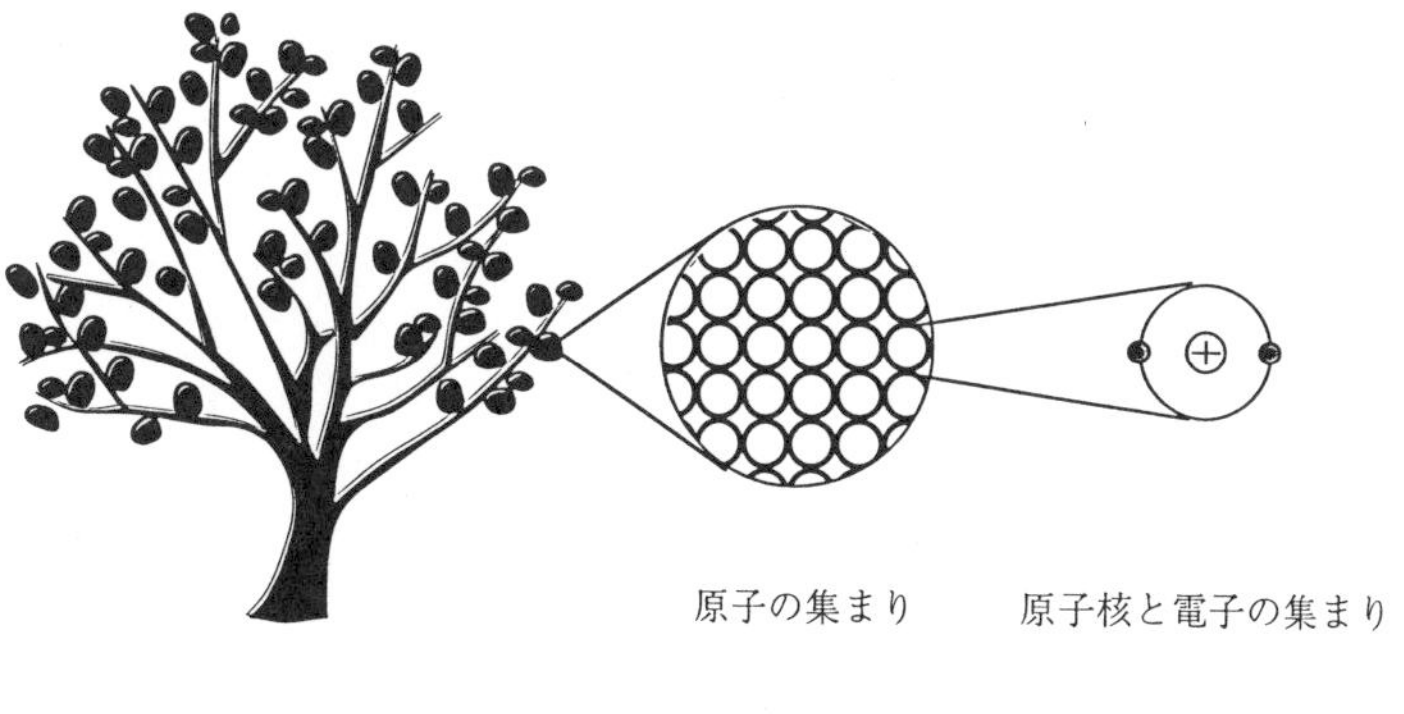

図13．全てのものが原子から出来ていることを説明する図（樹木）

或いは少し流せる半導体かが決まっていると考えて良いわけです。

金属の場合は電子がよく動くんですね、だから電流がよく流れる。材木等の様なものでは中の電子がなかなか動けない、その為に電流が流れないと云う事なんです。この事は川に喩える事が出来ます。

川は水が無いと流れが無い。これは当たり前ですね。所が、水があっても、この水が凍っていると川の流れは無いですね。しかし、温度が上がると氷が融けて水になる。そうすると流れる。氷を融かすのに熱を与えるか、光をあてるかをすればいいと云う事になります。これが川の流れなんですね。(図14)

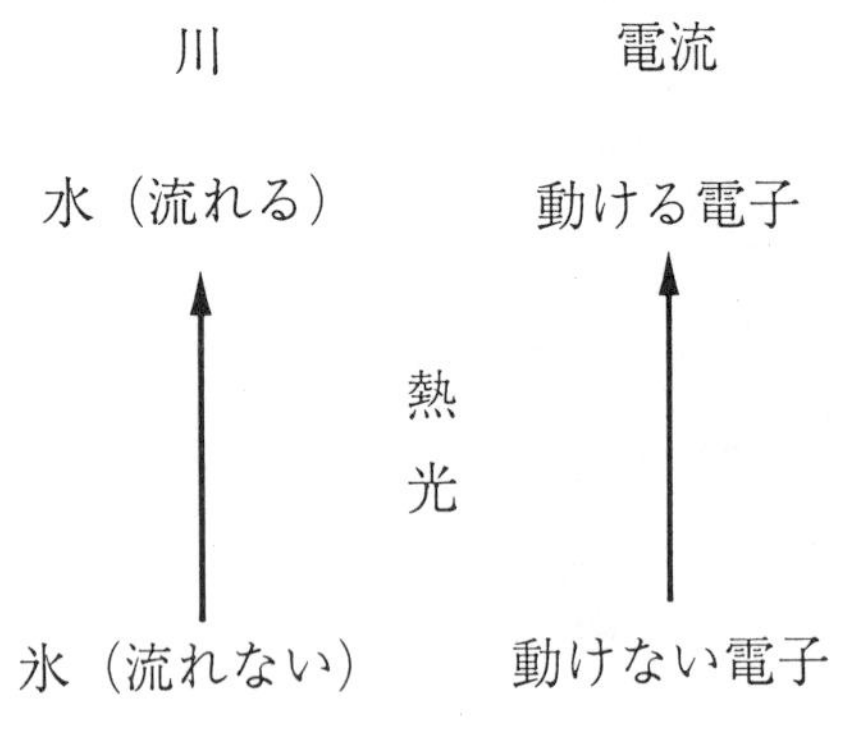

図14. 電流と川の流れの対比

電気で云いますと、あらゆる物質は原子核があって電子がある。プラスとマイナスは引き合いますから、このマイナスの電子がプラスの原子核に引っ張られて捕まっていて、ずっと動けない状態であると、これでは電気が流れません。これに光なり、熱なりで一寸エネルギーを与えると電子が動ける様になる。動ける様になれば電流が流れる様になるわけです。

エレクトロニクスと云うのは、この動けなかったり、動ける電子を上手にコントロールする事なんですね。光で動ける様にするのが太陽電池だと考えると良いんです。ですから、原理は氷にエネルギーを与えて水になるのと同じ様なものなんです。そう考えると、エレクトロニクスの原理は意外に簡単な事である、と云う事が分かると思います。

昔は、電子を取り出して空気の無い真空の中を走らせて、その走り方をコントロールすると云うやり方で色んな事をやってたんですね。

これが、昔、私達が使っていた真空管です。(図15) このガラス管の中は空気を抜いてしまってありまして真空なんですが、この中で電子を走らす。原子核に捕まってる電子を熱の形でエネルギーを与えて取り出して、この真空の中を走らしていたんです。これ大きいですからね。真空管は指の大きさから拳骨（げんこつ）くらいの大きさなんで、非常に大きいです。従って、この真空管で作ると装置が凄く大きくなります。

ですから、このラジオ、昔のラジオですが、随分大きいですね。(図16) お酒のビンと比べて見ても随分大きい事が分かります。このラジオの中には真空管が五本から七本くらい入っていると思います。当時としては上等のラジオの部類だったんでしょう。

ついでに云いますと、この手前にあるのが蓄音機で、

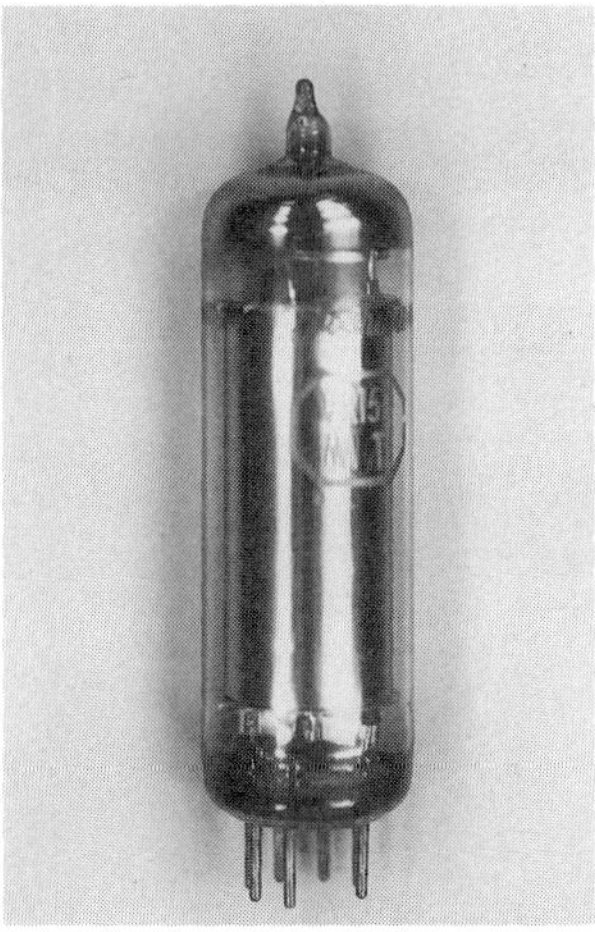

図15．真空管（ミニチュア型）

これはもっと古くて、手廻し式です。（図17）これも随分大きいですね。それが、やがて電気で動く様に変わって、真空管も使われて、電蓄、電気蓄音機などと呼ばれました。これが、更に、レコードプレーヤーと呼ばれる様になって、もっとスマートになって随分使われていたんです。所が、それが今ではすっかり消えてしまいました。テープになってそれからCDですか。まだまだこれから進歩して替わっていきます。まだ、古いレコード盤がたくさん残ってる家もあるでしょうが、皆さんの中にはそれをどんな風に使うのか知らない人も少しはいるかも知れませんね。

図16．ラジオ（真空管式）

図17．蓄音器（手廻し式）

こんな古いラジオや蓄音機がどこにあったと思いますか、どこで写真を撮ったと思いますか。この写真をよく見て貰うと分かりますね、ここに、〝今日のおかずは〟と書いてあります。これは、実は、大阪に〝島根〟という名の、どう呼んで良いか分かりませんが、食事も出来てお酒も飲めるお店がありまして、そこで撮ったんです。

実は、このお店は出雲出身の福代さんと云う人がやっておられるんですが、何とびっくりした事には、私が玉湯小学校一年生の途中まで習った遠藤和枝先生に、この福代さんも出雲の小学校で何年か習われたという事が、話しをしていて分かったんです。一年の途中に、玉造から出雲の方にお嫁さんに行かれて、小汀先生と名前が変わって学校も出雲の方に移られたんです。とても優しい先生だったんで、短い期間でしたけど、移られた時とても寂しかった事を今でも覚えていますが、この福代さんにとっても一番思いやりのある優しい先生だったそうです。〝随分お世話になって今も感謝しています〟と話されていましたから、矢っ張り私の記憶は正しかったんですね。しかし、その後、私は遠藤先生とは一度もお会いした事はありません。

所が、この〝島根〟で話しが出て、話が弾み、嬉しくなって福代さんが

「連絡しましょうか」

と云い出されたんですね。

「住所知ってますか」

と云いますと、

「知りません。まあ、まかしてください」

と云われるんですよ。夜中だったけれど、彼の友人の出雲の消防署長さんに電話を掛けて、その方に小

汀先生の電話番号を探して貰って、突然電話を掛けました。

四十数年ぶりに話しが出来ましたが、矢っ張り記憶の通りの優しい話しぶりでした。私も福代さんも覚えて頂いていて喜びましたよ。実は、その後、時々手紙を出したり、頂いたりしています。

兎も角、これが、そこのお店にあった大昔の、それこそ五十年近く前のラジオと蓄音器で、その写真を撮らせて貰ったものなんです。これ等が実際に音が出て使われてますが、先程話しました様に、このラジオの中に真空管が入ってるんです。

要するに、当時はラジオはもの凄く大きかったんですが、今のラジオは手の中に握りしめる事が出来るくらいに小さいですね。何故そんなになったかと云うと、真空管にあたる様なもの、そんな働きをするものが非常に小さいからなんです。聞かれた事があると思いますが、トランジスタと呼ばれるものが入っていて、それを真空管の代わりに使うのですが、これがもの凄く小さいからです。

このトランジスタは、まず岩石からシリコン（Si）というものを取り出して、その結晶を作って、これを小さく小さく切り刻んで作るんです。所が、現在はこの微細加工技術が大幅に進歩しまして、もの凄く小さなトランジスタの様なものが、ぎっしり詰まって、それだけで高度の働きをするものが作られる様になったんです。ＩＣとかＬＳＩと呼ばれるものです。

これはそんなシリコンのＩＣ、集積回路と呼ばれるものの電子顕微鏡写真の例です。（図18）但し、最近のものじゃないですがね。一ミリの千分の一位の大きさに、微細な加工を施してありまして、一センチ角の中にたくさんの素子をぎゅうぎゅうに詰め込んで作られており、真空管一個と同じ様な働きをする素子が百万個以上も入ってるんです。ですから、たった数個のトランジスタで動くラジオなんかが小さくなって当たり前なんですね。

ただし、このシリコンの素子の中では、真空管の様に電子の動きを真空の中でコントロールしてるのではないんです。電子が動けるか動けないかをコントロールすればいいだけですから、この石を材料にして作られたシリコンの様な固体の固まりの中でやってるんです。その為、一センチ角くらいの素子が真空管百万本くらいの働きをしているわけです。ですから、すべての機器がもの凄く小さくなったんです。

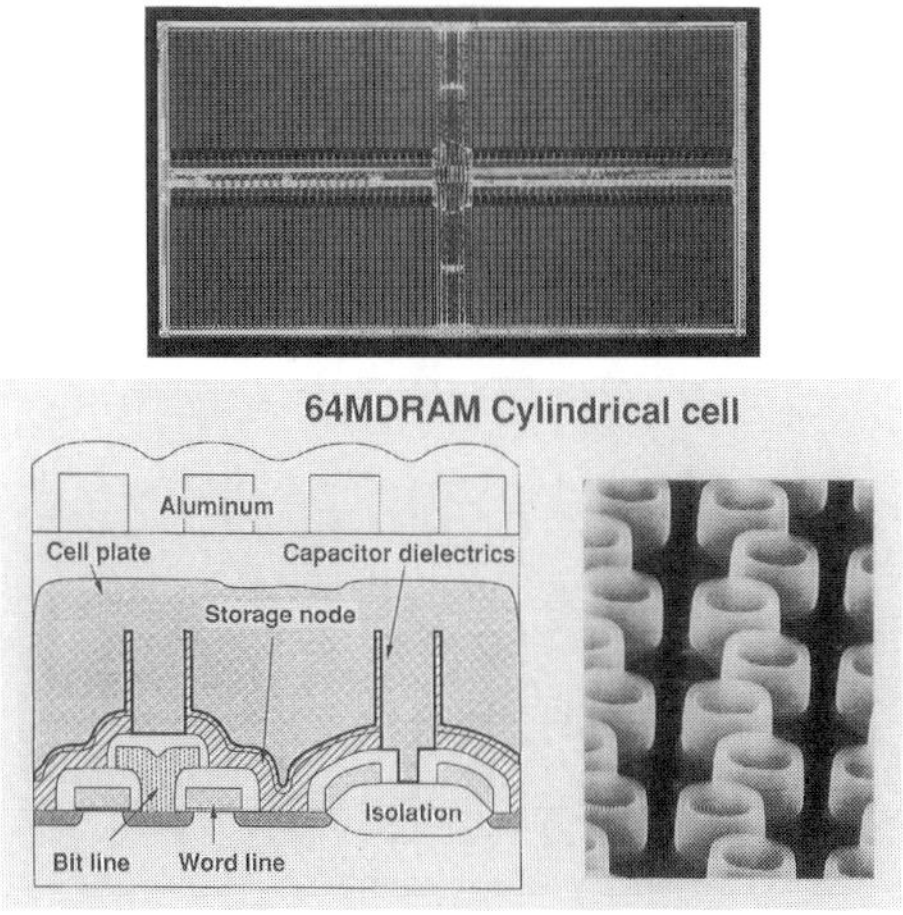

図18.　半導体LSIの電子顕微鏡写真（三菱電機㈱提供）
上：LSIの全体写真、下：LSI内部拡大写真と説明図

コンピュータ、計算機も最初に発明されて出来た頃はでっかくて、この構堂の何分の一かくらいの、一つの教室より大きいくらいの大きさだったんです。今日では、それと同じ働きをするものが、手のひらの上に乗るくらいの小さなものになってるんですね。それは、電子を動かしているのは同じなんです

1　温故知新　五十年

が、だんだん小いさなものでやる事が可能になったから、と云う事です。真空の中でやるんでなく、シリコンの様な固体の中でやるから小型化が可能になったという事です。この事を理解するには、物の中で電子がどうして動けるのか、動くのかという事を知る必要があります。

ここで、何故、電子が動けるか或いは動けないか、と云う事を、別の少し分かり易い云い方で説明致します。これは中学校の三年生くらいの時に習うんじゃないかと思いますが、高校で習うのかも知れません。何れにしても、一寸早いかも知れませんが、そのうちに役に立つと思いますので、一応聞いて下さい。

ここにCとかHと書いてあります。（図19）先程云った様に原子にも色んな種類がありまして、夫々にアルファベットの記号が付いています。Cと書いてありますのは炭素と云いまして、字の通り炭の素なんですね。炭は大体、炭素で出来ています。Hと書いてあるのは水素。水素ガスはこの水素そのものでして、このHが二つ繋がったものでH₂と書きます。また水素は水（H₂O）を分解すると得られますので、水のもと（素）なんですね。それで水素です。

この図(a)ではCとC、CとHが棒線—で、一本線で結ばれています。この結でいる所に、結ぶ為に電子が使われてまして、その為にこの電子は動けないんですね。

```
 H H H H H              H   H
 | | | | |              |   |
-C-C-C-C-C-          -C=C-C=C-C=
 | | | | |              |   |
 H H H H H              H   H
```

(a)　ポリエチレン　　　　　　　　(b)　ポリアセチレン

図19．炭素Cと水素Hからなる分子の構造の例

36

炭素Cの中にある電子が炭素同士を結び合わせる為に、即ち、結合の為に使われていて、その電子が動けないんです。手を結ぶのにしっかり使われていて、手を切って動く事が出来ません。従って、電気が流れないんですね。

この炭素Cが炭素Cと一本線で結ばれている場合、この結合を単結合と云うんですが、この単結合に使われている電子を取り出すのに大きなエネルギーが必要なんです。所が、同じものでも一寸事情が異なっている場合があります。

これは中学校では習わないかも知れませんが、ここに示す図(b)に書いてある様に、同じ炭素から出来ているものでも、ものによっては結ばれ方が同じではありません。炭素と炭素が二本線で結ばれたり一本線で結ばれる場合があります。この二本線で結ばれてる様な結合の仕方を二重結合と云うんです。これも電子が結んでいるんですが、この二本の結合の内、一本一本夫々の結合にどの様に電子が関与しているかが異なります。一方の結合に使われてる電子はなかなか取り出せないんですが、もう一方の結合に使われてる電子は比較的小さなエネルギーでパッと取り出せますので、簡単に流す事ができるんですね。従って、二本線、一本線と繰り返し炭素が繋がっている構造の場合、電子を取り出し易く、電流がよく流れる事になります。

先程、植物の話しをしたんですが、植物はまさにこの様な炭素Cと水素Hから主に出来ていて、その他に窒素Nや酸素O等も含まれています。所が、この植物等の生物は我々がやろうと思ってもとても出来ないくらいの、凄い働きをしています。そうすると、炭素や水素から出来ていて、しかも、金属とかSi等の半導体素子の様な或いはそれ以上の働きが出来て、エレクトロニクスに活用出来るものがあってもおかしくないわけです。そこて、炭素等を主成分とする未来のエレクトロニクスに使えるもの、そういうものの研究を私はやっています。

従ってですね、私達はこんな炭素が一本線の単結合、二本線の二重結合で繰り返し長く繋がったものの物理的な性質の研究、それから、こんなものを使った新しいデバイスの基礎研究をやっています。

こんな風に云いますと、〝それじゃ、そんな炭素から出来ているものは二十一世紀、大分先になってから役に立つ話しか知らないけど、今の私達には無縁でしょう〟と云う人が出るかも知れません。所が、当たり前の事ですが、私たちが生きている事、その事自体が炭素や水素のお陰なんです。その事をまず一寸説明します。このＯＨＰの図も、昨日、学生さんがパソコンを使って作ってくれたものですが、これを使ってやりましょう。(図20)

私達は生きていく為に野菜を食べます、牛を食べますね。これで体を作り、エネルギーを得て私達は動き回る事が出来るんです。所が、例えば、この野菜は太陽の光からエネ

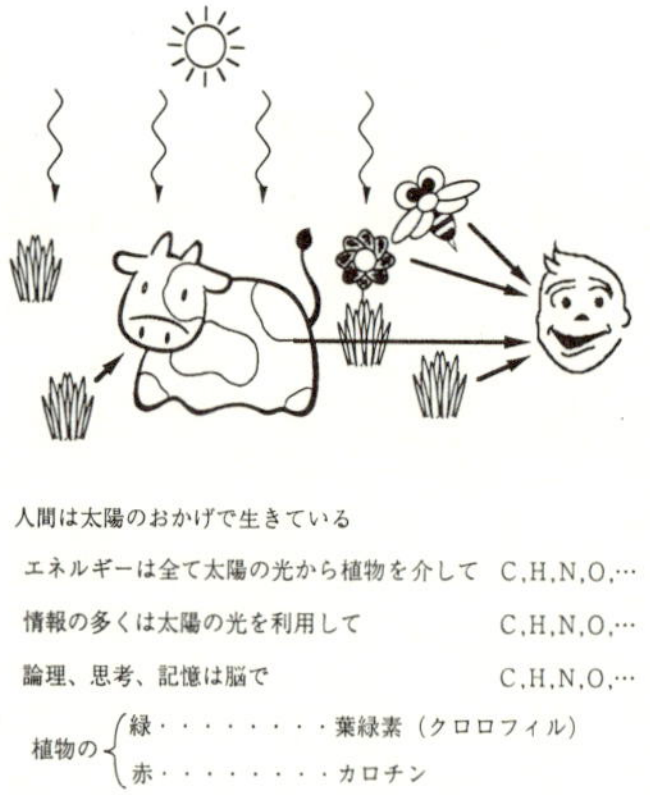
人間は太陽のおかげで生きている
エネルギーは全て太陽の光から植物を介して　C,H,N,O,…
情報の多くは太陽の光を利用して　C,H,N,O,…
論理、思考、記憶は脳で　C,H,N,O,…
植物の
緑・・・・・・・・・葉緑素（クロロフィル）
赤・・・・・・・・・カロチン

図20. 生物、人間が太陽のお陰で生きていることを説明する図

ルギーを貰って大きくなっているわけですから、結局、野菜を食べると云う事は、野菜を通して太陽のエネルギーを私達が貰っている、と云う事です。

私達は直接太陽のエネルギーを体の中に取り込めないんですね。野菜等の植物は太陽のエネルギーを澱粉等色んな形に変えて取り込んでいて、それを私達が食べてエネルギーに戻して使ってるわけですから、結局、野菜のお陰でエネルギーが利用出来てるわけです。植物は皆同じで、果物も芋もそうですね。植物は主に炭素や水素から出来ています。

中には、〝私は野菜は嫌いで肉だけあればいい〟、と云う人がいるかも知れません。しかし、牛も草を食べてるから大きくなれていて、その肉を私達が食べられるんです。草が無ければ牛もいるわけがありません、大きくなれません。牛も人間も同じで、動物は太陽のエネルギーを直接取り込めないんです。結局、牛を経由して、野菜のお陰で太陽のエネエルギーを私達が利用出来ると云う事です。

動物は炭素や水素等から出来ている植物を食べているから、矢っ張り炭素や水素等から出来ている。結局、人間は太陽のお陰で生きてます。人間の使うエネルギーは全て太陽の光から植物を介して私達の体に入ってる。その植物が炭素や水素から出来ているから、それを使って私達の体は出来ている。お陰で体とエネルギーを得て生きている。

それだけじゃないですね。私達は怖い敵が来たら逃げないといけない。例えば、蜂が来たら逃げないといけない。蛇がいたら逃げないといけない。これ等は大抵、目で見て判断してます。目で見ると云う事はどう云う事かと云うと、光を見てるんですね。太陽が無ければ真黒で何も見えません。太陽の光が蜂に当たって、その蜂の体から反射した光の一部が目に入って、それで蜂がいると云う事が見えているんです。従って、太陽が無ければ私達は目から情報が得られませんから、やはり生きていけない。目の中味もやっぱり炭素や水素等が主成分になって出来ています。

私達は美しい花を見ますと嬉しくなる、心が和みます。これも、この美しい色や形の情報が光として目から入って来ているからですね。目から情報が入って来て、それを判断したり、考えたりしているのは頭ですが、頭の中味ももともとは植物や動物を食べて出来ていますから、主成分は炭素や水素なんです。その他、頭の中には窒素や酸素等色んな元素がありますが、炭素や水素が重要なんですね。ですから、矢っ張り、太陽が無いと頭そのものも出来ていない。

我々はこの炭素や水素、それに窒素や酸素等から出来たもので見たり、聞いたり、考えたり、覚えたり、伝えたり、歩いたり、現在のエレクトロニクスより遙かに高度な働きをやって生きている。それが自然に出来ているから凄いんですね。ですから、こんな炭素や水素等から出来るもの、それらを活用してエレクトロニクスに代わる、或いはそれを越える様な事が出来ないか、と考えるのは自然な事なんですね。そう云う様な事に関係する研究を私は今している、と考えて貰ったらいいと思います。

一寸思い出して見たら分かりますが、私達に役立ってる、私達が利用してる植物、これには大抵綺麗な色が付いてます。例えば、植物の葉は緑ですし、人参は赤ですね。人参の中にはカロチンが入っているから赤い、と云う事を聞いた事のある人も多いでしょう。実はこの事が大事です。私達が利用している植物には、光を吸収しないといけないですから、光を吸収出来る様に緑だったり、赤だったり、色んな色が付いているんです。

色が付いていると云う事と、さっき話しました炭素が二重結合で繋がった分子構造をしている事と関係があるんです。この当たりの話しは、はっきり分からなくても良いですから、聞き流して置いて下さい。

植物が太陽からエネルギーを得ていると云う事は、実は、このOHPの図（図21）で示す様な構造、分子構造のものが入ってるからなんです。これは葉に含まれている葉緑素の中にあるクロロフィルと呼ばれるものです。細かな構造はどうでも良いですが、これを見ると、一本線、二本線、一本線、二本線と、こんな風に炭素なんかが長く繋がっている部分があります。この所が大事で、さっきも話しました様に、この二本線の所、二重結合を作っているパイ（π）電子と呼ばれる電子が重要で、これが光を吸収してエネルギーを貰って飛び出して、それから色んな働きをして、澱粉なんかを作るんで

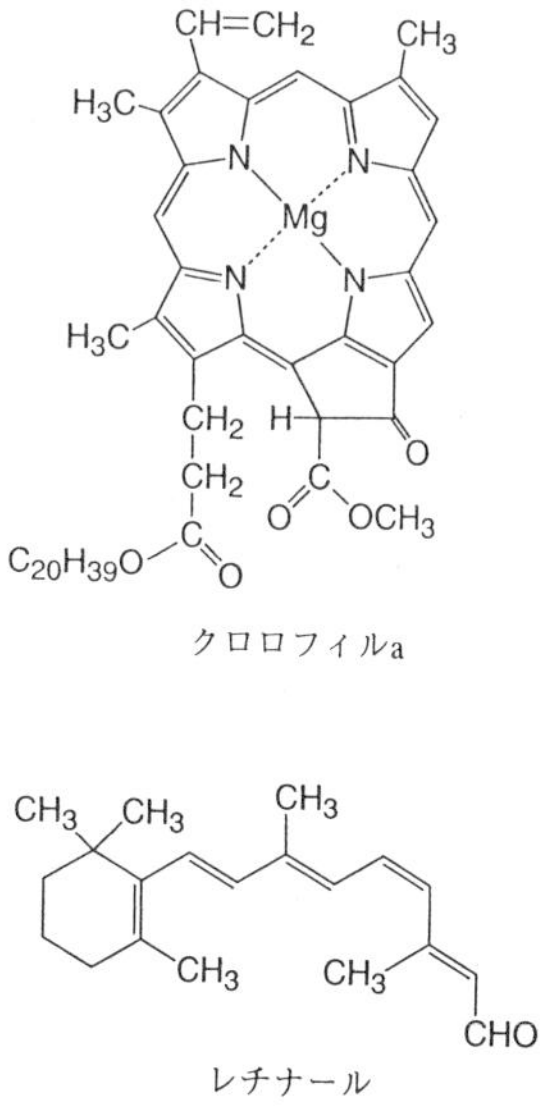

クロロフィルa

レチナール

図21．クロロフィル及びレチナールの分子構造

す。光を吸収しますから、吸収されずに残った光の部分が色として見えてるわけです。実は、この葉緑素の中のクロロフィルは太陽の光の中で、赤、黄色、青の部分を主に吸収しています。所が、緑の部分の吸収が少ないんで、結局、葉は緑に見えているんです。

次に目でものが見えると云う事ですが、実は、目の中にやはりこのＯＨＰで示す構造の分子が入ってるからなんです。これはレチナールと呼ばれるんですが、これも一本線、二本線、一本線、二本線と繰り返し炭素が繋がっています。この二本線の所の電子、パイ（π）電子が、光が入るとそれを吸収してエネルギーを貰って飛び出します。それがきっかけとなって色んな事が起こって、更に、頭の中で色んなからくりを働かせて、私達はものが見えたと思っているわけです。このレチナールが無いとものが見えない、光を吸収しないから。

もう一つ面白い事を云っておきましょう。私達の血液は真っ赤です。あれは赤血球があるからと云いますね。その赤血球の

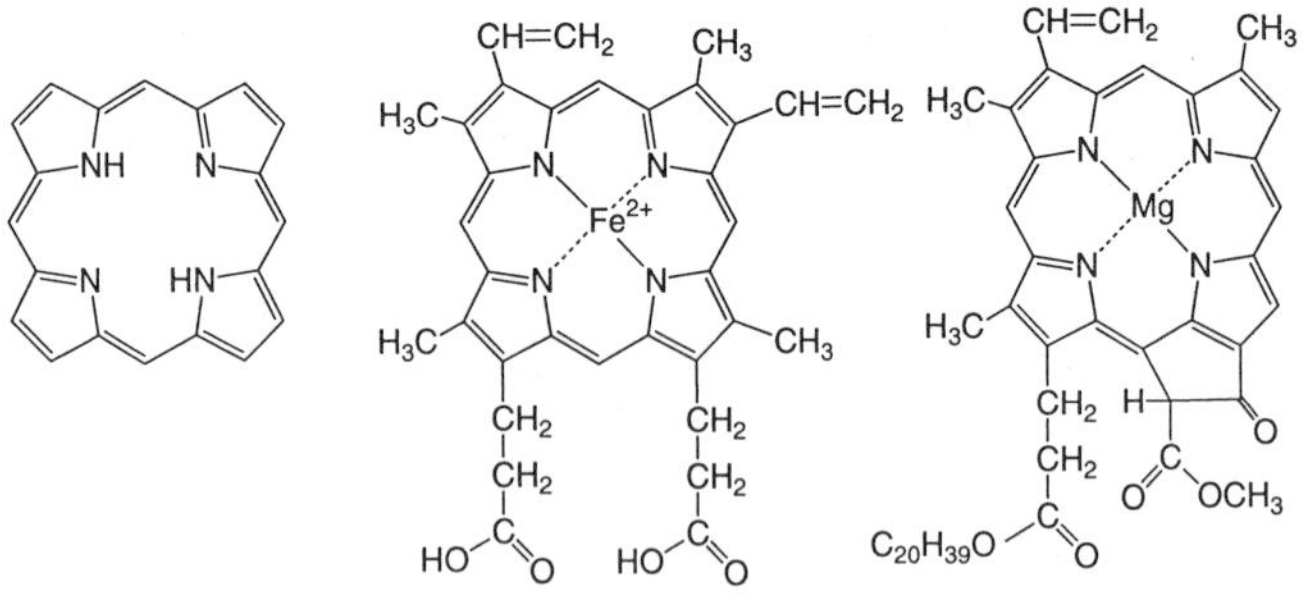

(a) ポルフィリン　(b) ヘム　(c) クロロフィルa

図22．ポルフィリン、ヘム、クロロフィルの分子構造

中にはヘモグロビンがあります。ヘモグロビンの中の大事な部分は、このＯＨＰで示す図の構造をしているんです。これはヘムと呼ばれます。（図22）

所が、野菜を食べないと血液に良くないと云います。その事がこの図を見ると何となく分かるんです。このヘモグロビンの中のヘムの構造と、さっきの葉緑素の中のクロロフィルの構造とよく似ています。特に、一重結合、二重結合と環状に繋がっている所が全く一緒なんです。植物の中にあるものと人間の体の中にあるものが殆ど一緒なんです。ヘモグロビンも、結局、野菜を食べるから出来ているんですね。ですから、野菜を食べないと良くないと云う事です。

この血液中のヘムの構造と葉緑素の中のクロロフィルの構造の違いの大事な所は、ヘムでは真ん中に鉄Feがあるが、クロロフィルではマグネシウムMgがある事です。体の中ではマグネシウムに代わって鉄が入って、血液の大事な役をしているわけです。ですから、鉄が不足してもヘモグロビンが完全には出来なくなりますから、私達は貧血になるわけです。従って、貧血の人は野菜をたくさん摂って、しかも鉄をたくさん含む食べ物を食べる様に勧められるわけです。〝野菜を食べないといけないですよ〟、と云われるのがよく分かりますでしょう。皆さんも野菜をしっかり食べて下さい。

もう一度目の話しに戻ります。人間がものを見ているのは、さっき云いました様に、目の中のロドプシンと云うものの中にあるレチナールのお陰です。このレチナールの二重結合、二本線の所の電子、パイ電子が光が当たると飛び出すので、それが引き金となって見えるんだ、と云いました。

この大事なレチナールがどこから来ているかと云うと、この図に示しています、この分子の半分ですね。(図23) これはカロチンの分子構造です。皆さんもよく知っている様に人参の中にカロチンがありますが、それはやっぱり炭素や水素が主成分で、その構造はこの図の様になってます。これで普段よく云われる、〝人参が目に良い〟、と云うわけが分かります。そうです、このカロチンの半分が、丁度レチナールの構造と一緒なんですね。カロチンをガバッと半分に噛み切ったらレチナールです。カロチンは人参にたくさん含まれますから、人参をガバッと半分に噛み切るとレチナールが摂れると云う事です。ですから、人参を食べると目が良くなると云うわけです。

ビタミンAが不足すると目が悪くなると云いますね。これも分子構造を見るとすんなりと分かります。これがビタミンAの分子構造ですが、レチナールとそっくりです。ですから、ビタミンAが不足していると云う事は、目の中のレチナールも足らないと云う事です。従って、目が見えにくいと云う事になります。分かりましたね。人参を食べると、カロチンがあるのでビタミンAがたくさん摂れて、レチナー

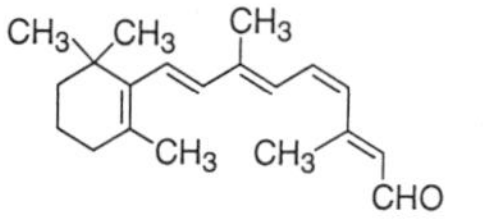

(a) レチナール

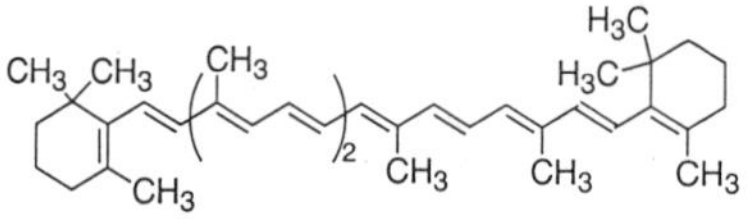

(b) カロチン

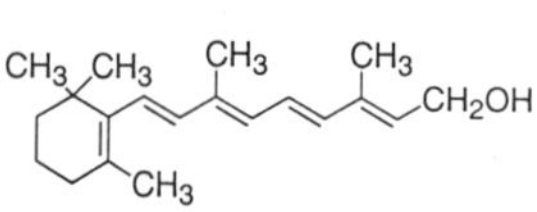

(c) ビタミンA

図23. レチナール、カロチン、ビタミンA の分子構造

ルも豊かになり目が良く見えるというわけです。

　これで野菜類が我々人間にもの凄く大事、と云う事が分かりましたね。それから、それは電子の働きと関係している、と云う事も分かりました。要するに、私達が生きていると云う事の根本には、電子の振る舞いが深く関係していると云う事です。

　この電子の振る舞いがエレクトロニクスと関係があるんじゃないか、炭素や水素等を使って生物に学んで画期的なエレクトロニクスが可能じゃないだろうか、と云う様な考えで私達は研究している、と思って貰っても良いと思います。但し、これが私のやっている事の全てでなくて一部ですが。

　もう一つ私のやっている事の中から少し説明をしましょう。それはディスプレイなんです。

　皆さん、テレビを見ますでしょう。あれも一つのディスプレイの手段ですね。普通、テレビはブラウン管と云うもので画面を表示しています。所が、最近、液晶を使ったテレビやパソコンがあると云う事を知ってる人もかなりいるでしょう。あれは液晶と云うものを使って、画像や文字を表示する方法で、液晶ディスプレイと呼ばれますが、ブラウン管を使ったデイスプレイと原理が全く異なります。そう云うディスプレイ関係の事も私はやってますので、その話しも少し致しましょう。ディスプレイはさっきの話しよりもう少し簡単です。

　まず、色と云う事から始めましょう。ものの色がどんな事から決まっているかと云う事の説明をします。色と云うのはものが自分自身光るとか、光を吸収するとか、光を反射するとか、その他、光を散乱するとか、一寸、今の段階では分かり難いでしょうが、光が干渉するとか、回折するとか、色んな事で決まってきます。普通、光は波の一種として説明されます。波であれば繰り返しの長さ、波長がどれだけかと云う事も大事です。色の違いはこの波長の違いに対応します。

例えば、空が青いと云う事はどう云う事かを、この図（図24）を使って説明しましょう。

地球の表面に空気があります。太陽の光が地球に飛んで来て空気の層、大気中に入ります。所が、太陽の光は色んな色、即ち、色んな波長の光からなっていますが、一般的に云うと、空気中では波長の短かい光がよく散乱されます。赤や黄、緑より青の方がずっと波長の短い光ですから、青い光の方が良く散乱されて、赤い光は余り散乱されないのです。

夕方になりますと、太陽の高さは低くなって来ますから、太陽からの光は地球の表面に沿って空気中を長い距離伝わって来て私達の所に届くんです。所が、この長い距離を進む間に太陽の光のうちで波長の短い青い光がまず最も強く散乱され、緑や黄色も散乱されます。その結果、私達の所まで届くのは波長の長い赤い光なんですね。従って、夕焼けが赤いんです。それに私達の周りに届いているのは殆ど赤い光だけですから、周りが皆んな赤く見え

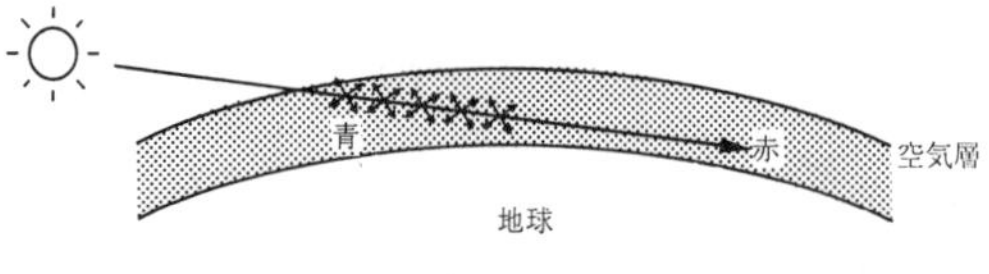

図24. 空が青く、夕焼けが赤い事を説明する図

るわけです。

所が、昼間は違いますね。昼間は太陽が高い位置にあります。私達は太陽はまぶしくて見れませんから、空を見ていると云う事は太陽のある方向じゃなくて、少し別の方向を見てるわけです。この時、もし太陽の光が真っ直ぐに進んで散乱されないのなら、私達は何にも見えない筈です。所が、実際にはこの図で説明する様にある方向に進んでる光が空気で散乱されています。その散乱された光が目に入って来ますから、その散乱された光を見ている事になるわけです。従って、青い光が散乱されて、赤い光は真っ直ぐ進んで行ってしまいますから、私達に見えるのは散乱された青い光です。その結果、空の色は青色と云う事になります。

最近、ロケットや人工衛星の乗組員達が〝大気圏外から地球を見ると青くて素晴らしかった〟、と云っていますが、これも当然なんですね。空気で散乱された光を図で説明する様に地球の外から眺めているからなんですね。ですから青く見える。要するに、地球の表面からでも地球の外からでも同じように太陽の光のうち空気層で散乱された光を見ていますから、青色と云う事なんです。決して、水があるからだけではないのです。

宇宙そのものは真っ暗で、そこには星が光っている筈です。どんどん高く上って、大気、空気の外側に出て、地球の方を見ると空気の所で散乱した青色を見るから青い地球に見えますけど、反対側、宇宙の方は夜の星空の様になってる筈です。勿論、太陽の方向だけは、まぶしくて見えませんが、他の方向は闇夜の星空の様な筈です。満天の星空の筈です。

この様に、空気での光の散乱の様な現象を起こす小さな物質を探して、その散乱の具合をコントロールすれば、原理的には色がコントロール出来ますからディィスプレイが作れる筈です。しかし、小さなものでそんな散乱を目で見て分かるくらい効率よく起こすものが簡単には見つかりません。ですから普通のディスプレイへの応用は難しいです。しかし、宇宙スケールのディスプレイなら可能と云う事になります。

これまでのディスプレイの代表と云えば皆さんおなじみのテレビですね。そのテレビはどうして見えるかと云う事を説明しましょう。普通のテレビの画面はガラスです。あれはブラウン管です。テレビのブラウン管と云うのはこの図の様になってます。（図25）

でっかいものですが、これはガラスで密閉された構造でして、中が真空にしてあります。空気がすっかり抜いてしまってあります。この左の所に電子銃と云うのがあります。先程、物質の中には電子がいっぱいあると云いましたが、この電子を物質を加熱する事によって取り出します。電子に熱エネルギーを与えて物質から真空中に飛び出させるわけです。更に、この電子を高い電圧をかけて加速して、高速で打ち出します。これが電子銃なんです。この時かける電圧を加速電圧と云います。

二万ボルトくらいの加速電圧をかけてスピードを上げて飛ばすんですが、その飛んでいく方向を、別に横方向の電圧をかけたり磁石を使って磁界をかけて曲げて変化させます。こうして電子をもの凄いス

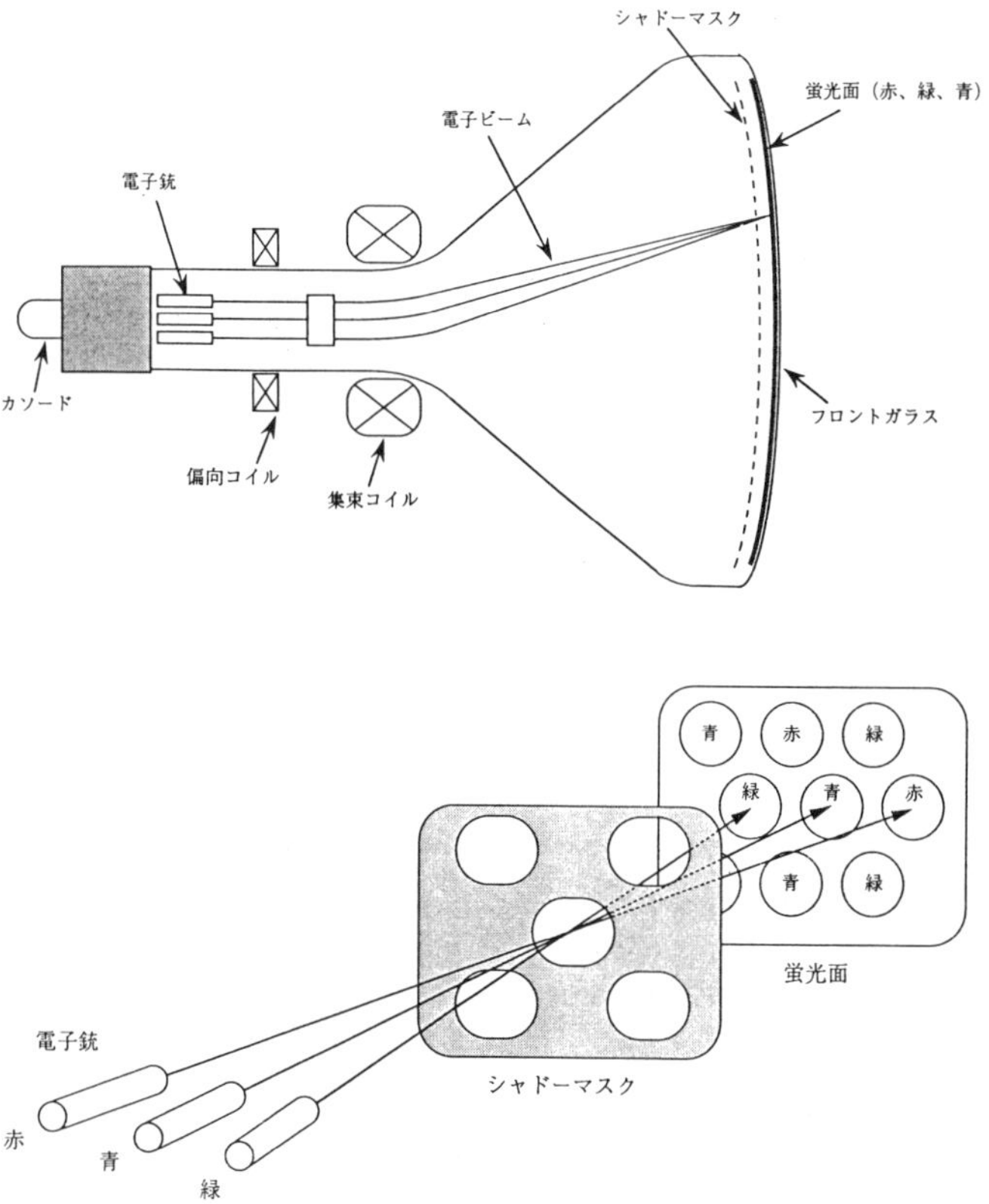

図25. ブラウン管（ＣＲＴ）の構造

ピードでこの前面のガラスの内側に当てます。電子をこんなに凄いスピードで飛ばしたりするのには、空気があっては電子は空気の中の分子、と云うより空気の成分である酸素や窒素の分子にぶつかって難しいですから、ぶつからぬ様に真空にしてあるわけです。

この電子がぶち当たりますガラスの内側には、蛍光体と云う電子が当たると光が出る物質が塗ってあります。従って、当然、打ち出された電子が当たったら光が出ますから、この電子の当たる所を順々に動かすわけです。

電子の当たる所を左右に動かしながら、だんだん下の方に動かしていきますと、結局、蛍光面全面に電子がぶち当たる事になります。これを掃引と云うんですが、その掃引している間に、電子のぶち当たる強さを変えると、即ち、ぶち当たる電子の速度を変えたり、電子の数を変えると、強く光ったり、光らなかったりする事になります。即ち、電子で蛍光面を強く叩けば、強く、明るく光ると云う事になるわけです。瞬間、瞬間は一点、一点、電子ビームが画面を叩いているのです。

特に、カラーテレビではどうしてあるかと云うと、電子を打ち出す電子銃が三本セットにしてあるわけです。この三本の電子銃はそれぞれ独立に打ち出す電子の速さ、強さを変えられて、例えば、どれかを強くしたり、弱くしたりする事が出来ます。飛んでいく方向は殆ど一緒です。ガラス内面の蛍光体も一様に同じ物質が塗ってあるわけでなく、電子が当たると赤に光る塗料と緑、青に光る塗料の三つが小さくポツポツと塗り分けてあります。それで、三本の電子ビームのうち一本は常に赤に光る点に、後の二本はそれぞれ緑、青の蛍光塗料の点にぶち当たる様にしてあるわけです。

ですから、赤の塗料を叩く電子線だけが強いと赤く見えますし、緑、青の点をそれぞれ叩く電子線が強く画面に当たれば、夫々、緑、青に光ります。三本の電子ビームがどれも同じ強さで画面を叩けば白く見えます。そのため、テレビの画面に顔を近ずけて見ると、画面上に極く接近して赤、緑、青に光る点がポツポツあるという事が分かります。

こう云う話しをしますと、ディスプレイと云うのは非常に高度で、難しい複雑なものと思われがちですが、実は、ディスプレイは意外と原理的には簡単なものです。次にこの事を示したいと思います。

ディスプレイの最も簡単な原理はこれなんです。これは三十年くらい前に、〝これが一番簡単なディスプレイの原理です、これでディスプレイが可能な筈です〟、とあちこちで話しまわったんですが、その時の考え方を説明するものです。(図26)それをその通り実用的

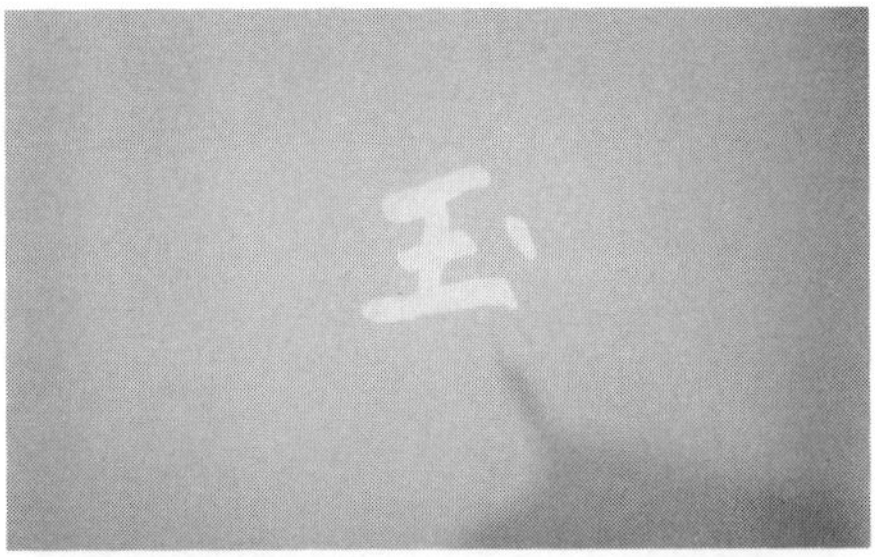

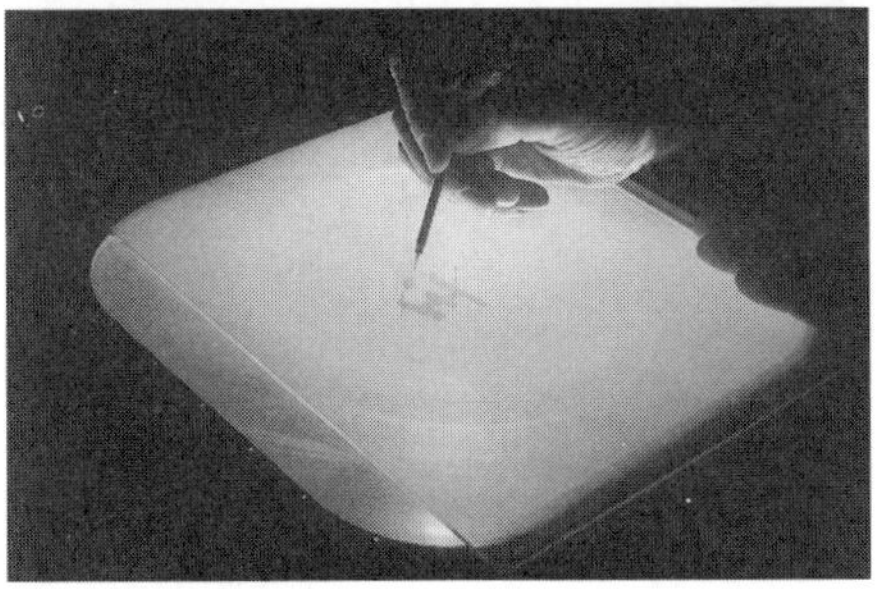

図26. 最も簡単なすりガラスによる光の散乱を利用するディスプレイの原理図
下：ＯＨＰ装置の上
上：スクリーンに投影された映像

にやる事は難しいですが、考え方はオーケーOKなんです。それがどう云う事か、一寸説明しましょう。

これはOHPの機械そのものの調子が良い時と悪い時で、よく見えたり、見えなかったりしますが、まあ、何とかなるでしょう。一寸、OHPの光の具合からすると余りうまく行かないかも知れませんが、原理的な事は説明できますでしょう。

これが私の云う一番簡単なディスプレイの原理です。まず、この板をこのOHPの装置の、いつも字を書いた透明な用紙を乗せるガラスの台の所に乗せましょう。どうです、これでスクリーンは殆ど真っ黒、真っ暗ですね。

このテーブルの上のカップの水は私が飲む為に置いてありますが、これも利用しましょう。

さあ、これ、皆さんから見たら棒に見えるでしょうが、これでこの板の上に触ります。どうです、スクリーンに文字が現れましたでしょう。

この文字の一部を消す事も簡単です。さあ、これ、このシートで先程置いた板の上を撫でます。どうです、すると、文字の一部が消えて字が変わりましたでしょう。これでどんな文字でも絵でも次々表現する事が出来ます。実は、これが一番簡単なディスプレイの原理なんです。

今、何をやったかと云う事を説明しましょう。

実は、これ、最初の板はすりガラスなんです。さっきの棒みたいなものは何かと云うと、木の棒でも良いんですが、今日使ったのは小さな細字用の筆なんです。この筆をコップに入れて濡らして、すりガラスの上に字を書いたんです。それだけです。

すりガラスはご承知の様に片っ方の表面がざらざら、凸凹していますね。実は、これで光が散乱されるんです。一寸難しい表現をすると、表面の凸凹の乱れが光の波長くらいの数千オングストローム（一オングストロームは0.00000001センチ）から数ミクロン（一ミクロンは0.0001センチ）或いはそれ以下なので、ここで光が散乱されるわけです。従って、ＯＨＰの光源から出た光が少し離れたスクリーンに届きませんからスクリーンが真っ暗になるわけです。

次に、水を含ませ濡れた筆で、このすりガラスのざらざらした表面を濡らしたんですね。すると濡らした所が透明になりますので、そこだけは光が通ってそれがスクリーンにまで届きますから、濡れた所の形がそのままスクリーンに映るんです。今の場合は濡れた筆で字を書きましたから、字の所だけが濡れてそこが透明になり、その字の形がそのままスクリーンに映ったわけです。

皆さんの中には、すりガラスの入った窓を唾や水を指につけてこすって、向こう側を覗き見した人もいるでしょうが、あの濡れて透明になる原理を使ってるんです。凸凹した所を水で濡らすと水は平らになりますから、凹んだ所を水が埋めて、そのあたりの表面が平らになります。従って、光が散乱されなくなるんです。（図27）

一寸難しい事を云いますと、実は、水で濡らして凹を埋めて凸凹を無くして光の散乱が無くなったのは、ガラスの屈折率と水の屈折率がほぼ一緒だからなんです。屈折率が大きい物の中では光が遅いのです。別の言い方をすると、水の中とガラスの中とで光の進むスピードが一緒だからなんです。最初は凸凹の両側を見ると片方はガラスで片方は空気でしたが、ガラスと空気ではもの凄く屈折率という値が違っていて、光の進むスピードに差がある為に、その境界面、即ち、凸凹したガラスと空気の境目で光が散乱したんです。要するに、すりガラスの表面では屈折率が光の波長くらいの大きさの領域で乱れていたからなんです。まあ、難しい事は分からなくて良いです。光から見て、凸凹が実質的になくなったという事で、それで光が散乱しなくなったんです。

それから、さっき書いた文字の一部が消えたのは、吸い取り紙で濡れた所の一部を拭いたからなんです。ですから、水が吸い取られて乾いた為、元のすりガラスと同じ状態になって、その紙でこすった所だけ、また光が散乱されて不透明になってしまったのです。従って、光がスクリーンに届かなくなって、スクリーン上の字が変わったんです。これが一番簡単なディスプレイの原理なんです。

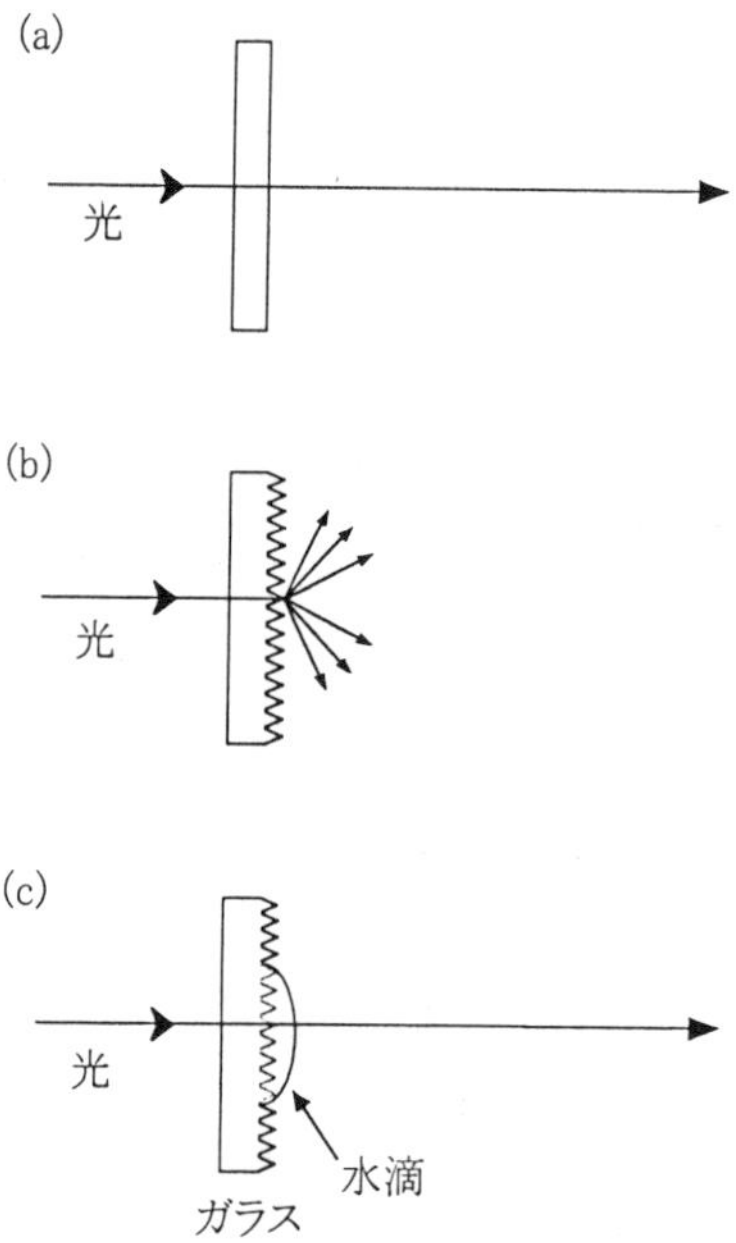

図27．すりガラスを使った最も簡単なディスプレイの原理の実証
下：すりガラス上に水で書くところ
上：スクリーン上に現れる文字

それじゃあ、次に天然色、カラーのディスプレイはどうするかを説明しましょう。まず、このシートをガラスの下に置きます。すりガラスがもうちょと上等ですとスクリーンが完全に真っ暗になってもっとうまく行きますが、まあ、原理は分かって貰えますでしょう。

このすりガラスの表面の一部分をさっきの筆を濡らしてこすると、ほら、赤く見えるでしょう。隣の部分をこすると緑の字がスクリーン上に現れるでしょう。その隣をこすると青が現れますでしょう。これが一つのカラーディスプレイの原理なんです。

今、何をやったかと云うと、不透明なすりガラスの下に三枚の小さな赤、緑、青の色の付いた透明なセロファン紙を入れたんです。こうしても、そのままの状態ではすりガラスがあるから光が届かないのでスクリーンは真っ黒です。次に、赤いセロファン紙の上のすりガラスの部分を水で濡らすと、赤いセロファンを通り抜けた光がスクリーンに届きますから赤が現れるんです。緑、青の上のすりガラスを濡らせば夫々緑、青がスクリーン上に現れるんです。要するに、一種の光のシャッタであるすりガラスと色フィルタとなるセロファンが組み合わせてあるんです。これがカラーディスプレイの一つの原理なんです。

赤、緑、青は光の三原色と云って、この三つの色の光を組み合わせるとどんな色でも出せるんです。

実際のディスプレイに使うカラーフィルタは夫々非常に小さくて、一つ一つの赤、緑、青のフィルタの大きさは一ミリよりずっと小さい。そんな小さな三色のフィルタがたくさん、隣り合わせでびっしり並べられた構造になってるんです。ですから、少し離れてみると、赤、緑、青の部分が離れている様には見えませんから、この極めて小さな赤の部分のスイッチをオープンして光を通すと赤く見えて、緑、青の部分のスイッチを開いて光を通すと夫々、緑、青に見えるというわけです。この三つの赤、緑、青の所のシャッタを皆んなオープンして光を通すと、赤、緑、青がもの凄く接近しているので、同じ所を通ってきた様に見えますから、人間の目には赤、緑、青が重なって白く見えるというわけです。

これが一番簡単なカラーディスプレイの原理なんです。しかし、それをそのまますりガラスを使って実用化する事は原理的には可能なんですが、必ずしも容易じゃないですね。所が、何年か前、これと殆ど同じ様な原理のものが実際に出来たんです。それがこれです。

これはガラスじゃなくてプラスチックのフィルムなんです。これもうまくいく時と、うまくいかない時がありまして、今日は予めチェックしていませんので、うまくいかなかったらご勘弁下さい。

さあ、これを私の顔の前に持ってきます。(図28) どうですか、私の顔が見えませんでしょう。これはこのプラスチックシートが丁度すりガラスの様に光を散乱する為、光がうまく真っ直ぐ通り抜けられないからです。それで見えないんです。

これが、私の兄嫁、美智子と云うんですが、この兄嫁さんが私に〝講演の時、手品をやったらどうですか〟と云ったもののうちの一つなんです。手品でもなんでもないですが、これがうまくいくと間が持てますのでね、たまにやる事があります。もし、うまくいったら拍手してくださいね。うまくいかなかったら結構です。

どうです、顔が見えませんね。これに電源をつないでスイッチを入れます。あれっ、見えませんね。どうしたかな。あっ、線がはずれてました。それではあらためてきちっと線をつないでスイッチを入れます。さっ、どうですか、

（大拍手）

見えましたでしょう。透明になって、私の顔が見える様になったでしょう、一瞬にして。それから、電源を切ります。そら、また顔が見えなくなりましたね。

（大拍手）

これはすりガラスじゃなくてプラスチックのフィルムですが、原理的には同じ様なものなんです。電圧をかけると光を散乱しなくなって、透明になり透けて見える様になるんです。これとさっきのカラーフィルタを組み合わせると、色のスイッチが出来てカラーのディスプレイが可能になると云うわけです。

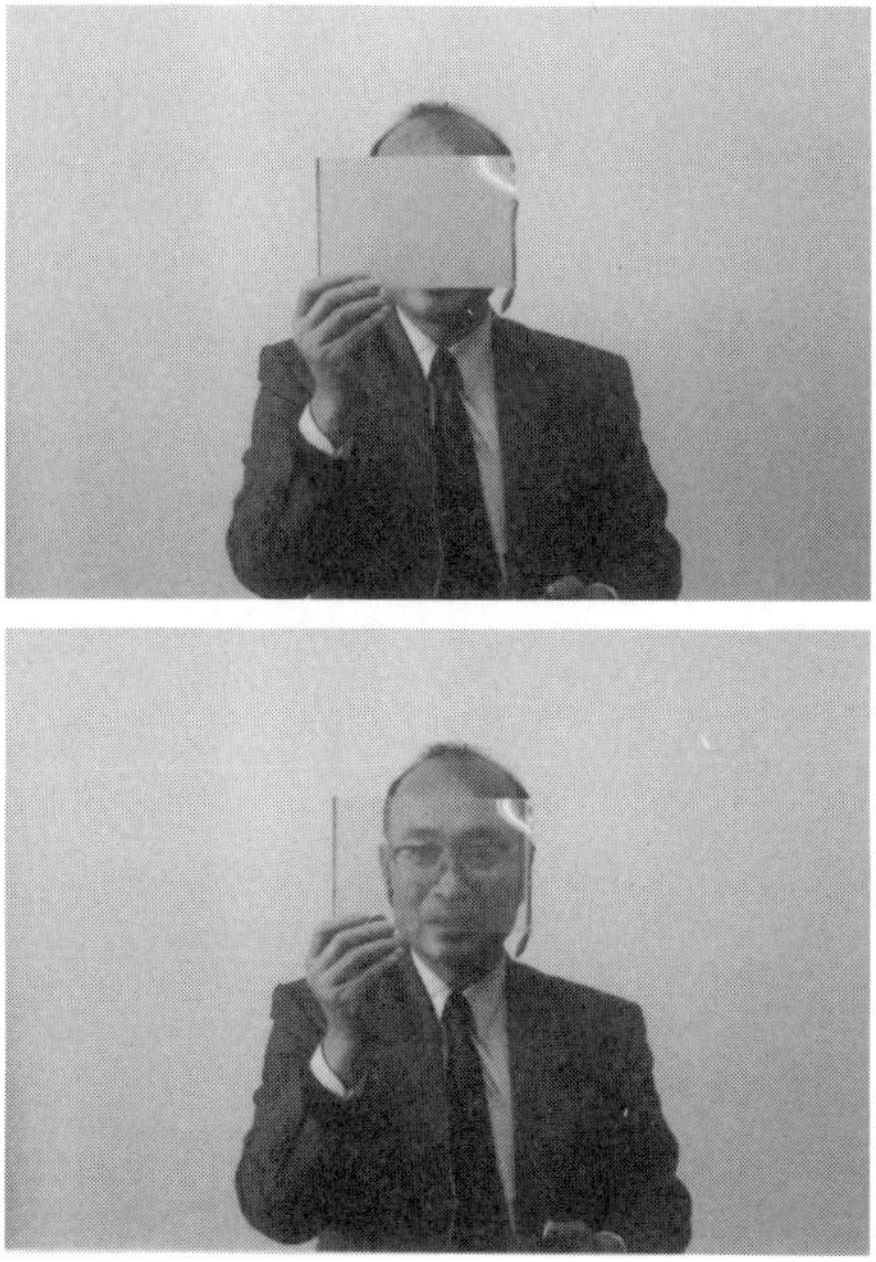

図28．液晶を分散したポリマーフィルムによる光スイッチ
上：電圧をオフ、下：電圧をオン

これはどう云うものかと云うと、プラスチックのフィルムの中に液晶と云うものをほんの一寸入れてあるんです。それも一様に、均一に入っているんじゃなくて、粒、粒の固まりの状態で液晶が入ってる。一面にちりばめた様に入っています。分散していると云って良いでしょう。液晶の粒の大きさはミクロン前後で光の波長に近い大きさなんです。

すると、最初の状態ではプラスチックと液晶の屈折率が違っている為、光を散乱します。所が、電圧をかけて液晶分子が向きを変えて並び方が変化すると、屈折率が変化しプラスチックの屈折率と同じになり、光の散乱が減って光が通る様になって透明になると云うわけです。

実は、この発明者は残念ながら私じゃなくてアメリカの人です。最初、これがアメリカであった国際会議で発表された時、丁度そこに私もいまして、〝あっ、これは私がいつも〟すりガラスでディスプレイが出来る〟と云っていたのと同じ原理を使ってるな〟、と気が付きまして、うまく先を越されたなと思いましたよ。

日本に帰って、早速ある会社の人達にその話しをしまして、その後作ったものです。食品会社、化学会社の人達と一緒にです。十五年くらい前に作ったものですが今もちゃんと動いていますね。

その他に、ディスプレイの原理が色々ありますので、それも少し説明しておきます。

えーと、時々、材料を忘れて来る事がありますが、今日は持って来たかな。ありました。これはプラスチックのフィルムです。二枚あります。これからやるのも手品じゃないですよ。

このプラスチックのフィルムは二枚とも透明です。これを二枚重ねても全然変わりません，透明ですね。所が，もう一度離して，もう一度重ねます。ほら，するとどうです，真っ黒になりましたでしょう。不思議でしょう。（図29）

実は，二回目の時に，一枚のプラスチックフィルムを九十度廻して置いたんですよ。それで真っ黒になりました。

良いですか，見ておいて下さいよ。二枚重ねて，そのうちの一枚を回転すると，ほら，明るさが変わりますでしょう。九十度廻した所で一番明るくなります。もっと廻すとまた暗くなってきます。これがもう一つのディスプレイの原理なんです。

この二枚のフィルムは偏光板，ポラライザと云いまして，特定の性質の光だけを通すんです。ここで，少し難しい事を云いますから，ここはよく分からなくても良いですからね。

光は少し前にも云いました様に波なんですね。電磁波と云います。波がある方向に振動していますと，この振動方向を偏光面と云うんです。この偏光板は特定の方向に振動する光，即ち，特定の偏光面

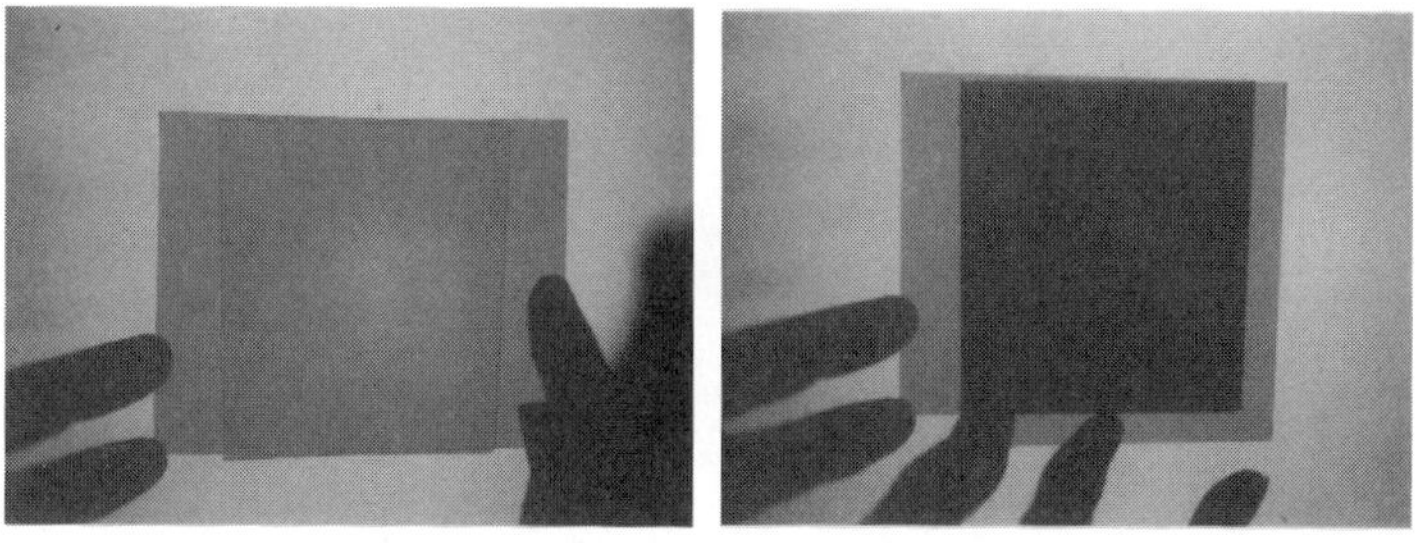

(1)　　(2)

図29．二枚の重ね合わせた偏光板を回転した場合の透過光の変化
左：偏光方向が平行，右：偏光方向が垂直

の光だけを通すんです。例えば、地面の上で縄を上下方向に振動させますと、蛇が上下にうねる様に波打ちます。この時、振動面は上下方向ですから、この波が光であれば地面に垂直に立った面が振動面、偏光面と云う事になります。

実は、普通、自然の光は色んな方向に偏光しているんです。即ち、色んな方向に振動しながら進んでいるんですが、この偏光板を通り抜けると特定の方向に振動する光だけになるんですね。これで光の強さは半分になるんですが、兎に角、特定の偏光の光が通り抜けて来ます。次に、もう一枚偏光板を持って来て、この二枚目の偏光板の偏光方向が丁度入ってくる光の偏光方向、振動方向と一緒になる様に重ねると、そのまま光は百パーセント通り抜けますから明るいです。所が、この二枚目の偏光板の偏光方向を九十度廻して、入ってくる光の偏光方向と丁度垂直方向に振動する光が通る様に配置すると、光は通り抜けられませんから真っ暗と云うわけです。

要するに、これで、二枚の偏光板の偏光方向を相対的に回転させると光のスイッチが出来る事が分かります。ですから、この二枚の偏光板を互いに回転させてやればディスプレイが出来る事になります。所が、実際のデバイスでこんな事をするのは大変です。とても無理ですね。それで、次の事を考えます。

これです。ここにもう一枚のプラスチックのフィルムがあります。これを先程の一枚の偏光板の上に載せます。なんの変化もありませんね。この上にもう一枚の偏光板を載せます。すると少し色が付いている事が分かります。しかも、それを回転させると色が変わります。不思議ですね。（図30）

次に、この二枚の偏光板は固定したままで、プラスチックのフィルムを回転させると、ほら、きれいに色、光の強さが変化しますでしょう。面白いですね。

それでは、一旦このプラスチックフィルムを偏光板の間から抜きます。良いですか、よく見ていて下さい。

はい、またプラスチックフィルムを重ねました。そして、このプラスチックフィルムを回転します。所が、今度は色や光の強さが変化しません。どうしてでしょう、不思議ですね、分かりますか。

これだけは、まあ、一寸、手品みたいなものです。実は、今度はプラスチックフィルムを、重ねた二枚の偏光板の上に置いたんです。間じゃあないんです。この様にすれば回転させてもなんの変化も起こっていないんです。要するに、このプラスチックフィルムを二枚の偏光板の間に差し入れた時だけ、回転すると色や透過する光の強さが変化するんです。

何故かと云うと、このプラスチックフィルムを偏光した光が通ると、その偏光方向が回転するのです。光の振動方向が回転するんですね。それで、上の偏光板から通ってきた光の振動面がこのプラスチックフィルムを通り

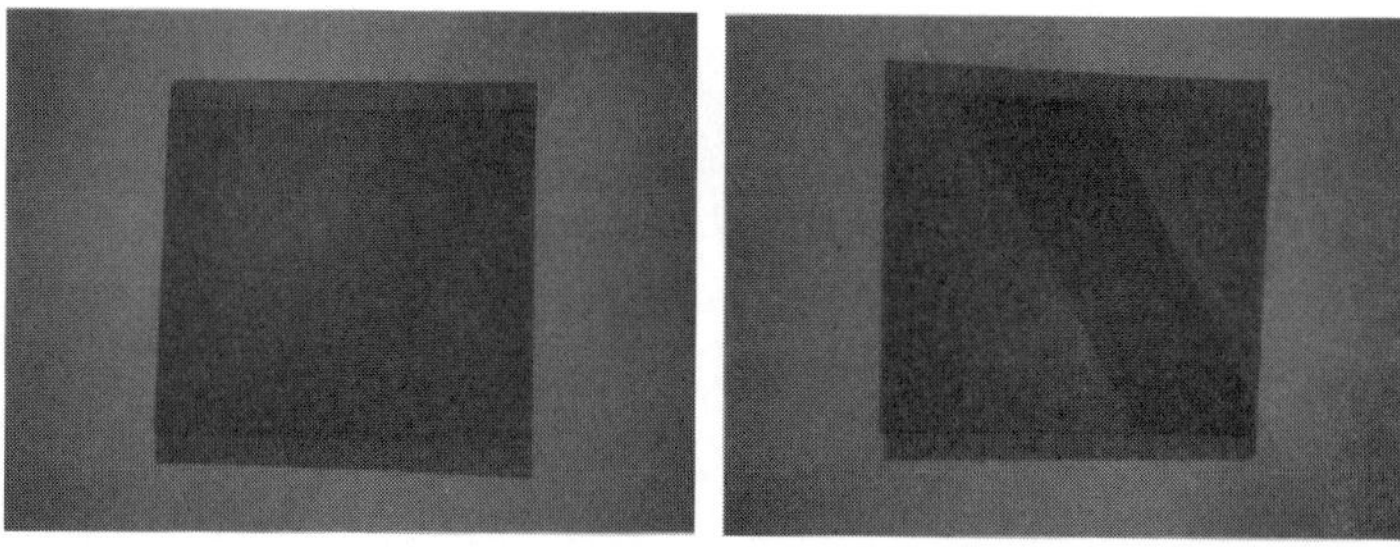

図30．二枚の直交した偏光板の間に挟んだプラスチックの回転による透過光の変化

抜ける時には少し回転していますので、次の二枚目の偏光板をどれだけ通り抜けるかが変化しているんです。ですから、このプラスチックフィルムによって透過光量が変化しているんです。と云う事は、このプラスチックフィルムの回転をコントロールしてやればディスプレイが出来る事になりますが、やっぱり実際にはそんな事をやるのは大変です。

所で、このプラスチックフィルムは何か特別のものじゃないかと思われるかも知れませんが、そうでもないんです。その証拠を見せましょう。

どこにしまい込んだか分かりませんので、一寸、袋の中を探しますから少し待っていて下さい。何を探しているかというとハサミとゴミ袋、ゴミを詰めて捨てる為にどこの家にでもありますポリ袋というやつです。やっと出てきました。このハサミとゴミ袋は湯町の実家から借りて来ました。

このゴミ袋を五センチ幅くらいでちょん切ります。長さは二十センチくらいのものを作ります。これ安いですから、なんぼ切っても大丈夫です。このゴミ袋の材料はプラスチックですがポリマーとも呼ばれます。さあ、これでポリマーフィルム、プラスチックフィルムが出来ました。通常こんなゴミ袋や買い物の時の袋はポリマーのポリをとってポリ袋等と呼ぶ事が多いですので、ここではポリマーフィルムと呼びましょう。このポリマーはポリエチレンと呼ばれています。それで、この切り取ったフィルムを、この二枚の偏光板の間に入れます。なんの変化もありませんね。ゴミ袋だから当たり前です。

所が、これを引っ張ります。余り強く引っ張り過ぎましたんで、切れましたので、もう一枚のでやります。これも同じ様に間に入れましたけど、全く通って来る光が変化しませんね。さあ、ゆっくりこのゴミ袋を切ったポリマーフィルムを引っ張りますと、さあ伸びました。どうです。通って来る色が少し変化したでしょう。(図31)

もっと引っ張ります。ちぎれる寸前に止めますと、大分色が変化した事が分かりますでしょう。この引っ張ったポリマーフィルムを二枚の偏光板の間から取り出してしまいますと、ほら、全く色が付いてません。もう一度偏光板の間に入れますと色が付いて見えます。何故でしょう。

そうです。さっきと同じ様にこの引っ張ったポリマーフィルムが一枚の偏光板を通って来た光の偏光面を回転させているんです。即ち、光の振動する方向を回転させているんです。

これはまた何故かと云うと、実は、ポリマーを引っ張って伸ばしたためにポリマーを作っている分子が、この分子は最初の頃に話しましたポリエチレンという高分子で細長い分子なんですが、これが延び

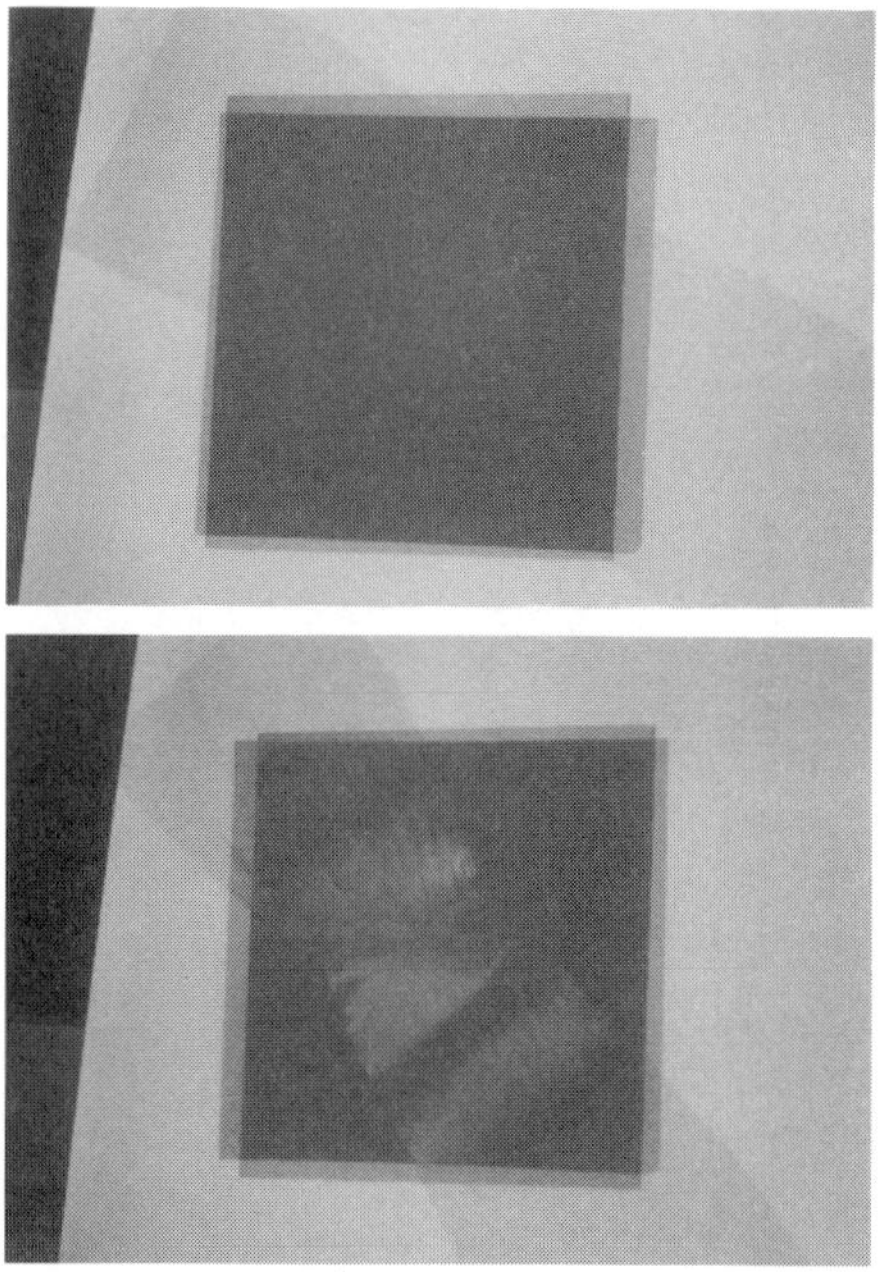

図31．直交した偏光板の間に挟んだポリエチレンフィルムの延伸による透過光の変化

た方向に真っ直ぐに並んだからなんです。

最初はこの細長い糸紐みたいなポリエチレンの分子がくるくる丸まっていたのですが、真っ直ぐ伸びたんです。その為に、このポリマーフィルムの性質が引っ張った方向とそれに垂直方向で異なって来た。要するに、方向によって性質が変わった、専門用語で云えば異方性が出て来たと云うんですが、そのため、この異方性があるために通る光の偏光面が回転する様になったんです。ですから、もう一枚の偏光板を通った時に色が付いて見えるんです。

実を云いますと、さっき回転する事で色の変わったプラスチックフィルムは予め上手に引っ張って高分子の並ぶ方向、配向方向を揃えたものだったんです。

ついでに云っておきますが、これからは少し難しい事を云いますので、この点は中学生の諸君はすぐに忘れて結構です。実は、この引っ張って配向しているプラスチックフィルム、ポリマーフィルムでも、全ての色の光で偏光面が同じだけ回転していたら色付いて見えないのです。単に、明るくなったり、暗くなったりするだけです。所が、色によって、即ち、光の波長によって回転する角度が違う為、偏光板を通った後、色によって透過光量に差が出るので違う色に見えるんです。良く通ってきた光の色に見えるんです。

さて、これまで話した事をまとめてみますと、結局、二枚の偏光板の間にあるポリマー、プラスチックのフィルムを、回転したり、引っ張ったりする事によって、高分子の並ぶ方向が変化したから光量が変化した、色が変化した、と云う事になります。これによりディスプレイが出来る事になります。ここで、ポリマーとかプラスチックとか、その場その場で、適当な呼び方をしていますが、さっき云いました様に同じものであると思って下さい。

所が、実際のデバイスで引っ張ったり、手で回転させたりする事は困難で、実用的ではないですね。ですから、何らかの別の方法、例えば電圧をかけるなんかの方法で分子の配向方向が変化するものがあればディスプレイが出来るのではないか、そう云うものを探そう、と云う事になります。そこで液晶の出番なんです。

だんだん机の上が色んなものでいっぱいになって汚くなって来ました。時には汚くても良いんです。あんまり変な事を云ったら語弊がありますね。こんな事を云ってはいけません。汚くない方が良いんですけど、私は片付けの要領が悪くてすぐに汚くしてしまうんです。

先程、校長先生のお部屋へ行った時、非常に綺麗にさっぱりと整っているので感激したんですが、自然にあんなに出来る方というのは素晴らしいですね。残念ですが、私の机の周りはいつもこんなに乱れているんです。

これは私の悪い所で、子供の頃からそうなんです。小学生か中学生の頃なんですが、矢張りいつも机の上や中がぐちゃぐちゃでしてね。そうしたらある日、同級生の女子学生さんが勝手に私の机の中を綺麗に片付けて整頓してくれてるんです。それには随分感謝してました。同級生を見るたんびに思い出すんですが、ここにも何人かおられると思いますので、あらためてお礼を云いたいと思います。有り難うございました。

再びディスプレイですが、原理は今説明した通りでして、液晶と云うのは少し長めの分子が方向を揃えて並んでるんです。さっきの引っ張ったポリマーフィルムの中の分子の様に並んでるんです。分子の長さは液晶の方がずっと短いのは短いのですが、ともかく方向を揃えて並んでいる。（図32）液晶の定義は〝液体の様な流動性があって、固体結晶の様な異方性があるもの〟、と云う事になっています。ですから、液晶は光に対する異方性のために濁っていて、またどろどろしていて流れますから、簡単に動かす事が出来るんです。

この液晶を二枚のガラス板の間に入れるんです。流し込んで入れるんです。このガラス板と云うのは、透明で、しかも表面は電気が流れる様にインジウム、スズの酸化物で薄く処理されています。従って、これはＩＴＯガラスとも呼ばれ、透明導電材料ですので、電圧がかけられます。この二枚の透明導電ガラスの間に液晶を入れた素子を、さっきの二枚の偏光板の間に挟さんだものが液晶ディスプレイの原理的な構造です。（図33）

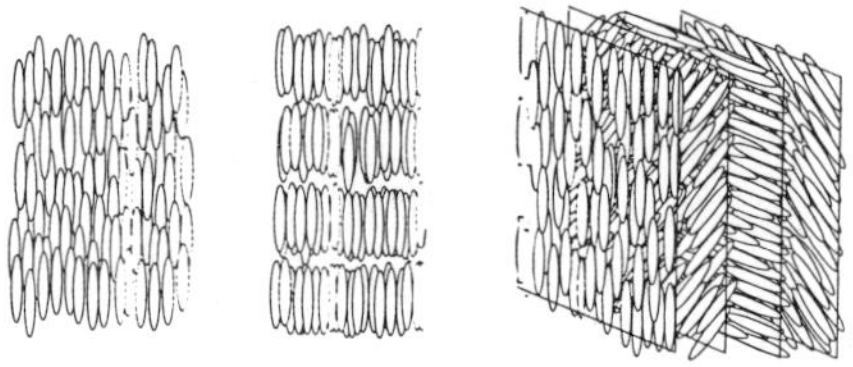

図32．液晶の構造
(a)ネマチック液晶、(b)スメクチック液晶
(c)コレステリック液晶

これに電圧をかけますと液晶の分子が向きを変えますので、二枚の偏光板の間の液晶分子の配向が変

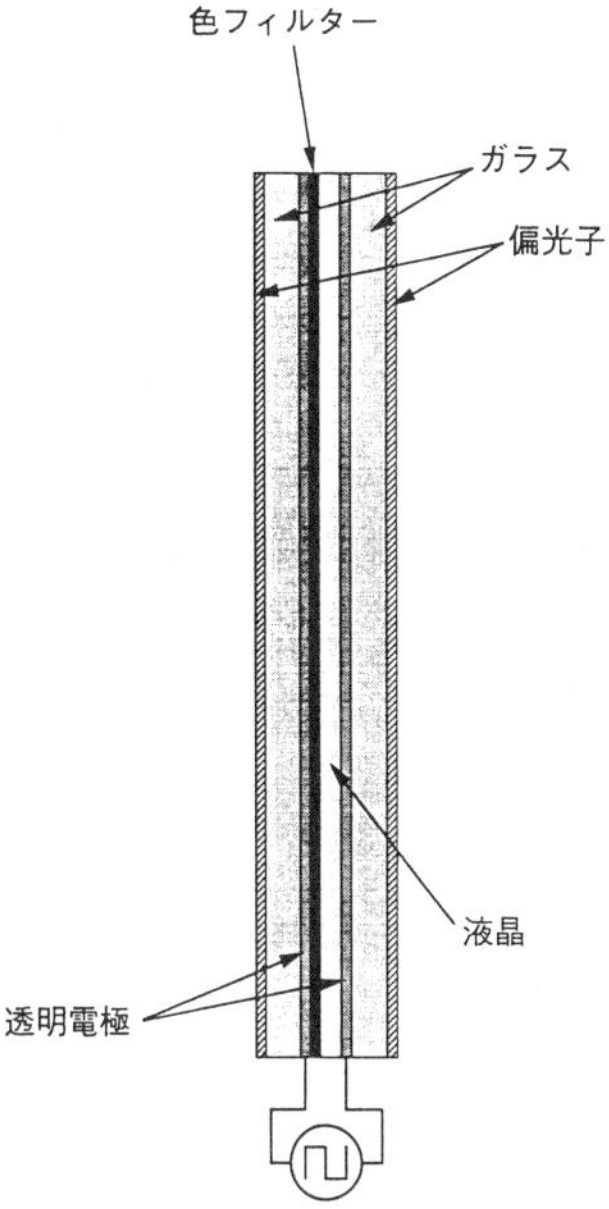

図33. 液晶光スイッチ素子の原理的構造

わり異方性が変化しますから、光のスイッチが可能、と云う事になります。(図34)

それじゃ、カラーはどうするかと云うと、液晶のスイッチ素子の下にですね、さっき見せました色の付いた色フィルタ、それも赤、緑、青の光の三原色に当たる三つの色のフィルタを入れます。こうすると赤の色フィルタの上の液晶スイッチをオンすると赤が見え、緑の上のスイッチ、青の上のスイッチをオンすると夫々緑、青に見え、三つともオンすると白く見える、と云う事になります。

但し、この赤、緑、青の色フィルタは非常に小さくてですね、一つ一つが一ミリの十分の一よりももっと小さいんです。(裏表紙の写真I)

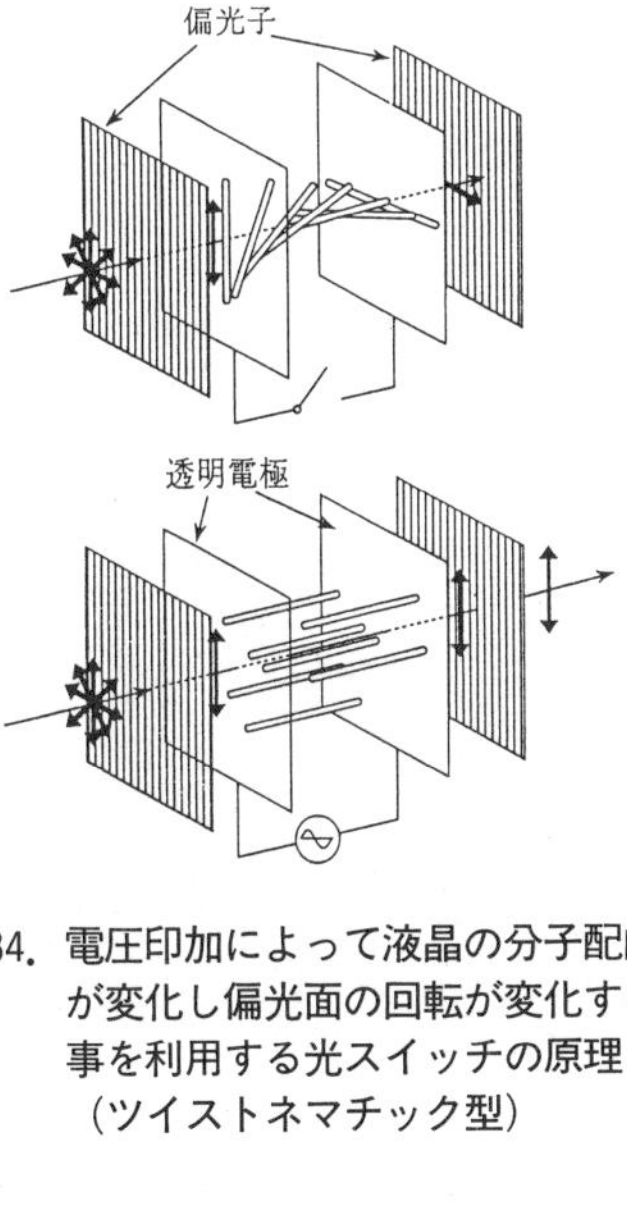

図34. 電圧印加によって液晶の分子配向が変化し偏光面の回転が変化する事を利用する光スイッチの原理（ツイストネマチック型）

従って、もの凄い精密な微細な加工、処理がしてあるんです。ですから、目で見てもポツポツじゃなく連続的な綺麗な絵、字として見えるわけです。

こんな微細加工技術は日本が非常に優れてまして、と云うより日本でしか出来なかった、と云ってもよかったでしょう、これが世界の中で日本の液晶ディスプレイが一番進んでいる理由でもあるんです。

これから見せますのは、もう何年も前のものですが、当時、最も進んでました液晶ディスプレイの例をＯＨＰにしたもので、実は、その頃シャープ㈱の方に教育用に使う用途で貰ったものなんです。

最初のこれ、これはもう今ではよく知られていますね。皆さんの中にも持っている人がいるかも知れませんが、私は持ってませんけど、液晶ビューカムと呼ばれているものの写真です。当時、これを見て液晶ディスプレイが綺麗でびっくりした人がたくさんいました。（図35）

これも以前に、液晶のディスプレイがどのくらい美しいかと云う事を講義や講演で説明するために、シャープ㈱の方から貰ったものです。勿論、残念ながら、これも本物じゃなくてＯＨＰですよ。ついでに、その

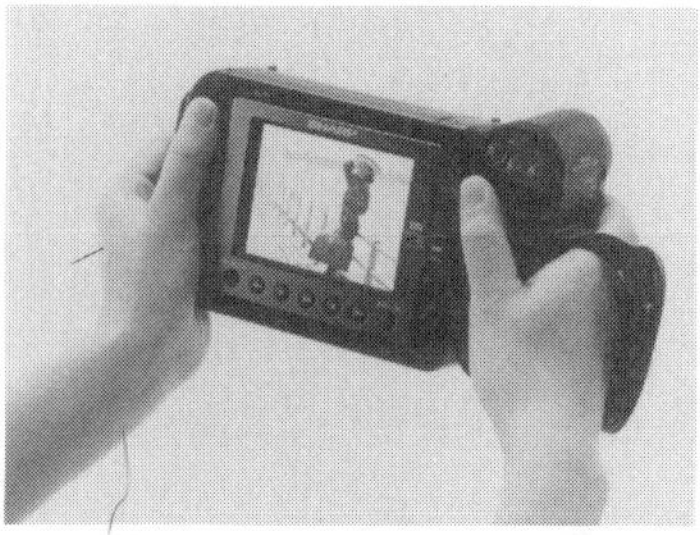

図35．液晶ディスプレイ画面の例（シャープ㈱提供）
右は高精細画面

時貰ったＯＨＰのいくつかを写しましょう。

このハイビジョン用のものは非常に高精細度で美しいですね。今は二十四インチ以上の大きさのテレビ画面サイズのもの迄は凄く綺麗な液晶ディスプレイが出来ています。それから、最初の頃あった、斜め方向から見ると見えにくい、と云う問題も解決されていまして、どんな角度からも綺麗に見える様になっています。しかも、先程述べた液晶デバイスの動作メカニズムは一つの代表的な例でして、その後、様々な方法が提案、開発されて、日本の色んな会社でそれぞれ少しづつ異なったメカニズムの素晴らしいものが作られています。

世界の中で、現状では日本が一番進んでいますが、何時迄もその状態が保たれるかどうかは分かりません。他の国々での研究開発も進みますし、それに、日本で開発された液晶デバイスの製造装置そのものが輸出されるでしょうし、また作るためのコツ、ノウハウ、も伝わる可能性が高いですから。

それから、ディスプレイの原理そのものは簡単で色んな可能性があると云いましたが、実際に、将来、液晶ディスプレイにとって代わる様な新しい原理のものが出現する可能性もあります。研究、開発を怠る事は出来ないのです。

所で、液晶ディスプレイで、もっともっと大きな画面を得ようと云う場合にはどうするかと云うと、投影型、投写型と云う方法を用います。スライドプロジェクタ、昔で云う幻灯或いは映画みたいに、後ろから液晶素子を光で照らして、それをレンズで拡大して壁やスクリーンに大きく映して見るんです、

この図の様に。（図36）

この小さなプロジェクタの中に数センチ角の液晶デバイスがあって、それに出てくる映像を後ろから光を当てて拡大して壁に映しているんです。この場合、液晶は光のシャッタみたいになって、画面の明暗に応じて部分部分で光を通したり、遮断したりしているんです。ですから、何百倍以上に拡大しても綺麗に見えると云う事は、この小さな液晶の画面がもの凄く精細に、信じられないくらいきめ細かく、出来ているからなんです。勿論、カラーですから、赤、緑、青の三つの色の光に対応して別々にシャッタとして機能をする液晶素子が小さく、小さく組み込まれているんです。液晶と云うのは凄い、と云う事がお分かり頂けたと思います。

図36．液晶を用いた投影型の大型ディスプレイ
（シャープ㈱提供）

液晶には、実は、色んな種類がありまして、ここで説明してきたディスプレイに使っていたのはネマチック液晶と呼ばれるものです。私自身が現在研究している液晶と云うのは、これと少し異なるタイプの液晶で、スメクチック液晶と呼ばれるものです。勿論、ディスプレイ応用も可能です。私は基礎研究とディスプレイに繋がる様な原理の研究もしているんですが、面白い事に、こんな液晶を顕微鏡で見ていると、もの凄く綺麗な美しい模様が現れる事があるんです。

例えば、これは宍道湖畔の花の絵じゃなくて、私の扱っている液晶、強誘電性液晶とも呼ばれる一種のスメクチック液晶を、顕微鏡で観察している時に現れた模様を写真に撮ったものです。(裏表紙写真II)凄く美しく、まるで絵みたいな模様でしょう。液晶と云うのは非常に面白い、美しいものだと云う事がお分かりになったと思います。

実は、さっきも触れました様に、この液晶の他に、更に色んなディスプレイの原理があります。ここで多少ディスプレイとも関係します少し別の話題に移りたいと思います。

今年から、私が中心になって、私と、アメリカのバルドネー教授、ボーマン博士、カナダのジョーン教授、ウズベクのザキドフ教授等と六人で国際共同研究を始めたんです。この写真（図37）はそのうちの五人がアメリカで集まって相談した時のものです。日本の旗とアメリカの旗が揚がってますでしょう。

研究のテーマは新しいタイプの面白い光に関する材料についてなんです。何であるかと云うと、ボール、丸い玉を並べたものなんです。非常に小さな同じ大きさの玉を綺麗に並べます。もともと色の付いてない透明な玉を、こうしてきちっと並べると、綺麗な色に色付いて見える様になります。こうして出来たものは何かと云うと、人工オパー

図37．ＮＥＤＯ国際共同研究メンバー

ルと呼べるものなんです。実は、宝石のオパールはこれと全く同じものでして、美しい色が見える原理が全く同じなんです。玉の大きさが光の波長と同じくらいなんで、こんな美しいものになるんです。電子顕微鏡で見るとこの様に玉がきちっと並んでいる事が分かります。（図38）

実は、研究の途中の段階のものをポケットに入れて持って来ていますので、これを見せましょう。これ、まだ完成品ではないです。しかし、それでも、遠くから、後ろの方の学生さんから見たらよく分からんかも知れませんが、近くで見ると非常に美しい虹色に見えます。（裏表紙写真Ⅲ）これがオパールと全く同じ原理で美しく見えてるんです。遠くの人も見えませんかね、分かりませんかね、後ろの方の人。

図38．シリカ小球を積み重ねて作製した人工オパールの電子顕微鏡写真

この様に、玉を並べるだけでも非常に綺麗に見える。この例の様に、宝石の原理を思い出したら、色んなデバイスが可能です。

それから、他に色んな事があります。

私はある時に、もう十五、六年以上も前だったと思いますが、一つの物質で電気の流れる金属の状態と流れない絶縁体の状態の間をスイッチング出来ると云う事を利用したディスプレイを提案した事があります。これはその頃、考えついて作ってみた色のスイッチ素子です。

この赤と青の間で色がスイッチ出来るんですが、実はこれもポリマーです。この赤い時が絶縁体で電気の流れない状態で、青色の時が金属に変化して電気が流れる様になった時の色です。絶縁体の時は青、緑、黄色の光が吸収されて残りの光が赤く見えてるんですが、金属になった時は赤、黄、緑が反射されて通り抜けた青い色に色付いて見えるんです。（裏表紙写真Ⅳ）

これはなかなか面白い内容でしたので、これに関係する研究をやって、あちこちでいくつかの賞を貰いましたが、中には賞金の付いたのもありました。もっとも、その賞金は食べたり、飲んだりするんじゃなく、研究に使いましたが。

今述べたのは、その前に話したものとは全く違う原理で動作してるんです。

先程から、何種類か異なったディスプレイの原理がある事を説明しました。ディスプレイには色んな種類のものが可能なんです。しかも、どれも原理は余り難しく無い。すりガラスを濡らすだけとか、玉を並べるだけとか、プラスチックを引っ張るだけとか、色んな簡単な原理のものがあるんですね。ですから、我々のまだ気が付いていない、まだまだ面白いディスプレイの原理がいっぱいある筈です。皆さんの中で、将来、こういう事をやられる方がある事を楽しみにしています。

今迄話した事は、演題の〝ふるきをたずねてあたらしきをしる〟と云う言葉の意味する事と云うよりも、むしろ、〝世の中で、一見、難しく見える事にも、本当は意外に簡単な事が多いんですよ〟、と云う事を皆さんに知って貰うための話しでした。私が、丁度あなた方くらいの年頃だった頃から五十年近く経っていますが、世の中、随分変わったわけであります。あなた方もこれから五十年も経つと、大きく変化する事が分かってきます。日本は最近で云いますと、少なくとも二回大きく変化しています。

明治維新、これは日本の国内での大きな変化です。勿論、外国、特に欧米との関わりが大きな影響を与えたために起こった事ではありますが、基本的には国内の変化です。幕藩体制、武家体制から明治の新政府になった時ですね。実際には、さっきも述べました様に、欧米によって全世界が植民地化される流れの圧力に曝され時、巧く日本が対処して変化したと見る事が出来ます。次は、第二次世界大戦、太平洋戦争で負けた時です。これは特にアメリカとの関係で日本が大きく変えられたんですね。

これからまた大きく変わろうとしています。今、まさに大きく変化しつつあると云う事を感じ始めている人が、皆さんの中にも、もうおられるかも知れません。これは、世界の中の一員として日本が対応せざるを得なくなって、日本が特殊な立場であると云う主張が、行動が出来なくなりつつある、許されなくなりつつある、と云う事態が進んでいる、と云う事に対応しています。交通、通信の手段の驚異的な進歩によって人や物、情報の行き来がもの凄く盛んになって、世界が実質的に狭くなって来ていますから、当然の流れでしょう。特に、情報、通信が世界中極めて簡単に、即時にやりとり出来る様になりつつありますから、これは従来の仕事のやり方、社会のあり方、人間関係にとてつもない大きな影響を与えて、変化をもたらす筈です。

もっとも、今の流れが本当に良い流れなのか、日本にとってだけでなく、世界にとっても、それは必ずしも自明じゃないと思います。少なくとも、アメリカの主導する考え方での流れの方向に進みつつあります。アメリカにとって都合の良い方向に仕向けられているのではないか、と感じる事もあります。

何れにしても、大変な変化が起きつつあります。ですから、皆さんはこれから大変な時代に生きていかないといけないのです。きっと五十年後、皆さん方が今思っているのと、全く違う世界になっている筈である、と云う事を覚えて置いていて下さい。皆さんはそうなっても対応できる様に、気持ちをしっかり引き締めて、これから進んでいかないといけません。

私自身の事を考えてみても、私の子供の頃からこの五十年間にもの凄く変わっています。勿論、変わっていない事もありますが、変わってしまった事の方がいっぱいあると云う事を、私に絡む事を例にあげて、一寸説明してみたいと思います。

実は、五年程前、少し似た話をこの玉湯町でやった事がありますが、その時は〝過去、未来五十年〟というタイトルでした。私が生まれてから現在までの五十年、更に今からプラス五十年、今後五十年先迄の事、即ち、将来の可能性等を色々、サイエンスとかエネルギーとか、衣食住とか、遊びとか、自然とか、社会とか、家庭とか、教育とか、最後の教育の事はちょぼっとだけですが、とにかく色んな事を思いつくままに話したんです。その時に使った資料が少し手元に残っていまして、その中に五十年経ったら随分変わるもんだな、と云う見本みたいなものがありましたんで、まずそれを使って少し説明してみたいと思います。私自身の事なんです。

今、私は大学にいますから、こんな事を云うと変ですが、どうしても小学校、中学校の頃は勉強が好きで、毎日、毎日勉強ばっかりやっていた様に思われがちです。所が、実は、私は勉強が特に嫌いと云うわけではありませんでしたが、別に好きと云うわけでもありませんでしたので、余り勉強していなかったんです。ただ、学校にいる間は真面目に先生の話は聞いていたと思いますよ。兎に角、今、偉そうな事を云える立場でもなく、少し申し分けなかったんですが、ただ試験の時は何故か少し点が取れる時があった、と云う事だったと思います。それも中学校に上がってからなんです。運が良かったのか、要領が良かったんですかね。

それで、私が毎日何をしていたかというと、魚取りが好きでしてね、休みの日は勿論、平日でも学校から帰ると、それにたまには学校に行く前に、宍道湖や川に行って魚取り、魚釣りをしていたんです。学校よりも、宍道湖や川、玉湯川や小川、それに野山など、ここは自然が凄く豊かですから、そんな所が好きでした。ですから、私のアルバムの中の数少ない写真の中にも、川や宍道湖に関係するものが多いんです。

例えば、これはアルバムから引き剝がしてきた中学生か高校生、あなた方くらいの時の写真ですが、大きな鯉を抱いていますでしょう。(図39) この頃ですと、川で鯉を取ったら叱られますが、私の子供の頃は鯉を取って来たら誉められたんですね。この鯉は今と違って人が川に放流したものじゃなくて、宍道湖から自然に上がって（遡上して）来たものでした。ですから取っても良かったんです。その頃は私が取ると、また次の鯉が自然に川に上って来たんですね。いっぱい魚がいて少々取って食べても良かったわけです。勿論、これは食べるんです。食べるから魚を取るんであって、遊びで魚を取るなんて事はしていないんですね。ですから、この頃食べもしないのに、単に遊びで魚を釣って、スポーツ感覚で楽しんで、時には死なせている人を見るとけしからんと思いますよ。

私は川だけじゃなくて宍道湖にも殆ど毎日行ってました。ですから、鯉（コイ）から、鮒（フナ）、鰻（ウナギ）、鯰（ナマズ）、ハヤ（ハエン）、オイカワ、鮎（アユ）、ニジマス、ゴズ、ウグイ、スズキ（鱸）、セイゴ（スズキの子）、ボラ、ナイス（ボラの子）、ワタカ、サヨリ、エビ、長手エビ、スッポン等随分色んな魚をたくさん取りました。一度は黒鯛も釣りました。それに、何と、草魚やハクレンと云う魚も取った事があります。これは、家の裏にあった、確か、国立の水産試験場に日本での生育の可能性を検討する為に、中国から持ち込んで飼われていたものですが、大雨の時にこれが逃げ出していたんです。

図39．釣った鯉を抱いた著者

忘れもしませんね、色んな事がありました。〝そうき〟と呼ぶ竹で作ったザルを使って田圃の横の小川でドジョウも取りました。安来節でやるドジョウすくいと全く一緒のやり方です。ドジョウの他に色んな小魚がたくさん取れたんですが、中に数センチから十センチくらいの、鯖（サバ）の様な少し模様のある体で棘のある綺麗な魚が時々取れました。その頃でも珍しかったですが、今は全く見かけません。私の父に聞きますと、父が子供の頃はその魚がいっぱいいたそうです。確か剣魚と云っていた様に思います。ドジョウだって色んな種類のがいましたが、砂地にいる砂ドジョウは食べませんでした。色んな種類の蟹もいました。蟹の爪、腕の所に茶色の毛が生えた大きな蟹はうまかったですね。

私が皆さんと同じ中学生の頃、毎朝の様にエビ取りに宍道湖に行きました。大体、朝の五時頃から七時過ぎ迄、学校に行く前に魚取りに行くんですが、この二時間で大体一貫匁くらいでしたから、約三キロから四キロ余りも取れました。それを魚屋さん、近藤鮮魚店と云うんですが、そこに売りに行ったんです。漁師さんが舟で出て、柴浸けと云う方法で取られるエビより、私が取る方が、形は揃って大きいし、しかも量も多かったので、いつも近藤さんも漁師さんも驚いていました。〟お前、一体どげして取るてて〟。実際には、私はエビ突きタモと云う小さな白い網で、一匹ずつ取っていたんです、糠を使っておびき寄せながら。自分で云うのもおかしいですが、名人級だったんですよ。この写真に写っている当りでエビを取っていたんです。もっとも、この写真はずっと後のもので、うちの娘を魚釣りに連れていった時のものですが。（図40）表紙の写真もそうです。

所が、ある日ですね、丁度、私の地域である湯町と隣の林地域の中間あたりの宍道湖岸でエビを取っておりますと、頭の上の道路、国道九号線ですが、そこを色んな人が通るわけです。その頃、その頃も今もですが、私は非常に純情でした。道路の上を誰か通るんです。ちっらと見上げると、同級生の女の子なんです。福間志賀子さんと云う子と、よく名前を覚えてますね、戸谷鶴枝さんと云う子と戸谷幸栄さんと云う子の三人ですが、私は恥ずかしくて下を向いてエビを取り続けてました。同級生三人も私に声をかけたりしません。やっぱり、純情で恥ずかしくて男の子に声をかけられなかったんでしょうね。

そのまま行ってしまいましたが、私はそのまま下を向いてエビを取り続けてまして、大分、この三人が遠くへ行った頃、頭を上げようとしましたら、その瞬間、上の方から大きな声が聞こえてきたんです。

〝オッチャン〟

パッと顔を上げると、五、六十歳くらいの道路工事をやってる様なおじさんが二、三人いて、私を見て云ってるんです。もう一度〝おじさん〟と云いますんで、〝僕は中学生で、おじさんと違いますよ〟と云う気持ちで顔を上げて見せたんですね。

帽子をかぶってたんですが、麦わら帽子を。それで、上を見て顔を見せたら、確認して、もう一度云うんです。

〝おじさん、取れますか〟

図40．エビ取り、魚釣りの舞台となった湖岸

ってね、ショックだったんですよ。

（爆笑）

でも、考えてみたら、福間さんと戸谷さん達が学校へ行くのに、何で私が宍道湖に入ってたのか、不思議ですね。

そのくらい、勉強は余り好きではなかったんですかね。余んまり一生懸命勉強した事は覚えてませんが、もともと特に勉強が好き、と云うわけじゃなかったから覚えてないと思いますね。もっとも、嫌いで、嫌で、嫌で、と云う事もなかったんです。学校におる間は真面目に勉強してましたよ。所が、変な事はよく覚えているんです。

よく覚えているのはですね、中学一年の時、新校舎が出来たんです、ここにね。その前は川、玉湯川の向こうの小学校の横に小さな校舎があったんです。そこから、ここへ移転して来たんです。私達生徒は一人が一つづつ自分の机を担ぎまして、背中に乗せてここまで運んだ事を覚えています。ですから、先程も校長室で校長先生と話してますと、〝昭和二十九年に中学校校舎が新築されて、こちらに移転して来ました〟、とおっしゃいましてね、〝それは僕らだった、僕らだった〟と内心ほくそ笑んでいたんですよ。実際に机を運んでたんです。

（笑）

試験についても変な事だけを覚えているんですね。

理科の長谷川先生という方がおられまして、ある時、その先生の試験があったんです。答案用紙が返されてきたのを見ると、0点と大きく書いてあるんですよ。何で0点かなと思ったんですが、最大限減点する、百引く百イコール0点（100－100＝0）と書いてありました。思い出しました。落書きしていたんですね。答案用紙の裏にいっぱい書いてたんですね、ネコ、ネコ、ネコ、ネコ、ネコと大きな字、小さい字で裏一杯に。（笑）

その長谷川先生のニックネームがネコだったんです。そら、当たり前ですわ、0点で。その年は確か成績が悪かったんじゃなかったかと思います。（笑）

それから三年の時ですね。授業の最中に、そこの山、玉湯中学の前の所、根尾の方に向かう道の右側の山が火事になりました。今だったら絶対にあり得ない事ですが、突然、放送、校内放送がありまして、〝三年生はすぐに山へ行って消火して下さい〟とせっぱ詰まった様な先生の声が流れました。それ、よく覚えてるんです。と云うのは張り切りまして、半分嬉しくてですね、消しに行くのが。火事は嬉しくはないんですが。必死に消火活動しましたよ、皆んな。そういう変な話しはよく覚えていますが、勉強の話しは余り覚えていないもんです。（笑）

それから、木幡先生と云う先生もおられて、厳しく結構叱られました。〝試験も努力が大事で、点数そのままじゃなくて、能力で割り算して点を付けた方が良い〟なんて云われてた事もありました。今になると分かるんですね、努力がいかに大切かと云う事が。コツコツ努力が出来るか出来ないかで随分違うもんですね。皆さんは努力する習慣を是非身につけておいて欲しいと思います。少なくとも、一度は、努力してうまく行くという体験をしておいて欲しいと思います。

五十年も経つと大きく変わるというもう一つの証拠はこれです。この写真は私が小さい頃の写真で、この可愛いのが私です。（図41）

図41．著者2～3歳頃の家族写真

図42．著者3歳頃の写真

（笑）

これも私です。これも可愛いですね。（図42）

（笑）

これ、小学校の時の写真です。玉湯川の向こうの小学校の、もう今はありませんが講堂、体育館の前です。（図43）小学校一年に入学した時の写真ですが、習った先生がいっぱいおられますね。この右端が担任の遠藤先生、さっきも話しました

図43．小学校入学時の写真

が、優しい先生でした。一年の途中で出雲の方にお嫁に行かれて、小汀先生と名前が変わって学校を移られたんです。学校を移られたんで、習ったのはほんの短期間ですが、本当に優しい先生でした。どんな事があったのか細かい事は分かりませんが、優しかった事は記憶しています。

それ以来、長らくお会いしていませんでしたが、今年、一寸したきっかけで連絡が取れまして、電話でお話をしたんですが、懐かしかったですね。まさに五十年ぶりです。実は、さっき古い蓄音機の写真を見せました大阪の〝島根〟と云う居酒屋さんの店主、福代さんという人が、出雲で小学校の時に小汀先生に習われた様で、〝やっぱりもの凄く優しくて一番良い先生だった〟、という話しになり、電話番号を探して夜中に突然電話をさせて貰ったというわけです。世の中意外に狭いな、と思う事もたびたびあります。この話しはさっきもしましたね。

これ、小学校三年くらいの時の写真ですが、この頃迄は可愛いですね。（図44）一緒に写っているのは弟、隆夫です。次は四年から五年の頃。（図45）（図46）これも結構可愛いです。それがだんだん大きくな

図44．小学校４年生頃、稲を干す“ハデ”の上に上っているの写真（左は弟）

図45．小学校 4 ～ 5 年生頃の写真、玉湯川の川原で

図47．中学校 1 年生頃、宍道湖岸で、左は弟

図46．小学校 5 年生頃、玉湯川の川原で

りますとえらい事です。学校でコピーをとるとこんなのばっかりですね。

（笑）

最近、宍道湖畔の松の木、良い形の松の木だったけど無くなりました。これ、私と弟です。（図47）当時、私の方が弟より可愛いかったですが、今は逆転しましたね。こんな写真ばっかりですが、要するに世の中変われば変わるものだと云う事です。

（笑）

これ、中学校の修学旅行の時の写真です。（図48）まだ、少し可愛いですが、これ、大阪城です。今、この近くで仕事していますが、なんか感慨深いですね。

この頃から、一寸変になってきてます。（図49）真中が私ですが、この中学校の正面の所に池があったんです。この頃になるとえらいおっさんになってますね。

これが卒業する少し前の写真ですが、以前は中学校の校舎、こんなになってまして、一学年が百人。（図50）ここに友達がいっぱい写ってますが、一番後ろの列にいるのが私です。まだ、そこそこいいですね。

何で、だんだん変な顔になっ

図48．中学校修学旅行の時の写真

図49．中学校３年生の時、学校の玄関の池の前で

図50．中学校卒業の頃の写真

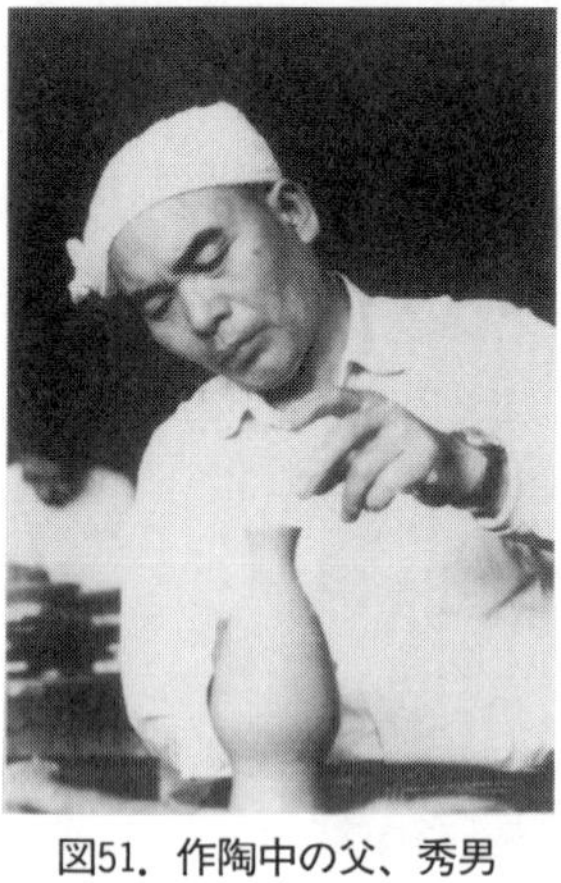

図51．作陶中の父、秀男

たのかな、と思ってましたが、よう考えたら、うちの親父さんにそっくりな顔になってきたんですな。これ親父の写真です。（図51）

（爆笑）

まあ、そんなんで変な事ばっかりしてて、昔の事ですから勉強はそんなにしなかったですが、ただ試験の要領だけは悪くなかったでしょうね。と云うのは、先生の顔を見てると〝この先生は、こんな問題を出しそうだな〟と何となく見当がつく

んです。後は魚取り。（笑）

実は、私、少しコンプレックスがありました。何でコンプレックスかと云うと、私、体操が余り良くなかったんです。本当は、私、運動能力が特に劣っているわけでもなくて、そんなに悪くはないのでコンプレックスを持つ必要なんかない筈なんです、百メートルも十三秒余りで走れましたから。

所が、これは私の兄の写真ですが、これと少し関係があります。（図52）

これは昔の小学校の前での写真です。ここから右に少し行ってさらに直角に曲がった所に中学校がありましたが、青年学校の建物を少し改装しただけでした。中学校と名前を変えただけの様な小学校と棟続きの建物でした。間借りしてる様なものでしたんでしょう。その中学校の写っている写真を探しましたが、家では見つかりませんでしたから、これを借りて持って来たわけです。

図52．兄の中学校時代の野球部員、バレー部員が卒業後校庭に集まった時の写真

これには兄の同級生と兄より一、二年上の人達が写ってます。勿論、私はいません。大きな栴檀（せんだん）の樹があります。元の小学校、中学校の前の庭、校庭は二段になってまして、上の段にこの大きな栴檀の樹があり、下の段がグラウンドになってました。栴檀の樹がこの学校のシンボルみたいなものでしたが、秋には大きな実が付きましたので、寒くなってからも、百舌鳥(もず)、ツグミなんかがたくさん飛んできて、ピーッ、ピーッと鋭い鳴き声が聞こえました。〝栴檀は双葉より香んばし〟の意味がよく分かります。素晴らしい樹でしたから。

前置きが長くなりましたが、この写真が何であるかと云いますと、兄が野球部に入ってまして、バレー部の人達と一緒に写真を撮ったものの様です。中学校を卒業して、高校生くらいの時に集まったものの様です。写っている先生は坂口先生と云った様に思います。私は直接は知りませんが、兄がよく話していましたから。

兄は野球をやってましたから、私にも野球をやらせようと思ったんです。その頃、私は体が大きかったんです。

兄、富夫と私は五つ違いですので、兄が中学校の野球部に入ってる頃、私は小学生ですわ。私を鍛えよう、仕込もうと思ったんでしょう。家の庭で、野球のボールを投げて私に捕らすんです。丈夫ですが布で作ったグローブで受けるので、手は痛いし、私は余り上手じゃなくてうまく捕れない時もあるんです。小学生ですよ、それも三年生くらい。そうしますと、怒った兄は近い距離から力一杯速い球を投げ

るんです。よけい怖くて下手になりますよ。（笑）

所が、私の二つ三つ下の弟、隆夫はうまく受けるんですな。余計に、私は自分が下手だ、能力が無いと思うんですね。それに、私より弟の方がずっと足も速い。お陰で野球をやるのが余り好きにはなりませんでした。だから、大きな体でしたが、結局、中学へ行ってから野球部に入りませんでした。こんな事があったんで体育コンプレックスになってるんでしょう

私はむしろバスケットボールの方が好きでした。当時は男子は野球部、女子はバレー部だけでしたんで、バスケット部としての活動はありませんでしたが、結構うまかったですよ。

この写真にも写っていますが、実は、庭にバスケット用のリング、ネット付きのポールが二本建っていて、庭でバスケットが出来る様になってました、当時から。

所で、こんな話しをしているうちに今思い出したんですが、バスケットボールの事をロー球、バレーボールの事をハイ球と云うんです。考えてみると変ですね。バレーも確かに高いネット越しに打ち合うからハイ球で良いかも知れませんが、もっと高い所にボールを入れるバスケットがロー球というのは面白いですね。ロー（low）は英語で低いという意味ですからね。むしろ、ハイ（high）球と云う方が妥当の様に響きます。ハイは高いという意味だから。もっとも、本当はバスケットボールはかごに入れますから、かごの漢字、篭、の音読みがローですので、ロー球と云うんでしょう。

バレーのハイ球も本当は排球と書いていましたから、自分のコートからボールを排除する為、隣のコートに打ち込む、それを隣は打ち込まれないようにして、打ち返して排除し合うと云う事でハイ球、排球かも知れませんね。

そんなわけで兄にコンプレックスを持ってたんですが、弟も野球をやりましてね。弟にもコンプレックスを感じたんですな。弟は足も速かったんで、百メートルを確か野球用のスパイクシューズを履いて十一秒そこそこで走ったんじゃなかったかと思います。投げれば球は速いし、捕るのもうまいし、よく打ちますんで、中学一年で野球部に入ると、間もなくの頃から試合に出して貰い結構活躍するんです。私よりずっと体が小さくて、やせっぽちだったんですが。

いつも試合に行っては勝ったり、優勝して来るんです。これも弟の写真で、同級生の方も何人か写っています。どっかの大会で優勝したんですね。（図53）

さて、先程、校長先生の所でお話を伺っていますと、今も玉湯中学はスポーツが盛んだそうですが、その頃も凄かったんです。何せ、郡大会とか県大会とかに出ては優勝したり、賞を貰ったりして帰って来るんですね。この写真もそんな中の一つです。（図54）こっちの写真には先生や父兄もたくさん写っています。（図55）

兎も角、色んな大会がありましてですね、それに出ては優勝したり、優秀な成績を上げるもんですから、兄としては嬉しいんですが、少し弟にコンプレックスを持つんですよ。そんなんですから、私の体育コンプレックスはだんだん強くなるんですね。

（笑）

実は、私は中学二年迄は体操の成績は大体三だったんですよ、五段階評価で。私、結構何をやっても強いし、粘り強いし、そこそこでしたから、本当は三の筈はないと思いますけど、何となく不きっちょで、見かけが悪かったですから、そのせいではなかったかと思います。

所がですね、不思議な事に弟が一年に入ってきて野球部で選手になって活躍し出すと、途端に私の成績が五になったんですね。

図53．玉湯中学校野球部の活躍を示す写真（弟が中学３年生の時）

図54．玉湯中学校野球部の活躍を示す写真（弟が中学３年生の時）

図55．弟が３年生の時の玉湯中学校野球部員とその家族および先生

（爆笑）

確かに、三年生になった頃から、かなり運動が出来る様になった様な気がしないでもありませんでしたし、私の好きなバスケットボールや柔道を体操の時間にする機会も増えましたが、これは弟のお陰だと直感で分かりましたね。彼の兄が下手な筈がないと思われたかも知れません。弟に感謝しました。こんな事を云うと先生に叱られるかも知れませんが。

（笑）

私自身も子供の頃の自分と比較すると大きく変わって来ていますが、五十年も経つと、世の中、人間だけじゃなくて、社会も変われば自然も変わり、殆ど全てが変わります。先程、ラジオやレコードの話しをしました。あんなでかいラジオや蓄音器、今はもう使われませんし、探してもなかなか見つかりません。それに、あれは手回しの蓄音器で、逆に値打ちものですよ、今になると。

これは私の生まれた家ですが、この道路を見て下さい。私が中学生の頃の様子です。（図56）湯町で、玉湯川に架かる国道九号線の橋、畦無橋（あぜなし橋）と云うんですが、この橋の所から川に沿って宍道湖の方へ出ていく道でして、こんな舗装のされていない凸

図56．自宅写真、昭和32～33年頃、玉湯～松江間の有料湖岸道路工事の竣工直前

凹の道、地道だったんです。ここに写っている道の横にあるのが私の家で、こちらの方は今と余り変わりません。

この家の前に、今は松江の方へ行く国道がついてます。最初は有料道路だったんですが、現在はこれが国道九号線となってます。国道九号線も今と昔では違うんです。この写真は、その新しい道路を造るため、私の家の前の家の田圃を埋める直前に撮ったものです。こんな状態から、今の様な状況になるなんて想像もできません。今は、毎日もの凄い数の車が丁度この田圃の上あたりを走ってるんですね。その頃は五、六月頃になると田圃の上を蛍が飛んで優雅なものだったんですよ。その蛍が時々家の中に迄飛び込んで来ました。今は、家の中に蛍は飛んで来ませんが、蛍光灯がついてます。そう云えば蛍光灯が広まる頃から蛍の数が減ってきた様な気がしますね。

これはさっきの畦無橋の上で妹、敬子と一緒に撮った写真です。（図57）車が少ないからこんな写真が撮れるんです。面白いですね、私、高下駄はいてます。ボクリと云ってました。丁度背景の山の下の所に、今この中学校が建ってます。

ついでにもう一つ橋の写真を出しましょう。（図58）これは玉湯小学校の前の所に架かっていた橋ですが、今はもう架け替えられて違ってるんでしょう。

図57．玉湯川に架かる畦無橋の上、左は妹

さっきも云いました様に、その頃の私は運動神経はにぶいですが、体がでかかったです、当時の小学生としては。先程の年表を思い出して貰うと分かりますが、兄が中学校で野球部にいる頃、私は小学校三年生頃です。多分、私を野球になじませるつもりもあったんでしょうか、兄に八束郡で開かれる色んな野球大会に私は連れて行かれました。だから、色んな中学校へ行きました。

私は試合の時、ベンチに座ってるんです。勿論、私は選手として試合に出るんじゃなくて試合を見物してるんですが、時々、監督の先生から、〝おい、買って来てくれ〟と云ってアイスキャンデイを買いに行かされるんです。当時はアイスケーキとも云ったと思います。兄は偉いと思いますよ、弟を試合に連れて行ってベンチに入れるんですから。いつもベンチに入ってますと、対戦する相手のチームの先生や選手からですね〝玉湯中学校にはえらい幼い、小さな選手がいるな〟と云われた様ですが、それは私の事です。（笑）

図58. 玉湯川に架かる玉湯小学校前の橋（弟の同級生）

こうして、その頃はあちこちについて行ったんです。と云いますのは、八束郡と云うのは結構大きかったんです。今は、自分のいる所が八束郡と云う名前である事を、一寸、片身狭く感じてる人もいるかも知れませんが、八束郡と云うのは昔はとても大きく、たくさん村があったんですね。明治の中頃は四十ヶ村以上もあったんです。その頃玉湯は玉造村と湯町村に分かれていた様ですが。

こんな名前聞いた事がありますか。私は大体何処にあるのか分かります。宍道、来待、忌部、乃木、大庭、熊野、岩坂、揖屋（いや）、出雲郷(あだかい)、竹矢、津田、意東、二子、波入、恵曇(えとも)、佐太、古志、古曽志、長江、、秋鹿（あいか)、大野、伊野、朝酌、西川津、東川津、持田、本庄、森山、美保関、片江、千酌、野波、加賀、大蘆、講武、生馬、法吉(ほっき)。それから村の合併が進んで、更にたくさんの村が松江に合併されていって減っていきます。宍道湖の向こうの伊野村だけは平田市に編入された様ですが。玉湯は私が高等学校二年生頃、確か当時の皇太子殿下と美智子さんの御成婚の年頃に、ですから昭和三十四年に町になってると思います。実は、それまでは村だったんですね。

その頃、一寸古い時代の八束郡はどのくらいの大きさだったか、と云う事を見てみると面白いです。これは島根県の東部の少し古い地図です。(図59）八束郡を線で囲んでおきましたけど、こんなに八

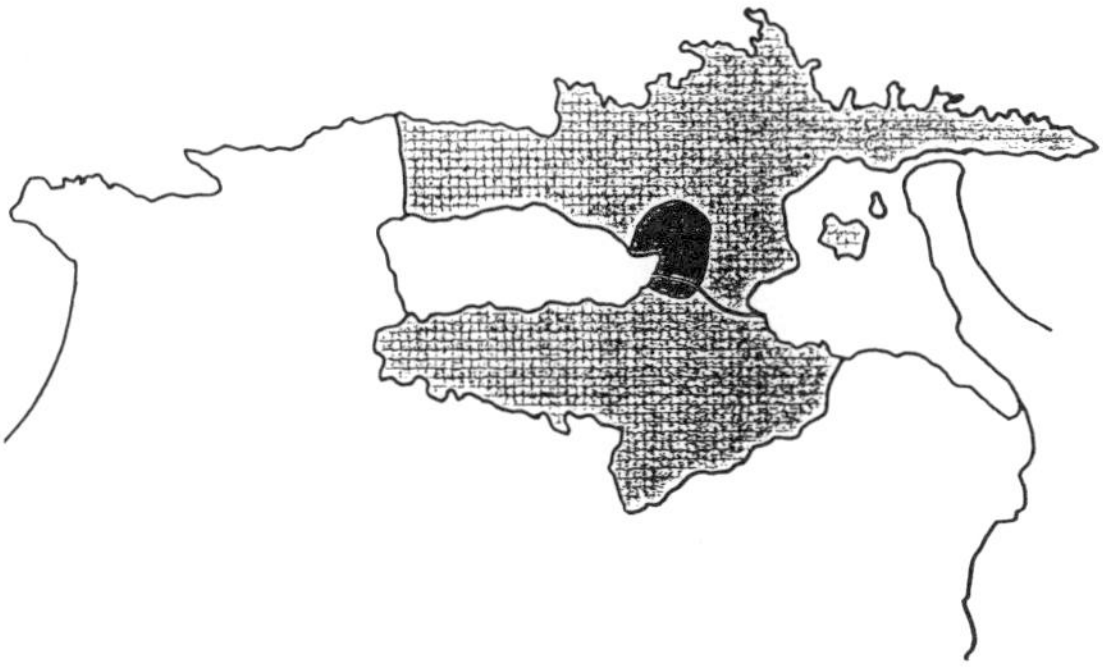

図59. 少し古い島根県八束郡の地図、濃い部分は松江市

東郡は大きかったんですね。松江はこんなに小さい。八束郡に囲まれた小さい市だった事がこれを見て分かります。八束と云うのは、出雲風土記にも出てくる八束水臣尊（やつかみずおみのみこと）に由来するらしく、本当に由緒のある名前です。自信を持って下さい。

その後、どんどん松江市に合併が進んで、八束郡は飛び飛びの大分小さな郡になりました。

時々思うんです。誰が決めるのか知りませんが、町や村の名前や駅の名前なんかが余りに簡単に変えられてしまいます。もう少し考えたが云いと思いますよ。松江の東隣の駅が昔は馬潟でしたのに、今は東松江となっています。何か味わいのない、通り一遍の名前になって、その土地の豊かな歴史が無視されて消えていく様で一寸寂しいですね。松江の西隣の駅が、西松江という駅名に変えられるのではないか、と心配していましたが、昨日見てみると、まだ乃木駅で安心しました。

こう云う様に、町村の名前から町の様子まで全てが変わってるんですね。ですから、人間も変われば、社会も生活環境も全てが変わっていくわけですが、五十年後に一体どうなっているのか、どう云う事が起こってるのかは私には説明できません。

従って、そう云う事は予測もできませんが、過去、時々、将来を予測して当てる人と当てない人がいます。当てた人の中で有名な人は誰かというと榎本武揚です。

私は、今年の春まで電気学会と云う学会の副会長をやっていたんで色んな事を知ったんですが、榎本武揚はその学会の会長もやった人なんです。

数年前、もう十年くらい前になりますか、電気学会創立百周年と云うのがありまして、その時、最初に発行された電気学会誌第一号が復刊されたわけですが、これはそのコピーです。(図60) 電気学会は明治二十七年に創設されていますが、初代の会長がこの榎本武揚だったんです。

皆さん、榎本武揚と云う人をご存じない人が多いでしょうが、高等学校へ行きますと歴史の中で出てきます。榎本武揚は五稜郭の戦いと云うので有名です。丁度、江戸から明治に変わる時、江戸城明け渡しの事も含めて西郷隆盛と勝海舟が談判しました。その結果、江戸城を無血開城して徳川が退き、明治に変わるんですが、その時、江戸幕府側の榎本さんは断固反対して、最新の軍艦を引き連れて北海道迄行き、独立国家、共和国を造ろうとするんです。

その背後には色んな話しがあって、それぞれ、そ

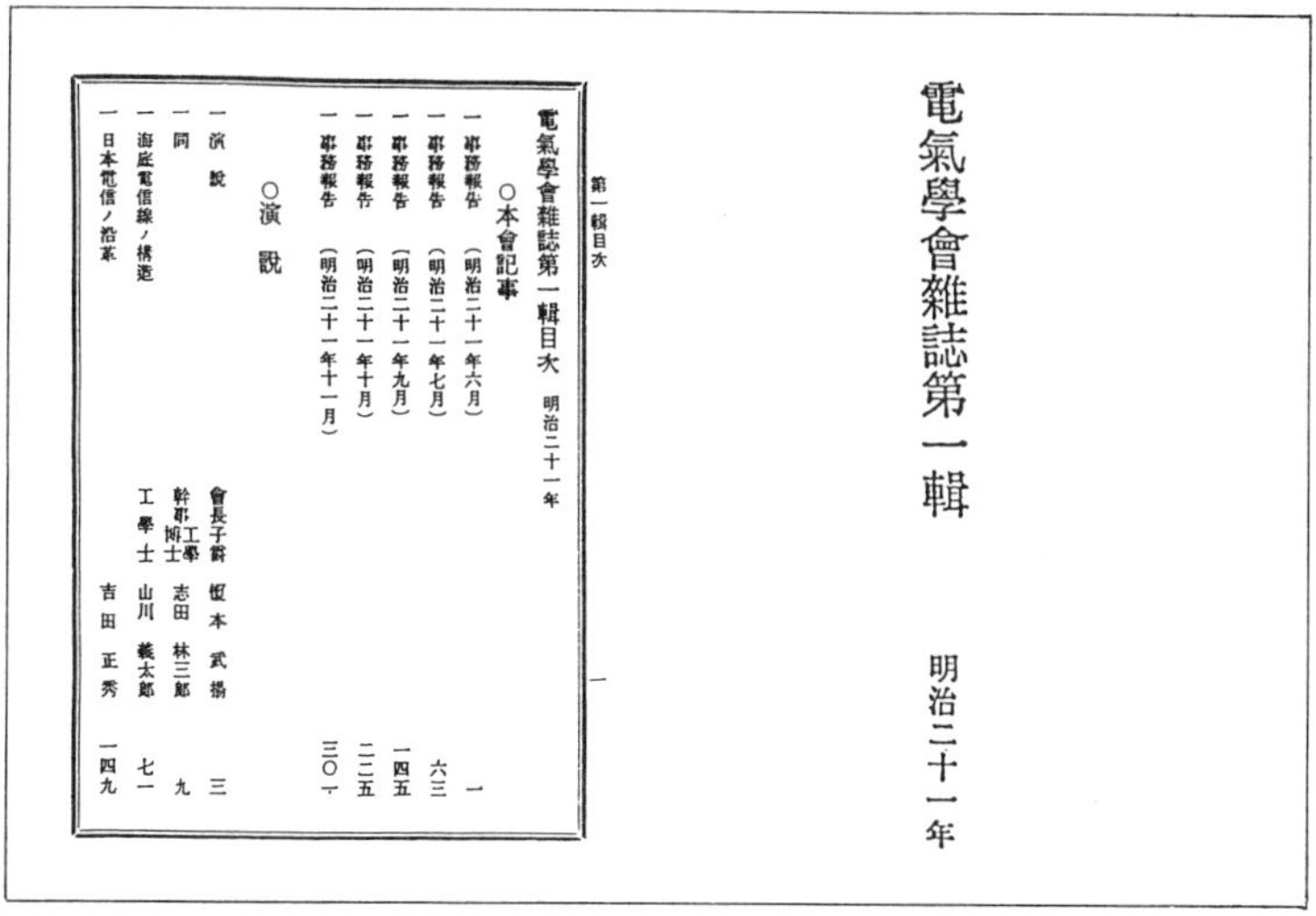
電氣學會雜誌第一輯

明治二十一年

第一輯目次

電氣學會雜誌第一輯目次　明治二十一年

○本會記事

一　事務報告（明治二十一年六月）　一
一　事務報告（明治二十一年七月）　六三
一　事務報告（明治二十一年九月）　一四五
一　事務報告（明治二十一年十月）　二二五
一　事務報告（明治二十一年十一月）　三〇一

○演　說

一　演　說　會長子爵　榎本武揚　三
一　同　幹事工學博士　志田林三郎　九
一　海底電信線ノ構造　工學士　山川義太郎　七一
一　日本電信ノ沿革　吉田正秀　一四九

図60．電気学会雑誌第１号（表紙と目次）

れなりの意味があるんですが、結局、最後にこの榎本さんは五稜郭の戦いで負けてしまうんです。その時に相手側、明治新政府側の大将が黒田清隆と云う人ですが、この黒田さんが〝榎本武揚と云う人物は凄い人物で、死なせてしまうのは惜しい〟と云う事で、説得して最後は降伏させるんです。その後、色々あったんですが、榎本さんは明治政府に入り、非常に立派な重要な働きをするんです。

何故、榎本さんはそんな凄い人物で、立派な働きが出来たかと云うと、それなりの過去があるからなんです。この人は幕府側と云う事で、一般にはコチコチの古い考えに固まった人間と思われるかも知れませんが、実際には非常に進んだ考えの出来る人だったんです。

何故かと云うと、実は、江戸時代に何年間かヨーロッパに留学して最新の技術と考え方を身に付けていたからなんです。ですが、色んな理由があって幕府側にいて最後迄抵抗したんですね。

例えば、国際条約をどうするかとか、海洋の取り決めをどうするか、と云う様な問題にまで知識を持っていたんです。この人だけだった、と云う人もありますね、当時そんな事が考えられる人は。それで、敗軍の大将だった人ですのに、明治に入って大活躍して文部大臣はもとより、いろんな大臣をやってます。

いずれにしても、日本の明治維新の時期と云うのは世界史的に見れば大変な時でした。西欧諸国が次々と植民地化を進め、世界分割が終わる寸前だったんです。イギリスが海沿いに中近東、インドを抑えて中国に迄進出しつつあり、フランスはベトナム、オランダはインドネシアと云う様に、更にはロシアはユーラシア大陸の北を進んで南下を初めて中国北部に至り、一方ではアメリカが太平洋の島々を抑えて更にフィリッピンを支配下に治める等、日本の周辺にどんどん押し寄せて来ていましたから、日本自体も見方によっては風前の灯火、と云えなくもない様な状態だったと思います。だから傑出した指導者が不可欠の時代であったんです。

ここで何を云いたかったかと云うと、要するに、人間は転んでもまた生き返る事がある、と云う事なんです。最近は、一回転んだらもうだめという風潮で、これをマスコミが煽ってる面もある様に思えますが、そんな事はないと云う事です。人には色々あっても、抹殺してしまうのでなく、復活できるチャンスを与えるべきと思います。それと、世の中には、人の才能を見抜く力のある人が必要で、極めて重要だと云う事です。

この榎本さんと、榎本さんが第一代電気学会会長だった時の幹事さん、志田林三郎さんと云う人ですが、この人が予測をしてるんですね。あらゆる事を予言しています。

これがさっきの電気学会誌の第一号の中味です。(図61) 明治二十七年のものです。従って、文章、字体が少し古いので、読んでも分かり難いかも知れませんが、要するに、ラジオが出来る、テレビが出来る、それからファックスが出来るとか、更に無線が大幅に進歩するとか、電車がどうなる、飛行機がどうなる等と、将来を予測し、それを今から見ると殆ど全部当てています。

当たってないのは何かと云うと、地震の予知が出来ると書いてますが、それだけ。地震が何時、何処

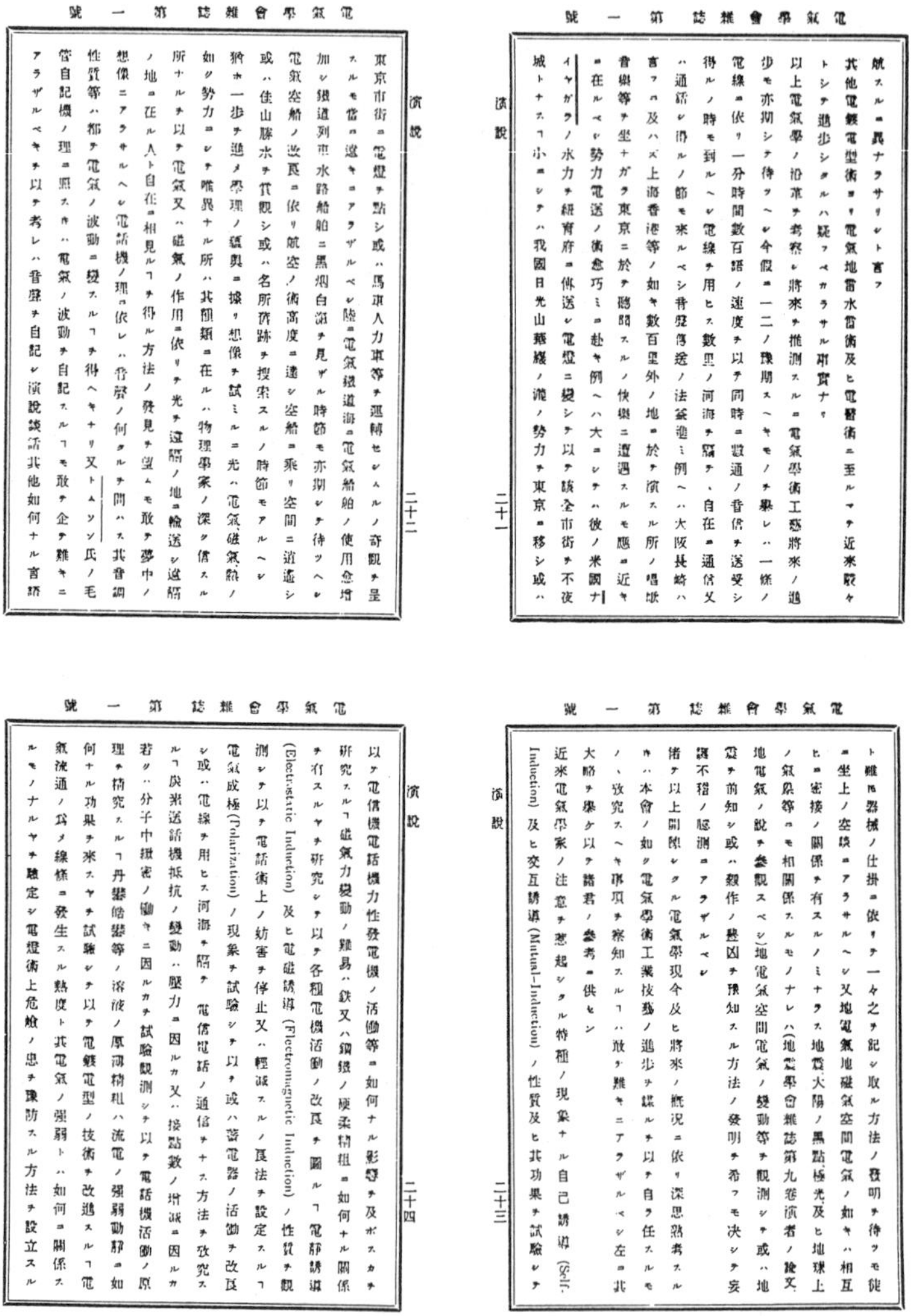

電氣學會雜誌　第一號

演說

航スル＝異ナラサリシト言フ
其他電鍍電型術ヨリ電氣地雷水雷術及ヒ電醫術ニ至ルマテ近來駸々
トシテ進歩シタルハ疑フヘカラサル事實ナリ
以上電氣學ノ沿革ヲ考察シ將來ヲ推測スルニ電氣學術工藝將來ノ進
歩モ亦期シテ待ツヘシ今假ニ一二ノ豫期スヘキモノヲ擧レハ一條ノ
電線ニ依リ一分時間數百語ノ速度ヲ以テ同時ニ數通ノ音信ヲ送受シ
得ルノ時モ到ルヘシ電線ヲ用ヒス數里ノ河海ヲ隔テ、自在ニ通信又
ハ通話シ得ルノ節モ來ルヘシ音聲傳送ノ法益進ミ例ヘハ大阪長崎ハ
言フニ及ハス上海香港等ノ如キ數百里外ノ地ニ於テ演スル所ノ唱歌
音樂等ヲ坐ナガラ東京ニ於テ聽聞スルノ快樂ニ遭遇スルモ應ニ近キ
ニ在ルベシ勢力電送ノ術愈巧ミニ赴キ例ヘハ大ニシテハ彼ノ米國ナ
イヤガラノ水力ヲ紐育府ニ傳送シ電燈ニ變シテ以テ該全市街ヲ不夜
城トナスヿ小ニシテハ我國日光山華嚴ノ瀧ノ勢力ヲ東京ニ移シ或ハ

二十一

電氣學會雜誌　第一號

演說

東京市街ニ電燈ヲ點シ或ハ馬車人力車等ヲ運轉セシムルノ奇觀ヲ呈
スルモ皆ニ遠キニアラザルベシ陸ニ電氣鐵道海ニ電氣船舶ノ使用愈增
加シ鐵道列車水路船舶ニ黑烟白湯ヲ見ザル時節モ亦期シテ待ツヘシ
電氣空船ノ改良ニ依リ航空ノ術高度ニ達シ空船ニ乘リ空間ニ逍遙シ
或ハ佳山勝水ヲ賞觀シ或ハ名所旧跡ヲ搜索スルノ時節モアルヘシ
猶ホ一歩ヲ進メ學理ノ蘊奥ニ據リ想像ヲ試ミルニ光ハ電氣、磁氣、熱ノ
如ク勢力ニシテ唯異ナル所ハ其種類ニ在ルハ物理學家ノ深ク信スル
所ナルヲ以テ電氣又ハ磁氣ノ作用ニ依リテ光ヲ遠隔ノ地ニ輸送シ遠隔
ノ地ニ在ル人ト自在ニ相見ルヿヲ得ル方法ノ發見ヲ望ムモ敢テ夢中ノ
想像ニアラサルヘシ電話機ノ理ニ依レハ音聲ノ何タルヲ問ハス其音調
性質等ハ都テ電氣ノ波動ニ變スルヿヲ得ヘキナリ又トムソン氏ノ毛
管自記機ノ理ニ照ストキハ電氣ノ波動ヲ自記スルヿモ敢テ企テ難キニ
アラザルベキヲ以テ考レハ音聲ヲ自記シ演說談話其他如何ナル言語

二十二

電氣學會雜誌　第一號

演說

ト雖モ器械ノ仕掛ニ依リテ一々之ヲ記シ取ル方法ノ發明ヲ待ツモ徒
ニ坐上ノ空談ニアラサルヘシ又地電氣地磁氣空間電氣ノ如キハ相互
ヒニ密接ノ關係ヲ有スルノミナラス地震大陽ノ黑點、極光、及ヒ地球上
ノ氣象等ニモ相關係スルモノナレハ(地震學會雜誌第九卷演者ノ論文、
地電氣ノ說ヲ參觀スヘシ)地電氣空間電氣ノ變動等ヲ觀測シテ或ハ地
震ヲ前知シ或ハ穀作ノ豐凶ヲ豫知スル方法ノ發明ヲ希フモ決シテ妄
誕不稽ノ臆測ニアラザルヘシ
諸子以上開陳シタル電氣學現今及ヒ將來ノ概況ニ依リ深思熟考スル
トキハ本會ノ如ク電氣學術工業技藝ノ進歩ヲ謀ルヲ以テ自ラ任スルモ
ノ、攻究スヘキ事項ヲ察知スルヿハ敢テ難キニアラザルヘシ左ニ其
大略ヲ擧ケ以テ諸君ノ參考ニ供セン
近來電氣學家ノ注意ヲ惹起シタル特種ノ現象ナル自己誘導(Self-
Induction)及ヒ交互誘導(Mutual-Induction)ノ性質及ヒ其功果ヲ試驗シテ

二十三

電氣學會雜誌　第一號

演說

以テ電信機電話機力性發電機ノ活動等ニ如何ナル影響ヲ及ボスカヲ
研究スルヿ磁氣力變動ノ難易ハ鉄又ハ鋼鐵ノ硬柔精粗ニ如何ナル關係
ヲ有スルヤヲ研究シテ以テ各種電機活動ノ改良ヲ圖ルヿ電靜誘導
(Electrostatic Induction)及ヒ電磁誘導(Electromagnetic Induction)ノ性質ヲ觀
測シテ以テ電話術上ノ妨害ヲ停止又ハ輕減スルノ良法ヲ設定スルヿ
電氣成極(Polarization)ノ現象ヲ試驗シテ以テ或ハ蓄電器ノ活動ヲ改良
シ或ハ電線ヲ用ヒス河海ヲ隔テ電信電話ノ通信ヲナス方法ヲ攻究ス
ルヿ炭素送話機抵抗ノ變動ハ壓力ニ因ルカ又ハ接點數ノ增減ニ因ルカ
若クハ分子中撒密ノ働キニ因ルカヲ試驗觀測シテ以テ電話機活動ノ原
理ヲ精究スルヿ丹礬鉛礬等ノ溶液ノ厚薄精粗ハ流電ノ强弱動靜ニ如
何ナル功果ヲ來スヤヲ試驗シテ以テ電鍍電型ノ技術ヲ改進スルヿ電
氣流通ノ爲メ線條ニ發生スル熱度ト其電氣ノ强弱トハ如何ニ關係ス
ルモノナルヤヲ驗定シ電燈術上危險ノ患ヲ豫防スル方法ヲ設立スル

二十四

図61．電気学会雑誌第１号、志田林三郎の講演の一部

で起こるかを予知する事はまだ今でも出来ないんですね。

私の様な凡人には、こんな素晴らしい予測は出来ません。けれども、何れにしても大きな変化があるのは確実です。未来の正確な予測はそう容易ではありません。

今は二十世紀から二十一世紀への変わり目です。二十世紀から二十一世紀への変わり目どころが、一千年代から二千年代への変わり目なんですね。ですから、あなた方は、千年に一回の変化の節目におられるわけです。ラッキーとも云えるかも知れませんが、また大変だとも云えます。

何れにしても、日本はこれから非常に難しい状況に入っていきますが、どうなるかは皆さんの頑張り次第と思います。

例えば、大分前から、国際化、国際化と云われていますが、これが掛け声だけじゃなくて、本当に身近なものになって来つつあります。なんだか、国際化と云うと、世界中、皆んな仲良くやれて良い方向に行くだろう、と云う雰囲気があります。皆さんもそう考えられているでしょうが、実は、国際化が進むと、生々しい場面がいっぱい出てきて、むしろ難しい事、大変な事が多くなると思った方が良いくらいなんですね。

今迄、どちらかと云うと、日本人はある程度外国からの荒波、圧力から保護されていて、同じ様な考え方、行動をするほぼ似た様な価値観の人間である日本人を相手に何かやっていれば良かったんです。所が、これからは個人も、会社も、学校だって、それが全く変わってしまうんですね。外国、特に米国が日本に国際化を迫っている、と云ってもいいでしょう。アメリカの標準、世界の標準、基準で全てをやる様に持って行かれつつあります。これはやむを得ない、当然の流れとも云えますでしょう。日本人一人一人が、また会社も、世界の荒波の中に放り出される様な状況になると云う事なんです。

既に、様々な側面で、事、物の自由化が進み、外国から色んな物、人、仕組みが制限無しで自由に入り始めています。そのため、日本の企業が難しい状況になりつつある、と云う事をよく聞かれていると思います。しかし、それでも今は、まだ何となく人事の様に思っていますでしょうが、やがて間もなく皆さんの身の回りにそれが及んで来るんです。勿論、良い事もたくさんありますが、厳しい事、大変な事がもっといっぱい出て来るんです。

日本人と云うのは世界の中で特別な人種でも何でもなくて、多くの人種の一つである、と云う事を自覚しておかないといけないと思います。世界中、色んな人、色んな考え方の人がいて、常識さえ全く異なっている事が多いんです。勿論、日本人を特別に大事にしてあげよう、なんて云う気持ちは無くて当たり前ですから、自分の事は自分でやる、守ると云う気持ちが最低限必要と思います。こんな事は一人で外国で生活するとすぐに実感します。

これは私が若い時、ドイツのベルリンに一年余りいたんですが、その時の写真です。(図62) 私、髭が生えてます。似合ってますでしょう。気に入ってたんですが、日本に帰ってから残念ながら剃ったんです。

図62. ハーン・マイトナー原子核研究所（ベルリン）勤務中の頃の写真
中央：著者

これも私です　これは日本で国際会議をやった時の写真で、小さいのが私で、これは小物ですが、この大きな人はシュリーファー教授と云ってノーベル賞を貰った大物です。（図63）

こういう外人さんとの接触の機会が非常に増えます。以前はどちらかと云うと特別な立場の人、特殊な仕事をしている人が外国人と接する機会が多かったんですが、これからは皆さん誰もが、こんな機会が増えます。従って、これから外国語を使える様にしておく事が不可欠となります。

当分は英語を知っておく事、話せる事、聞ける事が不可欠と云う事になります。ですから、皆さんも英語はしっかり勉強しておいて下さい。本当は英語を勉強しないといけないと思うから、何か難しく感じている事が多いんでして、アメリカの人は小さい時から特に勉強しなくても全員英語を聞いて、話しています。要するに、本来は、人の真似をしていたら必ず喋べれる様に、聞ける様になります。怖がって外国人との接触の機会を避けるのでなく、間違ってもともと、と云うつもりで適当に単語を

図63. 合成金属国際会議（1986、京都）懇親会での写真
左：シュリーファ教授

図64．ソルトレークでの国際会議での写真
左：ルザッティ博士
右：カファフィ博士

並べて、いい加減でも良いから、兎に角、口に出して云ってみると云う事、怖れなくても良いと云う事をつかんで欲しいと思います。

これは五、六年前、米国で国際会議に出た時の写真で、嬉しそうな顔をしていますが、両側に女性がいますんで。一人はイタリアの人ルザッティさん、もう一人はアメリカの人カファフィさんです。（図64）兎に角、アメリカやヨーロッパ等、外国ではこんな女性の優秀な科学者がたくさんいましてバリバリ活躍してるんです。ですから、今以上に日本も女性の活躍の場が増えると思いますし、是非そうなって欲しいと思っています。

この肩を組んでるのは、私の友人ゾワダさん夫婦で西ベルリンの人。こっちの男性は東ドイツ、ライプチッヒの人です。これは、実は、二十年程前のベルリンでの写真です。（図65）当時としては極めて希な事ですが、このライプチッヒの人は西ベルリンの会議に出席できたのです。

所が、ベルリンの壁が崩壊してから、東ドイツの状況はがらっと

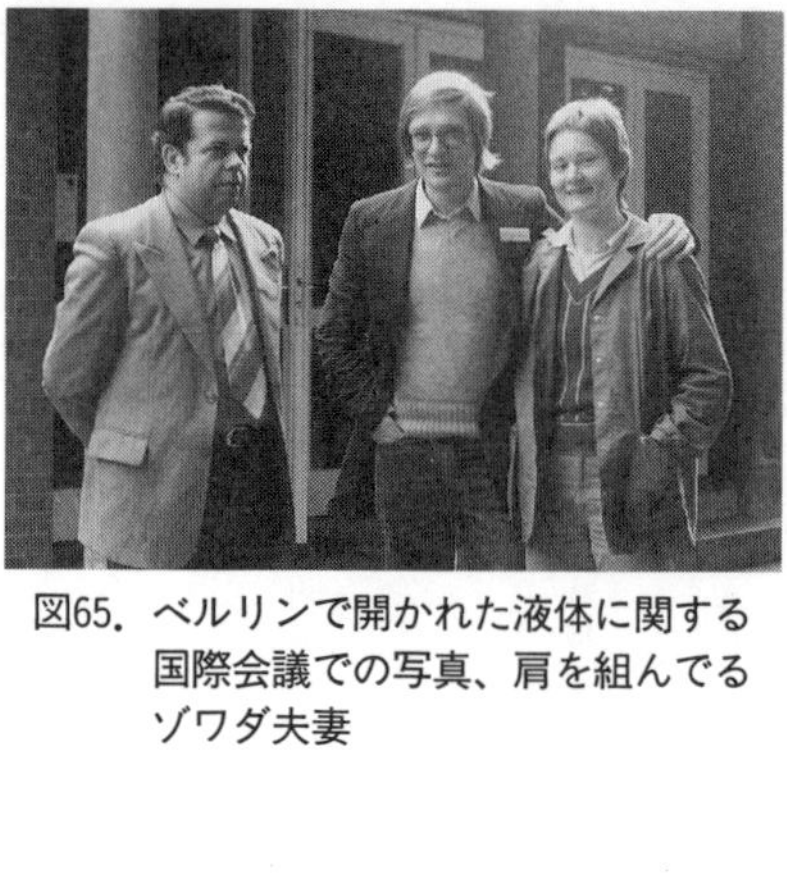

図65．ベルリンで開かれた液体に関する国際会議での写真、肩を組んでるゾワダ夫妻

変わりまして東ドイツが消滅してしまい、今、この人とは音信不通です。ですから、世の中、劇的な変化が起こり得ると云う事です。

この写真の右の人は中国、中華人民共和国の人、中国科学院の副総裁もやった偉い人です。左は台湾の学者です。（図66）台湾と中国の間は難しい事が色々ありますが、個人レベルでは余り問題なく、結構両方の人が和やかに話しをします。この中国科学院の王佛松教授には吉人天相と云う有り難い書を頂いて、以前に本のタイトルに使った事があります。

図66．合成金属国際会議（1988、サンタフェ）懇親会での写真

この写真の人は私の所に滞在していたロシアのブリノフさんと云う教授です。講演の後、議論している所です。（図67）

図67．国際シンポジウムで討論中のブリノフ博士（ロシア）と著者

こんな写真ばっかり見せても仕様もありませんので、もう少し最近の綺麗なのを出しましょう。

私の部屋がどうなっているかと云うと、まあ、大変です。先程、校長先生の部屋を見せていただいて綺麗でびっくりしたんですが、私の部屋は殆ど書類の山で、恥ずかしい限りです。

図68．教授室での訪問者、バルドネー教授（米）（左）
とザキドフ教授（ウズベキスタン）（右）

私の部屋で、外人さんの写っている写真をいくつか見せましょう。外人さんの出入りが非常に多いんです。

これが私の部屋です。左がアメリカのバルドネー教授、右が私の所にいたザキドフ博士、二人とも私の友人です。（図68）

私の部屋には虎がありますでしょう。阪神タイガースの応援団が甲子園で振ってた旗の実物ですが、いつもこの虎を背景に写真を撮るんです。

こう云う風に外人さんと接触する機会が非常に多くなります。今の所、こうして外人さんと接触する事の多いのは大学の人や研究者、外国と取引、商売をやる人、政治家等、限られているでしょうが、間もなく大多数の皆さん方の様に、特殊な立場でない一般の方々も外人さんと接触する機会が凄く増えると思います。

この人はサリチフチさんと云って、もとはトルコ出身ですが、今はオーストリアです。（図69）

この人はソムサクパンヤケオさんと云ってタイの人。つい先日来ま

図69．教授室での訪問者、サリチフチ教授
（オーストリア）

したが、以前に阪大で博士を取って帰った人です。現在チュラロンコン大学と云う所の教授です。（図70）

これは韓国の人、朴大熙さんとその家族。（図71）

これは研究室で学生さんと私の所にいた外国の方と一緒にパーティをしている所。ドイツのシュミットさん、ロシアからのヤブロンスキーさん、ウズベキスタンからのセルゲイ リーさん、韓国からの魯永培さんとその学生さんなどたくさんの人がいます。（図72）こう云う色んな国の人の出入りがありまして、結構楽しい事も色々あります。皆さんもこれから大きくなると、こんな人達と接触する事が多くなります。

図70．教授室での訪問者、ソムサクパンヤーケオ教授（タイ）

図71．教授室での訪問者、朴大熙博士と家族

図72．研究室でのメンバーの小パーティ風景

これも皆そうですね。これは私の家ですが、こちらはド ハースさんと云うオランダの人です。（図73）

この人は私の一番親しいシュミットさんと云うドイツの人です。（図74）体の大きさを見ても私と比べると桁違いですね。

外国人と接しますと、兎に角、常識がひっくり返ります。我々日本人は、ともすると、日本語は難しいので外国人に日本語が分かる筈がない、と思っています。所が、最近、意外な事に外国人が実は日本語をどんどん喋る様になっています。日本語が出来る様になった外国人に聞きますと、何と、〝日本語は簡単だ〟と云うんですね。

これは私が教授になって五周年の祝いがあった時の写真ですが、さっきも出たザキドフさんが、挨拶している所です。（図75）日本語を書いた紙を示しながら喋っています。彼は日本語を話すのは余り巧いとは云えませんが、少し日本語が分かるんです。中には、日本語がぺらぺらしゃべれる様になった人もいます。方言を話す

図73．マテス ド ハース博士と子供達、自宅で

図74．だんじりの前のシュミット教授、自宅近くで

図75. パーティで挨拶中のザキドフ教授

人さえもいます。我々も長らく習っている事ですし、外国語、特に英語くらいは楽に話せる様になりたいものです。

これも意外な事に、どこで勉強するのか、日本語は分からなくても、日本の事、日本の文化をよく知っている外国人も結構います。

これ、私の研究室の学生さんですが、私の研究室はこの様に、こう云う学生さんに取り巻かれていますから安全です。(図76) 左端の彼、内山君と云いますが日本拳法四段、次がザキドフさん、その次、明神君は剣道四段、右端の小林君も四段、その他に助教授の尾崎君が合気道四段、柔道も何段だかのがいる筈ですし、弓道も何段だったか有段者がいます。こう云う学生さんに囲まれていますから私は安全です。

(笑)

私が次に見せたいと思いますのは、常識が変わると云う事に関連する写真です。

何度も云っていますが、これからは国際化が必然です。そうすると、我々の常識からすると驚く様な事、信じられ無い様な事に色々出くわ

図76. 研究室パーティ、ザキドフ教授と研究室学生

す事になります。特に、日本を離れたら当たり前なんです。そんな、卑近な例を一つだけ見せようと思って、さっきから話しながら写真を探してるんですが、取り敢えずこの写真で話しましょう。

この人はさっきから何度も出ていますが、ウズベキスタンから来ていますザキドフさん。この人の手、指の大きさを見て下さい。(図77) 日本人の手、指と比べて見たら、いかに大きいか分かると思います。この人は私達がやる様に、普通のやり方ではタイプライタ、パソコンのキーボードが叩けないんです、指が大きくて。私は日本人としては手の大きさは小さい方じゃないと思いますが、私と比べても凄い手ですね。

要するに、人間の顔は互いにかなり離れた地域に住んでいる人の間では大分違って見えると云う事もある、と云う事は皆さんも知っておられるでしょうが、この体つきそのものが信じられないくらい異なっている事もあるんですね。私が若いとき、ドイツに暫くいたんですが、その時健康診断があって、皆んなで一緒に受けたんです。私は日本人としては当時小さい方ではなかったんですが、ドイツ人と比べると断然小さいんです。基本的な骨格の違いを感じました。肺活量も私は大きい方だったんですが、日本では、彼等はスポーツをやっていない人でも六千くらいはざらで凄いんです。

図77. ザキドフ教授の大きな手

私は前から、民族、人種等という区分は、そう区分された人達自らも信じていますが、本当は宗教、言葉、その他色んな社会的条件、地域的環境条件等色々ありますでしょうが、ある時期に人為的にそう決められて、また、そう思い込んでいるだけと云う事も多い筈である、と思っています。ですから近い国の人は見た目で殆どどこの人か区別が付かない事も多いです。当たり前です。ですが、一般的に見ると東洋より、西洋、また赤道に近い所より、北の方に住んでいる人の方が体が大きい様な気がします。気候の違い、食べ物の違いなど、色々ありますでしょう。

兎も角、私達日本人から見ると、常識内におさまらん様な人が外国にはいっぱいいるんです。逆に、外国人からして見れば、日本人が常識外れと感じられる事があるでしょう。そんな事がこの指を見ただけで分かります。この人はキーボードを実際には一番小さな小指で叩くんです。このザキドフさん、空手の有段者、初段か二段ですが、そりゃ、こんな手で空手やられたらかなわんでしょうね。こんな風に、我々からすると想像を絶する様な事が色々ありますが、体だけではなくてですね、物の考え方から全て随分違っています。むしろ、そっちの違いの方が非常に大きいんですね。これは宗教の影響も勿論あるでしょうが、気候、風土の影響もあると思います。兎に角、私達の常識がひっくり返る様な事、逆が真と云う様な事がいっぱいあります。ですから、外国人と接していますと、びっくりする様な誤解が生ずる事もありますし、また、それが面白い事を気づかせてくれる事もあるんです。

例えば、私の名前はこんな名前、吉野勝美、漢字ではこう書きます。吉野山の吉野、勝ち負けの勝、美しいの美とこう書くんです。この勝美と云う名前を人にどう説明するかと云いますと、〝私は戦争、第二次世界大戦、太平洋戦争の前後、日米開戦の時に生まれたので、美しく勝つ様に、と云う意味で勝美とつけられました〟と云うんです。汚く、卑怯なやり方でやっつけるんじゃなくて、美しく正々堂々と勝、と云う意味なんだ、という説明をします。これは私の解釈でしてですね、大抵の人には信じて貰えますが、中国の人は違うんですね。

中国の人は私の名前を〝ジーイエ　シェンメイ〟と発音するんですね。吉野がジーイエで勝がシェン、美がメイなんです。

中国の人に自己紹介すると、どうしてこう云う名前なんかと云われますので、さっき云ったみたいに〝私はアメリカとの戦争の始まる時に生まれたんで、美しく勝つ様に、と云う意味でつけられた〟と云うんです。すると、中国の人は、〝分かった、分かった、それはアメリカに勝と云う意味なんですね〟と云うんです。ピンと来なかったんです、最初は。所が、すぐに分かったんです。中国の人がそう思って当たり前なんですね。中国の人にとっては私の勝美はまさにアメリカに勝と云う意味そのものなんですね。

何故かと云うと、中国人にとって美と云うのはアメリカと云う事なんですね。美は中国ではメイと読んで、アメリカを意味します。美国ですね。日本ではアメリカのことを米と書きますね、米国です。この米と云う字をベイと読んでますが、多分、最初はこれをメイと読ませたんだと思いますよ。アメリカのメが強く聞こえたんでしょう。そのうちこれをベイと云う様になったんでしょう、日本では。

中国語では、アメイリカのメイは音としては美が一番ピッタリなんでしょう。それで、美と書いて、メイ、アメリカなんでしょう。

同じ漢字を使うんで、この中国と日本では同じ意味で同じ漢字を使っていると思いがちですが、実際には全く異なっていたり、時には全く逆の意味であると云う場合もあるんです。面白いのが色々あります。例えば、娘と書くと日本語では〝むすめ〟と云う意味ですが、中国では〝お母さん〟と云う意味なんですね。

それから、私達の常識が世界の常識と云うわけでは無い、と云う例をもう一つ云いましょう。

私達の知っている世界地図と云うのはこういう地図ですね。(図78）日本が真ん中にあって左の方にアジア、そのずっと向こうの端の方にヨーロッパ、逆に右の方は太平洋があって、その向こう、右端の方にアメリカ、とこうなってます。世界中がこんな地図を使っていて、日本が中心にあって当たり前と思っています。

図78．日本で見かける世界地図

所が、ヨーロッパへ行った時、びっくりしたんです。ヨーロッパは逆なんですね。ヨーロッパへ行くと、例えば、ドイツでもイギリスでもフランスでもですが、こんな地図になってるんです。(図79)

図79．ヨーロッパで見かける世界地図

地図の真ん中がヨーロッパなんです。日本はどこにあるかと云うと、地図の右端の所に、申しわけ程度に載ってるんです。日本を極東と云うのは当たり前なんですね。地図の右の方、要するに東の方の端っこに、東の極まった所にあるわけで、それで極東なんですね。地の果てのその向こうの東の国という感覚なんでしょう、もともと。

この地図を一度見ると感じるんです。分かりますね、日本が世界の中で置かれている立場と云うのが。日本と云うのは小さな国なんですね。面積は勿論小さいですが、世界の中での関心の持たれ方に関しても、本来、小さいんでしょう。小さいと云う事もさる事ながら、日本と云うのは端っこなんですね。ですから、これから本当の意味で国際化が進んだ特、日本が容易ならざる状況、立場になってしまう可能性があって不思議はないんです。もともと、世界の中で重要視されていないんです。五十年から百年くらい前まで日本も西欧の植民地化の対象の一つだったのでしょう。それが、対等にやったり、時にはひっくり返したりしたら腹がたって当たりまえでしょう。

明治以来、大分、先人達が頑張って日本の存在を世界に示してくれてます。しかし、もともと、そんなんですから、強く関心を持たれているわけではありませんから、国が滅ぶと云う事があるかも知れない。消えていってしまう事がないとは云えないんです。本来、欧米の国々にとっては日本と云う国が有るか無いかに余り関心はなくて当たり前ですからね。我々はしっかりしないと大変なんです。国が滅んだ時、そこの人達はどんなになるか分かりますか。そりゃ、大変な状況になると云うのは当たり前で、それも恐らく想像を絶する様な状況になる可能性だってあると思われます。惨めなものだと思います。歴史上、滅んだ国の方が、現在残っている国よりずっと多い筈ですから、滅ぶなんて事は容易に起こる事だと思います。

これまでの米ソの二大対立による妙な均衡が崩れましたから、これから世界中が流動的になり、民族、宗教、経済、国境、食料、エネルギー、環境等の問題で、至る所でひどい軋轢が起こると思いますよ。その時、恐らく悲惨な状況がたくさん出てきます。難民、虐殺など数知れないでしょう、悲しい事ですが。一部はテレビ報道にも出るでしょう。

実は、今、私の所にロシアの人が何人も来ています。非常によく仕事、研究をやる凄く優秀な人で、国でも立派な立場でリーダー的な人だったんです。本来、私の所に来て、研究をやる様な人ではなかった人なんでしょうが、国が滅んだ為に、そうせざるを得ないと云う事なんです。国が滅んだんじゃないですね。ソ連邦と云う体制が消滅して、連邦を作っていた事になっていた国々がバラバラになって、政治的にもそうですが、今までの経済システムなんかが全てうまく行かなくなって、経済的に困難になったんですね。

旧ソ連の中心だったロシアと云う国はもともと凄い国なんです。所が、一旦平衡バランスが乱れると混乱に陥りましたですね。やがては落ち着くでしょうが。そのうちまたロシア中心の体制に戻そうと云う人や動きが出て来て、色々あるでしょう。

そんなんですから、今、ロシアから優秀な人が、全部とは云いませんが、もの凄くたくさんの人が国外に出ているんです。取り敢えずの人もいるでしょうが、そのまま移ってしまう人もいると思います。兎に角、大変な事にならない様に頑張る必要があります。

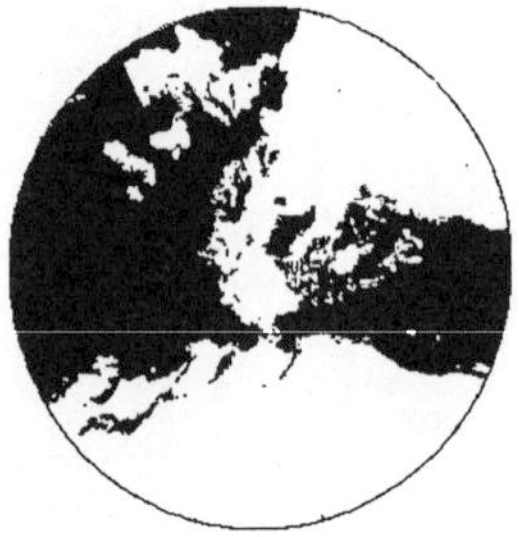

図80．北極中心の世界地図

それから、またさっきの地図の話しに返りますが、北極圏の人が地図を持つとなると、一番便利なのは、実はこんな地図ですが、私達には見慣れないものですね。日本が変な所にあります。（図80）

一番驚いたのはですね、これ、どこか分かりますか。（図81）これはオーストラリアなんです。私達はこう見ると、こうして上と下をひっくり返して見るとよく分かります。オーストラリアやアフリカの南の方の国々では地図が皆んなこうなってるんです。そのくらい、発想がひっくり返るんです。

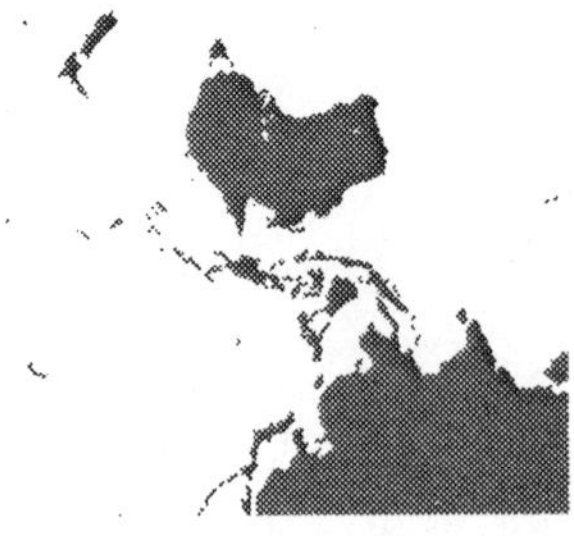

図81．南半球の国で見られる地図

私達にとっては地図の上の方が北ですが、それは、私達が北半球に住んでおるからで、南半球に住んでいる人達は南を地図の上の方にするんですね。

そんな遠くにまで行かなくても、面白い事があります。昔、偶然、気が付いたんですが、日本、韓国、中国、ロシアの沿海州あたりの地図を鏡に映して見ると、左右が逆になっただけなのに、日本があると云う事が一瞬分かりません。試してみて下さい。勿論、じっと見ていると分かりますが。

時間がどうやらもう一寸しか無い様ですので、少しとばして、もう一度温故知新に返りたいと思います。

さっき迄話していた事と繋がるかどうか分かりませんが、兎も角、私達の先人は色んな事を私達に残して、伝えてくれています。それが結構今もよく当てはまります。真実は変わらないと云う事ですね。

例えば、私達の子供の頃イロハガルタと云うのがありました。今、イロハガルタをやる人は余りいないでしょうが、あらためて思い出してみると面白いですね。良い事が色々書かれているんです。それを子供は遊びながら体にしみ込ませていたんでしょう、意味が本当に分かってるかどうかは別にして。やがて少し大きくなると、何となく自然に意味が分かって来るんですね。

〝犬も歩けば棒に当たる〟

こりゃ一体なんだ、なんの意味もなく、何となくおかしな言葉として受け入れるんですね。そのうちに、〝そうか、犬も走り回ってると棒にぶち当たったりして、痛い目に遭う事もあると云う事か。色々歩き回ってる、やってると災難に遭う事もあると云う事か〃と思うんですが、その内、どうもそれだけではなさそうだ、とだんだん思って来るんですね。〃犬も歩き廻って始めて棒に当たる事があると云う事は、人間も色んな事をやっているうちに何かに当たる事もある。犬みたいに歩き回らなければ痛い事に当たる事もないが、良い事にも当たる事もない。何かをせっせとやっとれば、何かとの出会いもある、時には良い事にも当たる事もある、と云う意味かも知れん〃と思ったりもします。

今、私が学生さん達に話す時は、〃学者、研究者も、じっと部屋で椅子に座っていれば何にも発見したりする事もない。色々、ごそごそやってるうち、何かに出会って、何かを見つけて大発見、大発明をする事もある、と云う事も云ってるんでしょう〃と話します。

〃論より証拠〃

口だけ巧かったってだめだ。口先で色々云うより、文句の付け様のない、誰でも分かる証拠の方が大事だと云う事、そんな証拠で一目瞭然だと云う事です。屁理屈を述べるより、証拠を自分で努力して探しなさいと云う事でしょう。私達研究をやる立場からしても同じ。屁理屈をいっぱい並べたって、何の意味も価値もない。それよりも、それが正しいと云う、その通りだと云うはっきりした、決め手となる証拠を示す事の方がずっとずっと大事で意味があると云う事なんですね。要は実行です。

〃花より団子〃

目で見て美しい花よりも食べて腹を満たす実質的な団子の方が良い、と云う事でしょう。見た目よりも実質だと云う事で、この頃の様に食べ物がいくらでもあると云う時代では、一寸変に感じられる人もあるでしょう。団子なんか食べるより、美しい花を見て心を和やかに、豊かにする方が良い、と云う意見の人が多いかも知れません。しかし、昔はそんなに食べ物がたくさん無くて、飽食じゃありませんでしたから、食べる事の方が凄く大事で、食べれて余裕があればこそ花も美しく感じられて、腹が減って何が花だ、と云う事でしょう。

これはある意味では真実で、今の飽食の時代が何時まで続くかは分かりません。やがて、再び、大変な食糧難の時代が来るでしょう。生物としての人間にとって、自然環境の中で食物が十分にあったと云うのは、長い歴史の中で案外、今の時代だけかも知れません。また、間もなく不足するかも知れませんよ。用心して下さい。

それと、これと関連してふと気が付いたんです。私なんかは団子と云えばどんなものか分かりますが、今の人は、案外、言葉は聞いて知っていても、団子が何かは本当は知らないかも知れませんね。

団子というのは、米を挽いて作った粉を水で溶いて、練って、二、三センチの直径に手で丸めたもので、これを煮たり、茹でたりして、これに更に黄粉をまぶしたり、あんこでくるんだりして食べます。例の、月見の時に供える団子、月見団子、或いは串を刺した団子、串団子、甘いたれをかけた団子、みたらし団子等で知っている人もいるかも知れません。その他に、以前は味噌汁の中に、米の粉を握った団子を放り込んで、煮て味噌汁の具として食べる事もあって、これが結構おいしかったんですね。今の人にはおいしくないかも知れませんが。

その他、カルタはイロハニホヘトチ――――とイロハ順にいっぱいあります。全部を云えませんが、中には面白いのが色々あります。順序無茶苦茶ですが、もう幾つか云いましょう。

〝ちりも積もれば山となる〟

この頃の大都市周辺の様子からすると、ゴミがたくさん集まると山みたいになって困る、と云う様な意味に感じる人もあるでしょう。ちりは漢字で塵と書いて、ゴミの様な物と思ってますから。しかし、事実は僅かな事でも努力して積み重ねていくと大きな事、結果が得られると云う事ですね。

〝瑠璃りも玻璃も照らせば光る〟

瑠璃（るり）と云うのはガラス波璃は水晶ですね。これは優れたものは例え違ったものでも光を当ててみると、素晴らしく光る。素晴らしいことが分かる、と云う事ですね。同じ様な言葉で、

〝瑠璃も玻璃も照らせば分かる〟

と云う事もあります。また、

〝瑠璃の光も磨きから〟

と云うのもあります。ガラスも磨いてはじめて光沢が現れる。素晴らしい素質があっても磨かなければ、修練しなければ光を発しないと云う事です。全く同じ事で、

〝玉磨かざれば光なし〟

〝玉琢がかざれば器を成さず〟

と云うのがあります。

要するに、ガラスも玉石、玉も磨いて初めて立派に光る。人間、手を尽くして努力すれば立派になる。なんぼ能力、素養があっても努力しなければ何にもならない、ただの石だと云う事ですね。

この玉造は大昔は玉作と云って瑪瑙（めのう）や青瑪瑙とも云います碧玉を磨いて勾玉（まがたま）等美しい装飾品を作った、日本でも非常に古い歴史のある所ですが、瑪瑙の原石を見た事のある人はいますか。見た事のある人もいるでしょうが、見た事のない人もいるかも知れません。少し青っぽい石、或いは赤っぽい石ですね。勿論、両方有りますが、玉造の特徴はその中でも特に青瑪瑙と思います。三種の神器の玉とも関係があります。

この瑪瑙の原石は、すぐ近くにあります。皆さんもご承知の花仙山から出てきます。私がまだ学生の頃、大雨の時に花仙山の原石を昔採った所が少し崩れた事がありました。その時、そこから原石を探して持ち帰った人がいて、私も少し貰った事があります。確か、玉造の犬山さんの所の誰かではなかったかと思いますが、今でも小さいのが家に残っています。

所で、私自身、さっきも云いました様に、毎日宍道湖畔で魚を取ってましたから、時々、瑪瑙の原石を見つけて拾ったんです。実際には、瑪瑙以外、色んな石や貝殻を拾ってポケットへ突っ込んでいました。軽石や砂鉄もありました。ですから、いつも私のポケットはそんな石や貝で一杯で、〝ポケットに穴が開く〟と注意を受けました。今でも母に云われます、〝勝美のポケットはいつも石や貝や木の実で一杯だったけんね〟と笑いながら。所が、瑪瑙の石と云うのはそれでも何ともないんですね。ポケットに穴が開きません。多分、宍道湖の瑪瑙は川を流れて宍道湖に至る迄に擦れて磨かれて、角が取れて丸くなってるんでしょう。ですから、大分綺麗な色艶が出ているのもあります。花仙山の原石そのものは、そのままではそんなに綺麗じゃないです。それを磨きますともの凄く綺麗になるんですね。要するに、素質があっても磨かなければだめだと云う事です。

ついでですが、そこらに転がっている普通の石でもですね、これを磨き上げますと結構綺麗な石の玉になるんです。普通であっても、努力すればかなりの力を発揮すると云う事です。

〝門前の小僧習わぬお経を読む〟

これも周りが大事、環境が大事と云う事ですね。人間周りの環境の影響が知らぬ間に身に付いてると云う事で、これも子供にとっては大事な事です。これは親にも云っている事でしょう。

こうして見ますと、昔の格言、色々な言葉が今でもそのまま当てはまるんですね。真実を言い当てているんです。

所が、最近は、と云っても大分前からですが、何か〝もう一寸なあー〟と思う様な事が色々あります。最近の積み木やカルタで思い出してみると、こんなに書いてますね。

〝アヒルのア〟、〝イヌのイ〟。

何となく味気ないですね。〝それがどうした〟、と云いたいですね。当たり前の事を云っている見たいですが、本当に当たり前かどうか、実は分かりません。私の長女、瑞穂と云うんですが、小さい時、三、四歳くらいの時でしょうか、積み木をやりながら云ってましたね。大分悩んでました。

〝何でアヒルのアなの、アヒルのヒではいけないの、アヒルのへでも良いじゃないの、何でアヒルのアなの〟

云われてみると、〝アヒルのア〟って、何も理由ないですね。必然性ないですね。そうじゃないといけないわけがない。〝何で、イヌのイなの、イヌのフではいけないの〟、と云う事になります。要するに何の意味も持っていない。それに比べると、イロハガルタは非常に面白い事を色々含んでいます。本当に面白い。他にいっぱいありますね。

〝葦の髄から天覗く〟

視野を広げないといけない、狭い視点でものを見ると、大事な事、大きな事を見られない、見誤る、見失う、と云う事ですね。ご存じないかも知れませんが、水辺に生えている葦（よし）や蘆（あし）を切ると、どちらかと云うと竹の親戚みたいなものですから、髄のある中心の所に小さな穴が開いているんです。この小さな孔から覗くと云う事です。

実はですね、最近気が付いたんですが、私が、私より一寸年輩の方にこのイロハガルタの話しをしますと、面白い答えが返って来るんです。大阪の様な大都会は色々な地方から来ている人があるでしょう。

実は、私が〝全国同じ〟と思ってたイロハガルタが少しづつ違うんです、地方によって。大阪も、私ら出雲地方と少し違います。どうも色んな人に聞いてみると、関東、東京と関西とでかなり違うんですね。江戸と上方の違いでしょうか。それに、近いのに大阪と京都でも違います。面白いですよ。

兎も角、私は字を覚え始めるくらいの小さい子供の頃、イロハガルタを復活して、遊ぶ様にしたらどうかと思ってます。色んな意味で良い影響がある様に思います。もっとも、興味を持って遊んで貰うのには一工夫いるかも知れませんが。

この他に、子供の頃から、私達は色んな言葉を聞いてきました。私の父、秀男と云うんですが、この親父さんに、何度も聞かされた事があるんです。親父も良い事云ってたんですね。それは、今もよく覚えています。

〝親草鞋、子は下駄履いて孫は靴、はてその次は裸足なりけり〟

これを何度も聞かされました。原作者は誰か知りませんが、靴と云うからには明治以降のものである事は間違いないでしょう。

うちの親父さんの時代、父が若かった頃、或いはそれより以前は恐らく草履（ぞうり）、草鞋（わらじ）を履いていたでしょう、下駄（げた）もあったでしょうが。確かに、さっき写真があったみたいに、私達は主に下駄（げた）を履いていたんですよ、草履や足半（あしなか）もありましたけど。（図57）あなた方はもう下駄は滅多に履きません。靴を履いていますね。あなた方の次は、下手をすると裸足（はだし）になると云う事なんですね。あなた方の頑張り次第で、次が裸足にならずに済むかも知れません。逆に言うと、だから、是非。頑張って下さい、と云う事です。これには、三代くらいで世の中はぐるぐる廻ってくる、と云う事の意味合いもございます。

親が一生懸命頑張って草鞋を履いて働く、そうすると余裕が出来て子供が下駄を履ける様になる。この子供の代でも余り贅沢せずに下駄を履いて頑張ります。だから、大丈夫です。もう少し豊かになるかも知れません。親を見て育っているんです。知らぬ間に感じ取って生きているんですね。それでも少しづつ余裕が出来て少しは息抜きもする様になる。それが孫の代になると、もう、お爺さん、お婆さん、親が苦労して築き上げたと云う事を知らなくて、働く事を大分忘れて金を使って贅沢する様になって、履き物は靴となる。それで落ち込み始め、その次の代はすっからかんになって裸足になると云う事です。面白い言葉ですね。子供心に、〝そりゃあ、その通りだろう〟と思いましたよ。

先程見せました私の教授室の写真の端っこの所に一寸写ってるんですが、何があるかと云うと、掛軸です。

〝少年老易学難成　一寸光陰不可軽　未覚池塘春草夢　庭前梧葉巳秋声〟

これは色んな所で云われていますし、一部にはもう習って知っている人もあるでしょうから、どういう意味か分かりますね。

少年もすぐに年がいく。若い若いと思っていてもすぐに年がいく。学問というのもなかなか出来るもんじゃない、若いうちにしっかり頑張ってやらないといけない。一寸の光陰、ほんの僅かの時間でも無駄にしてはいけませんよ、時間はどんどん過ぎ去っていってしまうから。一寸の時間でも大事にしないといけない、と云う意味ですね、最初の部分は。後半も同じ事を云ってます。これは有名な朱熹の詩です。これも私が中国から買って来たものですが、日本でも同じ事、世界中で真実です。朱熹の時代と云うと千年以上も昔ですが、今もこれは変わらないんですね、真実ですよ。

これを、私達は

〃しょうねんおいやすくがくなりがたし　いっすんのこういんかろんずべからず　ちとうしゅんそうのゆめ　ていぜんのごようすでにしゅうせい〃

と読むんですが、中国の人にこれを読んで貰うと全く違ってましてね、面白いんですよ。どう読むかというとですね、

〃シャオニイエンイーラオシュエナンチン　イーツンクワンインプークーチン　－－－－－－〃

中国と日本、同じ漢字を使っているので、つい同じ様に読む様に思ってますが、実は全く読み方が違うんですね。私達もつい中国人が、私達が漢字を音読みするのと同じ様に読んでいると思いがちです。所が、現在の中国で、普通に読まれている読み方、普通語、と云うんですが、この発音は私達の音読みと全く違うんです。

要するに、もう一つ云いたい事は世の中、世界中、私達が当りまえに思っているのと実は全く違って

いる事が非常に多い、と云う事です。顔を見ただけでは区別が付かない中国でさえそうですから、東アジアを離れたらもっと違うんです。時間が殆どなくなりましたので、後は手短にやります。

これからやがて、皆さんは世の中に出ていく。物を製造するとか、事務とか、農業とか、漁業とか、商売とか、銀行とか、飲食とか、医者とか、研究とか教育とか、中には、音楽とか、芸術、芸能とかスポーツとか、その他人の生活を便利にする、或いは楽しみを与える仕事とか色んな事をやる人があると思います。非常に役立つのは、そんな中で、時には常識を捨てて見ると云う事です。常識を捨てて見ると、今まで気が付かなかった、見逃していた面白い面が見えてくる事、新しい発想、展開が可能になる事があるんです。

先程の〝アヒルのア〟〝何故アヒルのアなの〟と常識を捨てると面白い事が見えてくる事があります。従って、私、学生さん、大学生、大学院生にしょっちゅう云うんです。

〝常識にとらわれていたらいけませんよ、視野狭窄になりますよ。大きく飛躍できませんよ。視点を変えなければいけませんよ〟と。

最初は〝非常識が大事ですよ〟と云っていたら、偉い先生から、〝非常識じゃあ困る〟と云われましたんで、それからは、〝脱常識、超常識が大事です〟と云う事にしていますが、非常識と同じですね。

あなた方もある年齢になったら、時々、既成概念を捨ててみたらいいと思います。同じ様な事はまだまだ色々あります。こんな事もあったんです。

これです、私の娘、瑞穂がですね、小学校三〜四年生くらいの時の事です。学校から帰って来て悩んでるんですね。〃おかしい、おかしい〃と云ってるんです。これも常識から判断するとあたり前の事ですので、誰も普通は疑わないいんですが娘は納得していない様なんです。（図82）テストがあったみたいなんです。

〃この回路のスイッチを閉じたらランプがつくでしょうか〃と云う問題です。常識で判断すると、あたり前の事、答はxです。ランプはつかない。

うちの子供は

「これ、つきます」

と答えたんですね。すると先生が

「x、間違い」

と云ったらしいんです。帰って来て云ってるんです。

「おかしい、絶対おかしい、つくはずだ、先生が間違ってる」

すると、

「そんな、これ途中で線が切れているからつくわけないじゃないの」

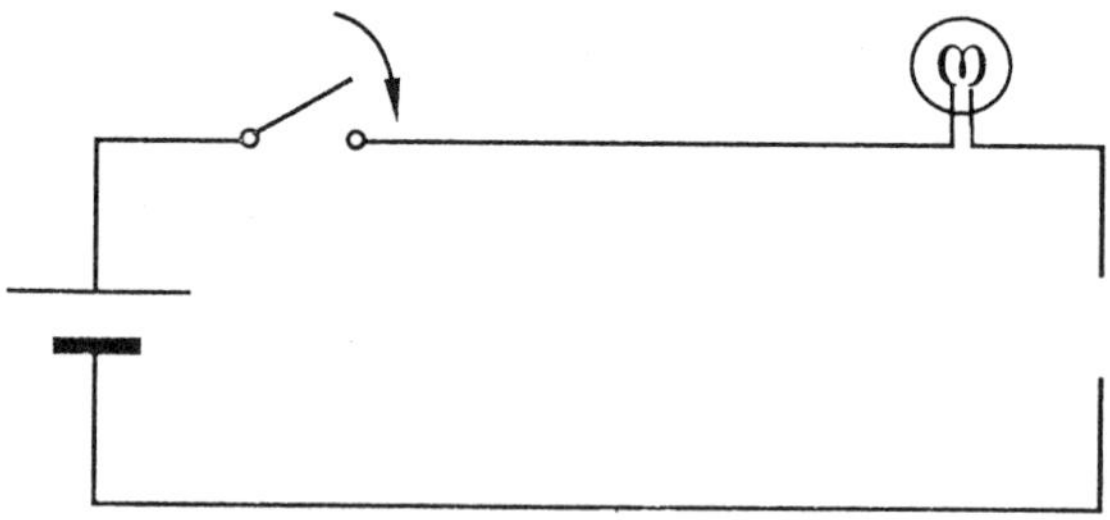

図82．電池とスイッチ、ランプからなる回路。スイッチを閉じた時ランプがつくか？

と母親が大人の常識で娘に当然の返答をしています。

「そんな事ない、絶対つくはずだ」

と云ってるんです。

「どうして」

「だって、スイッチ閉じるでしょう。そうすると電気さん、ここから走っていくでしょう、ランプの所を通って。その時光るでしょう、それから、ここまで来て初めて、〝あっ、ここ切れてる〟、と気が付くでしょう。だからランプはもう一旦ついてるんじゃない」

先生は、

「それあかん。つかない」

と云われたそうです。常識からするとその通りですが、脱常識の瑞穂には納得が出来ないわけです。だけど、私に云わせると、実はそれで正しいんです。娘のその考え方で正しいんです。ただ、ランプは実際には明るくつきませんが、考え方は全く正しいんです。

私達が研究をやる時、或いは実際に送電線なんかで電力を送る時にはそういう考え方が必要なんで、正しいんです。実際、ここから電気が送られてここまで来るんですが、実は、理想的に云えば、一瞬ランプがついてもおかしくないんです、原理的には。一瞬ついて一瞬に消えるんです。ここ、電源の所から切れた所まで一瞬に行ってしまいますから。しかし、実験をやって見ると、先生が云っている様につかない。その一瞬が余りに短過ぎてつかない。所が、線がもっともっと長ければ原理的には本当にそんな事が見えてくる筈です。ですから、間違ってはいない、考え方は。

ですが、小学校、中学校、高等学校では勿論、大学ででも、〃つきます〃と答えるとxされる。本当は考え方は娘の云う方が正しいんです。普通の常識を捨てた方が色んな現象がもっとよく分かる事があるんです。それがまた必要で大事なんです。所が、瑞穂はあんまり早すぎた。早く常識を捨ててしまったんですね。それでxされた。捨て所があるんでね。

要するに、脱常識が必要です。皆さんはまだ色んな事を学んで取り入れなければならないのは勿論ですが、やがては従来の既成概念にとらわれる事なく、新しい、別の視点から物事を見る事、取り組む事が非常に大事になります。これから、日本が生きのびる上でこの事は非常に大事になります。

後、五分だけ頂いて良いですね、よろしいですね。

時には既成概念を捨てる事が大事と云う事です。

それと、もう一つ云いたい事は情報に流されるな、と云う事です。色んな情報が大量に流れ込んでいます。ただ、それが全て真実ではないですから注意も必要です。時には意図的に流される情報もあります。情報が大事、情報が万事という情報至上主義とも云えるくらいの感がする時代になりましたが、私は一寸疑問もあります。

例えば、外国人は余暇を楽しむ、ゆっくり楽しむ、と云う様な情報ばっかりが流れています。なんだか世界中で一生懸命汗を流し流し働いているのは日本人だけで、それは異常でおかしい、と云う様な雰囲気の情報が流れます。しかし、それは必ずしも正しくないですね。私達の接するアメリカ人の中にはもの凄くよく働く人がいます。日本人よりむしろ猛烈です。私の接する人の数がそう多くはないですので、皆んなでなく一部かも知れませんが、日本人と比べても桁違いと云っても良いくらい、信じられないくらい働きます。そう云う事を知っておく必要があると思います。それと、彼等体力がありますからね、並大抵の事では日本人はついていけないですよ。韓国や中国等の近隣諸国にも猛烈に働いている人がたくさんいます。彼等に接しているとよく分かります。活力の源は食にもあります。これは男女共に云えます。この頃は、少し痩せてスマートでヒョロリとした方が美しい、と云う様な概念、情報が街に溢れていますが、それも間違いです。

それと、今日はお寺の先生がおられませんですので、お寺の先生と云ったら叱られるかも知れませんが、私の習った浪花先生の事ですが、おられませんので安心して話しをします。おられませんですね。（笑）

悪口を云うわけではありませんが、もう一度確認した方が良いですね。

〝百尺竿頭進一歩〟

学生時代から気に入っていて、今も学生によく引用して話すのはこれです。これは曹洞宗の開祖道元の言葉です。

これはどう云う事かと云うとですね、百尺ですから文字道理に云えば三十メートル位ですが、三十メートルの竿の先にいたとしたら、もう一歩進む、百尺竿頭進一歩、努力して後もう一歩、これが一番大事と云う事です。

どう云う事かと云うのは、私の大学に来て頂けば、すぐに実感して分かって貰えます。

これは私の大学の私の入ってる電気系の建物ですが、写真に撮るとなかなか良いですね、綺麗に見えます。(図83) この九階建ての建物から周りを見た時に今の言葉の意味がよく分かります。

図83. 大阪大学工学部電気系建物の外観

これは、数日前に写真を撮って現像したばっかりのもので、余り良い写真ではありませんが、大体の事は分かります。

下の方の階の窓から外を見ても庭や隣りの建物だけで何も周りの事、少し広い範囲の事はよく分かりません。所が、八階まで来ますと、この八階の窓から写した写真からも分かる様に、大分よく分かってきます。(図84) 〝ああ、この建物の向こうに山があるな〟、と云う事が分かります。それで分かった様な気になっても、一階上の九階まで上がると、〝あれ、あの山の上に何か家の屋根みたいな物が見える〟と、さっき気が付かなかった事が分かる。これで最上階ですから充分分かったつもりでいます。所が、

図84. 大阪大学工学部電気系建物から北の方向を望んだ風景
下：8階から、中：9階から、上：屋上から

どっかにもう一階上に上がれる所が無いのかと探しますと、屋上へ上がる狭い階段が見つかります。それで、屋上へ上がって見ると全く様子が変わって見える。〝山の向こうに家が一軒あるだけではなくて、たくさん家がある。町があるのではないか、その向こうにまた更に山があるんじゃないか〟、と随分色んな事が分かる。〝あー、こんな周辺の環境の中に我々の大学があったんか、それじゃあ、今度あっちの方向へ行って見よう〟、と思ったりします。そんな色んな事が分かり、我々自身も変わります。

一階上がる毎にグッと視界が開けて、今迄見えなかったものが見えてくる。今迄見て分かった様に思っていたものが真の姿でなくて、一部誤解していた事もある事が分かる。一歩の努力をして上から見ると随分色んな事、真実が見えてくると云う事なんです。即ち、一歩上がると世の中の見え方が大きく変わってきます。

これと同じ様に、色んな事をやる時に、人より一寸努力して、一つ上がる、一歩上がると、世の中の見え方が全く違ってきます。私が関係してます研究でも全くその通りです。

雲の中、或いは雲よりほんの少しでも下ですと、よく分かりません、周りの事が。所が、雲よりほんの一寸上に頭を出しますと全く違います。周囲がよく見えます。〝あれ、あんな所に山がある。あれ、富士山があの方向にある〟。私は昔から研究、学問をやってますが、人と同じ事をやっていてはどうにもならない。一歩高い所から遠方を見る、すると自分の置かれた所がよく分かる様になりますから、どっちの方向に行ったら良いかが正しく判断できる様になります。一歩努力して人より一寸上がったらよく見える様になります。

どうも、もう終わらないといけませんから、他の事は省略して、後、国際化と云う事だけもう少し話して終わりに致します。

国際化は極めて重要で、また、避けて通れません、逃げられません、あなた方の時代には。国際化と云いますと、当然、外国人と頻繁に接する事になります。そうすると常識が全く違う、時には逆転する事もあります。

常識が時には全く異なります。善悪の基準、判断が全く逆になる事がある。そういう中、そういう社会で皆さんは生きて行かねばならない。

そういう時代ですから、あなた方にとって、日本語の他に、外国語が話せると云う事が非常に大事になります。出来れば、二カ国語以上分かれば良いでしょうが、少なくとも英語は当分不可欠でしょう。所が、なかなか英語が話せる様にならない。日本人は世界中で最も外国語が下手と思われています。実際その通りです。それは普段使ってる日本語が特殊だからかと云うと、そうではありません。それでは何故かと云うと、日本人の一般的な性格もあります。日本人は特に、すぐに恥ずかしいと思ったりするし、その為、話すなら恥をかかない様にちゃんとした英語を話そうとする、話さないといけないと思いがちだからなんです。

試験の時は正しい答を書かないといけないでしょうが、実際の会話は違うんですね。話す時は少々間違っていてもかまわないと思った方が良い。自分の英語を誰が聞いていてもかまわん、恥ずかしいと思わない事が大事です。と云うよりも、誰も他人は自分が正しい英語を話すかどうか等に興味を持って聞いてなんていない、と思えばいい。文法なんかかまわん、いい加減で良い。過去も現在も未来もない。疑問もジスとイズの順序を逆にするだけで良い。逆にしなくたって良い。そのくらいの気持ちでやればいいんです。それで十分通じるし、だんだん巧くなる。

それからもう一つ大事な事は相手、外国人の社会環境や考え方を理解する事です。真似して従ったりする事はないが、理解する事が大事と思います。

更に、自分達の能力を高める事が重要です。と云いますのは、外人さんと色々やってますと、しばしば我々のやった事に対し、〝それは良い〟とか〝素晴らしい〟と云って誉めてくれますが、必ずしも本心ではそうは思ってない、誉めてない事が多いんです。所がですね、我々がそれなりの事をきっちとすると、逆に誉めてくれはなかなかしませんが、完全に一目置いていてくれます、態度も違ってきます。時には、逆に、意識的に無視しようとする事があります。

変な云い方ですが、彼等が、彼等自身の方が遙かにレベルが高いと思っていると、我々日本人に、誉めたり、ニコニコして優しく接してくれますが、それはある意味で安心しているからで、かなり下に見下しているからと思って良いです。日本人が自分達と対等或いはそれ以上の力を持っていると思うと、途端に対応が真剣になって厳しくなる時もあります。その方が本当の姿である、と云う事なんです。

実状がそうですから、英語が充分に使いこなせなかったらそれだけで大損です。不合理なくらい、不利な立場になってしまいます。ですから、これから、色んな勉強をされるわけですが、英語だけは使える様になって欲しいと思います。下手でもいい、間違ってもいい、怖れずにやって欲しいと思います。

それから、英語が一応出来る様になったら、もう一つ外国語をやったがいい。それも楽しみながらやったがいい。まあ、今の段階、当分は英語だけでしょうが。

一応、私は英語の他、若い頃ドイツに暫くいまして、そこではドイツ語で生活していましたから、ドイツ語が少しだけ出来ます。他の国の言葉は、そう出来ると云うわけではありませんが、兎に角、楽しむ事にしています。

例えば、私、色んな所で講演をやる事が多いんですが、そんな時、講演の最初にですね、下手でも良い、現地の言葉で少しだけやるように努めています。ここ玉湯町ですと、もともと私が湯町の出ですし、すぐに自然に出雲弁が混じってきますので、出雲弁で話しが始まる。中国へ行きますと中国語でやったが良いと思って、三十秒から一分間くらいだけ中国語で挨拶します。韓国へ行ったら韓国語でやっぱり一分。そうしますとですね、凄く人気が出てきます。まあ、人気取りやっても仕方ないですが。それでも、これで打ち解けて貰えるので、後の話しが非常にやり易くなります。

例えばどんな風にやるかと云いますと、中国ではこう始めます。

〝ニーメンハオ　シイエシイエ　ニンダシャオダイ　ウオーシー　ターパンターシュエ　コンシュウ

エプー　デイアンチーコンシュウエクーダ　ジーイエシェンメイ〃。

さっき云いました様に、ジーイエシェンメイは私の事、吉野勝美ですね。

韓国へ行きますと、また違います。

〃ヨロブン　アンニャンハッシムニカ　ジェガ　イルボネ　オオサカデハ　コンハップ　チョンジャコンハッカ　ヨシノイムニダ　オヌルヨロブンアッペソ　カンユンルル　ハゲデムル　キプゲセンガハムニダ〃

とやりますが、少し大げさに、意識的にやりますと、まるで、金日成、キムイルソンの演説、北朝鮮（朝鮮民主主義人民共和国）のラジオ放送をやってる見たいになります。そうすると非常に和やかな雰囲気になって、話しがやり易くなります。

所で、北朝鮮のあのテレビ、ラジオのあの独特の強圧的な厳しい話し方、あの話し方が変わり始じめるとき、情勢は変化し始めるでしょう。

今、ロシア語や、その他の言葉でも挨拶出来たらと思っていますが、そのうち一分間だけ覚えるつもりです。要は、楽しくやる事ですね。楽しむのが大事で、そうすれば出来ると思います。

もう時間がありませんね。

兎も角、皆さん、今、大事な事は勉強をしっかりする事、これは最低限必要ですが、それと社会性を身に付けると云う事も非常に大事ですので、そんな面からも、学校生活、社会との接点、友人を通して、色々学んで身に付けて欲しいと思います。

人の出会いと云うのが、また非常に大事です。

例えば、私が今あるのは幸か不幸か、中学校の時の先生の影響です。どういう意味かと云いますと、中学卒業後の進路が先生によって決められた様なものなんです。

実は、兄が松江商業（島根県立松江商業高等学校）へ行きまして、兄の影響でしたんでしょうか、私も中学三年の時に進路を決める調査用紙が配られますと、希望校の所に松江商業と書いて出しました。すると、知らない間に担任の先生、飯塚岩吉先生が松江高校（島根県立松江高等学校）と書き換えられているんです。次の調査の時にもそれを無視して、私また松江商業と書きますと、また先生が勝手に変更されるんですね。どうでしょう、〝お前、商売、お金儲けはうまそうじゃない〟と見られたのでしょうか、それとも〝お前、社会性にまだ乏しいからゆっくり大学でも入って人間を直せ、つくれ〟とでも云う意味だったんでしょうか。兎も角、結果として先生の書き換えに従って、最後は松江高校へ行きました。

その後、私の弟も松江商業に入りました。弟は兄と同じ様に玉湯中学で野球をやってましたが、特に弟の時は強く、また弟自身は足も速いし、打力も優れているし、上手でしたので、松江商業から勧誘されて、引っ張られて、やっぱり松江商業へ入ったんです。そんな雰囲気の時代でしたから、私も野球やってませんでしたが、松江商業を希望したのでしょう。

高校に入ってからも、先生、友人の影響を随分受けた可能性がありますが、大学へ入った時も、その後もでしたね。私は比較的おとなしかったと自分で思っていますが、それなのに高校でも大学でも、ほんとに良い友人に恵まれました。

それから、大学の四年生になって研究を始めた頃、ある人と会わなかったら、私は今と全く違った人生を歩んでいたかも知れません。その人は、特攻隊を生き残って帰った人でして、当時助手をやられていた久保宇市先生と云う方です。価値観が普通の人と変わっていて随分影響を受けました。損得の勘定の余りない人でしてね、損得考えて物事を決めたらいけないという考え方で、知らぬ間にこれも影響を受けましたね。そもそも、当時、お金の損得を考えていたら、大学院、特に博士コースへ行ってませんでしょう。

それと、もう一つ、この久保先生に云われた事はですね、〝上から物事を見る〟と云う事なんです。〝下からものを見たらいけない〟と云う事。これは偉そうに人を見下すという意味ではなく、責任感を持って人の為に事を計れ、と云う事だったんです。上からものを見ると云う事は、自分が責任があると思ってものを見ると云う事です。下から見るのと全く違う。下から見るとですね、あいつはこんな事してる、こんな良い目を見てる、と不平不満だけが出て来るんです。自分だけが損してる、不幸だ、それはあいつ等のせいだ、世の中のせいだ、と全て他人、社会のせいにしがちになるんですね。だから下からものを見ない、と云う姿勢が大事なんです。

それから、遊び、趣味、これも非常に大事です。皆さん方も、勿論、勉強と同時に遊び、趣味、スポーツ等色んな事を楽しくやって下さい。最初にも少し云ったと思いますが、例えば、何か仕事の上、勉強の上で困った時、行き詰まった時、一寸しばらく視点を変えて何かをやってみる、と云う事が随分役に立つ事があります。従って、何か楽しみがある事、趣味を持っている事と云う事が非常に大事と思います。

それから、自然に親しむと云う事も大事なんですね。私、世界をあちこち随分廻ったんですが、ここほど、この宍道湖の周りほど良い所、綺麗な所はなかなかないですよ。例えばベニスにも行きました。良い所です。一日目、一泊目は綺麗なんで感動しますが、二日目はそれ程でもなかったんです、私の場合。宍道湖の方がずっと良いと思いました。

ここが一番良い。だから自然を大事にしたいものです。良い環境を保ちたいものです。

また、何でも良いから、少なくとも一つは自信を持てる様にして欲しい。勿論、勉強でも良いですが、それ以外のなんでも良い、色んな事があります。

更に、何度もくどいほど云ってますが、国際化という事で英語は話せる、聞ける様になっていて欲しい、出来ればもう一か国語。

大事な事は自分を表現出来る様になる事。もしかすると、これが一番大事かも知れません。私は以前、話す事が非常に下手でした。今は職業柄なんとか話せますが、以前はうまくなかった。もっと若い時からうまく話せたら良かったのに、と思っています。その為にはですね、話す癖を付けたらいい。何か表現する癖を付けたらいい。毎日、例えば日記を付けたらいい。三行でも、四行でも良い。いや、一行でも、二行でも良い。これを続けたら力がつきます。出来る事ならそのうち、一行でも二行でも良いから英語で日記を付ける。

外国人、特にアメリカ人など英語圏の人は非常に自己アピールが巧い。こっちの方が立派なものを持ってるのに、全く何にもない欧米人に議論をやってると負けてしまう。まるで、向こうがもの凄い事をやっていて、日本人がレベルの低い事、それも真似をやってる様な結論に持って行かれてしまう事もある。これは彼等が小学校からずっと、この自己表現と云う事を中心に教育されているからです。

日本も国語教育がある事は良い事ですが、今の国語教育は余り良くないのかも知れない、と思う事があります。国民全員が読み書きできる、識字率を上げると云う意味では非常に効果があって、今でも必要ですが、それ以外の事ももう少し重視する必要がある時代になったかも知れない、と云う事です。

私自身が今の国語教育の実際を知らないので誤った無責任な、失礼な事を云っているかも知れないですが、例えば、もし、今も昔と同じ様な書取テストなんかがとりわけ重視されていたとしたら一寸気になる、と云うわけです。

字の読み書きが出来る事は勿論極めて大事です。しかし、私達の子供の頃のテストでは、漢字の縦の棒のはねが付いていないからxとか、この線がここを抜けていないからxとか、をよくやられました。

この様な厳密な筆記表現の形式上だけで評価されているとしたら余り感心しない、と云う事です。これに対し、米国ではそんな事は大した事でなく、兎に角、どんな方法でも最大限に自己アピール出来たらいいと云う考えなんだろうと思います。ですから、英語で話す時、難しい単語なんか使わなくて、本当に簡単な単語だけでいくらでも巧く自分の云いたい事を表現します。

日本の場合そんな自己表現を徹底的に教育されていないとすれば、私は日記を書くと云うのが、非常に良い事だと思っています。兎に角、皆さん方も日記を付ける習慣を付けたらいいと思います。是非、やって下さい。

日記も人に見られると思うとなかなか書けませんから、人に見られない、自分だけが見る、と云うつもりで書くと何でも思い切って書けるものです。半ページも一ページも書く必要はありませんからね。勿論、それだけ書ければそれに越した事はありませんが、短かくて良い。

短い、不完全なもので良いから日記を付けましょう、と云うのと同じ様な事ですが、もう一つ次の事を云っておきたいと思います。

一般には、何でも順々に全てをこなして、皆んなが同じ様に進まないといけない様に思われていますが、そうでもないと云う事を知って欲しいですね

例えば、私達は六、三制で学校教育を受けてますから、小学校、中学校、高等学校、更には大学と一本道しか勉学の道はない様に思っている人が多いです。しかし、そんな事はない。今、私達は皆んなが

同じ道を進む様に、見方によったら平等に行ける様になっている事が一番良い様に、また、それが当たり前の様に思っています。そんな、画一的な六、三制が良いと考えられていますが、私は必ずしもそうは思わない。どんなシステムにも必ず良い面と、余り良くない面があります。

実は、この今の六、三制でも色んな道があるのです。その事の分かり易い例を云いましょう。

現在、私の所に高専、工業高等専門学校卒の人がいます。大学院にも入っています。高専を卒業して、大学の編入試験を受けて合格すると三年生に編入されます。以後は高校から大学へ入学、進学して来た人達と一緒に勉強して、卒業して行きます。

所が、この高専から編入して来た人達の成績を、高校を出て大学へ直接入って来た人達の成績と比較しても結構良いんですね。

高専には中学校を卒業して入りますが、中学校から高校に進学してそれから大学へ入った人と比べて、高専に行った学生さんが、中学時代特に成績が良かったわけでもないと思います。所が、この高専卒の人が大学四年生を卒業する頃は結構出来ます。これらの人が更に大学院に行って、大学の先生、やがて教授になる人もいるんです。この事を普通の人は余り知らないんですが、現在でもこの様に色んな道があるんです。

色んな道があると云う事は、勿論、大学へ行って卒業してから社会に出るだけでなく、中学から、高校から社会に出る等色んな道がある。世の中では、色んな能力の人が求められております。学校での試験というのは一つの教わった事を理解しているかどうかのチェックでして、実は、社会人としての能力と学校での試験の成績が同じ様だと云う事はない。全く逆のケースもあります。

社会には色んな能力が発揮できる分野があるのです。中には商売に向いている人もいる。私は結構商売も好きでして、大変だとは思うけど、うらやましくも思います。特に非常に良いなあと思うのは、人と接する仕事、例えば、食堂、飲食の仕事等もあります。私は人に接しられる仕事は非常にいい仕事だと思っています。

それから、再起が可能だと云う事、これを知っておくのも大事です。勿論、どんな道に進んで行ってもスムーズに行くに越した事はないんですが、時には行き詰まってしまう事もある。このとき、私はもう駄目だ、先はない、真っ暗だ、と思う必要はない。道を変える事が出来る。出直しもいくらでも出来る。人生長いから、一、二年所か、四、五年回り道をしたとしても何と云う事はない、再起がいくらでも可能である事、時にはその困難に直面した経験自体が先になって非常に有益な事もあるんですね。

例えば、私の所に、二年くらい遅れて来た学生さんがいました。この学生さんが私の所に何とか四年生になって来た時、正直云うと、〝これはえらい子が来たな〟、と思ったんです。所が、接してみると凄くさわやかで、人柄も含めて凄く良い人物なんですね。話を聞いてみると、どうやら、大学へ入って講義を受けてみても余り面白くない、〝自分のやりたい事はこんな事ではない〟、と少し疑問を感じ出した様なんですね。それで熱意が失せてしまって、余り一所懸命勉強をやってこなかった様なんです。それを聞いて、これならうまく行くと、直感で思いました。その学生さんは毎日研究室へ来ると、時間があれば英語の本を読んでいる。それも、私の所は電子工学科ですのに、生物の本を読んでいるんです。生物の本を読んでるんで、

「君、生物が好きなんか」

と云いますと、

「電子工学へ来たんですが、どうも先生の所だけは少し生物にも近いんじゃないかと思いまして、希望してこの研究室に来ました」

と云うんです。

「君、英語好き」

と問いますと、

「はい、英語は好きです、試験は駄目ですけど。第二外国語も試験は兎も角、好きです。フランス語を取ってます。毎日二行づつ英語とフランス語の日記を書いてます。少し遅れましたが気持ちを入れ替えて今一生懸命勉強し始めてます」

と云うんです。

結局ですね。彼は電子工学の大学院に合格して、しかも、その時同時に医学部の編入試験も受けて、それも合格しました。この編入試験は競争率が十倍以上で非常に難しいんですが、それも一発で合格し

ました。

「先生、私、もともと医者として人に尽くしたいと思ってましたので、そちらに行って良いでしょうか」

と云いますんで、事情を聞いて納得しましたから

「それは良い、がんばれ」

と送り出してやったんです。今、医学部で一生懸命やってます。

色んな道がある、やり直しがきいて、色んな可能性があると云う事のほんの一つの例です。

それから、もう一つ云っておきたい事があります。これは日本人が恥ずかしがり屋で英語が上達しない事とも関係していますが、皆んなが自分を見ている様に思いがちです。所が、実は、自分が思ってるほど、周りの人達は、幸か不幸か、自分の事に関心を持って注意深く見ていない、関心を払っていないと云う事を知る事です。ですから、要するに何でも余り気にする事はないという事です。

更に知っておかねばならない事は、思った事は必ず出来る、努力したら必ず物事はなる、と云う事です。とことん行き詰まっても、必ずやると云う気持ちを強く持っていたら必ずなるんです。私の父が何時も云ってました。〝窮すれば通ず〟と。私の経験からしても必ずなります。

それに、うまく行っている事をイメージする事も大事です。うまく行っている事をイメージすると必ずその通りになります。イメージしていないと不思議に駄目なんですね。人間がどの程度、努力が出来

て、どの程度、力、能力を発揮出来るか、途中で投げ出したりしないか等と云う事が、このイメージによって規定されているみたいなんです。人間はイメージしたくらい迄にはなるが、逆に云うとイメージ程度にしかならない。だから〝大きなイメージを描け〃、と学生さん達に云ってます。

特に、リーダーになって、たくさんの人を責任を持って引っ張っている、と云う姿をイメージしておく様に、と云っています。

まだ、色々ありますが、何でも楽しくやるに限る、自分の得意な所を生かす、これは勉強だけじゃなく色んな事でですが、と云う様な事も心に留めておいて欲しいと思います。

時間をオーバーして、これまで色んな事を話してきましたが、最後にもう一度云っておきたいと思います。これから、日本は大変な時代に入りますが、これからの社会を支えるのは諸君ですから、充実した学生生活を送って、色んな意味で力を付けて活躍して欲しいと思っています。特に、皆さんの時代は千年代から二千年代への変わり目、過渡期と云う大変な時です。ある意味では世の中が大きく変わりますから、皆さんの活躍の場が非常に多くなります。面白いチャンスが色々ある、と思う事も出来ますので、そう云う事も頭に入れて前向きで頑張って下さい。

この出雲の地と云う所は非常に良い所です。この出雲の言葉がズーズー弁で変わっていると云う事はちっとも恥ずかしい事ではありませんので、自信を持ってやってください。

それと、一般的に、出雲の人間はどちらかと云うと少し口下手で口数が少ないと云われますが、これも時には逆に皆さんから好感を持って貰えて、信頼して貰えて、立派な仕事が出来るきっかけになる事もあります。故郷に誇りと自信を持って欲しいと思います。その内、もっと、もっと色々出てきます、歴史的に出雲が凄い所だったと云う証拠が。

私自身、定年まで後七年余りございます。その後、またどっかの学校等へ行く可能性もあるかも知れませんが、皆さんが大学へ行かれる四、五年後はまだ大阪大学にいますので、ここにたくさんおられる皆さんの中から何人かは是非私の所にも来て欲しいと思っています。

随分長い時間つまらない話しをして来ましたが、一応予定の時間も大分過ぎていますので、これで話しを終わらせて頂きたいと思います。どうも有り難うございました。

（拍手）

二　とんぼ

今、思い出してみると自分でもおかしくなるほど、毎日、明けても暮れても宍道湖か家の横の川に入り浸っていた様で〝魚、魚、魚〟と、どっかのスーパーの魚売場のコマーシャルソングの様に魚を追い求めている私自身の様子が、まるで外からそれを眺めているかの様に瞼に浮かんでくる。小、中学生の頃だって、学校へ行っているよりも宍道湖にはまっていた思い出の方が多いのである。それも、どんな魚がどんな風に取れて、どんなに興奮して、その時どんな天気で、周りがどんな状況だったのか、イメージとして浮かんでくるのである。

その頃、魚を取っても、〝かわいそう〟などと云う気持ちは殆どわいてこなかった。魚はそもそも食料に変わるのものだったからである。それに私が少々取っても、もの凄い魚の数は一向に減る気配がなかったのである。

考えてみると、昆虫でも同じ。稲穂のたれた田圃にはたくさんのイナゴ（蝗）がおり、稲を分け入ると、目の前をびっくりしたかの様に、左から右へ、右から左へと飛び移る。こんなたくさんのイナゴを捕まえて瓶に詰めても、かわいそうにと云う感情はわかなかった。何しろ、イナゴもカラッと炒めると結構うまいおかずになったし、それに、そもそもイナゴは稲の害虫と思い込んでいたからである。どうやら小さな子供の頃から食料となるのかならんのかとか、良い昆虫か悪い昆虫かを見分けて差別していた様である。

　だから、同じ昆虫でもトンボ（蜻蛉）なんかは捕まえてもすぐに離してやって、決して死なせたりはしない様にしていた。トンボはほかの昆虫に比べて格別にか弱く見えていたし、身の回りを近づいたり離れたりしながら飛び回り、ほのぼのとした雰囲気をかもし、優しい気持ちにしてくれるのである。

　田舎の家は開け広げの構造であり、南と西側は縁側を通して庭につながっており、自由に風が吹き抜け、これに乗ってか音もなくトンボも飛んで入ってくる。

　所で、一口にトンボと云っても実にいろんなトンボがいる。形、大きさや色も、更に、飛び方や止まり方までも全く異なっていて、別の種類に分類してもよさそうに思えるほど異なっている。

　家の前の庭先の石垣の上に飛んできて、羽根をペッタと広げて石垣の表面にへばり付く様にして止まる白、黒の入り混じった模様のトンボは俗に云う塩からトンボ。手を伸ばすと、パッと飛上ってクルリと一回りしてきて、また元の所にピタッと止まる。石垣の上が熱くないかと、つい心配もしたくなる初夏が思い出されるトンボである。

　羽を広げると十五〜二十センチもありそうで、胴もほかの種類に比べて丸っぽくて太い、大きなトンボ、オンジョと呼んでいたトンボがいた。色は青黒っぽかった様な印象があるが、子供の頃、緑も青と呼んでいた事もある様な気がするから、緑色だった様な気もする。オンジョと云う名前は五つ違いの兄、富夫に宍道湖に魚釣りに連れていって貰った小学生の頃教えられた様に思うが、大きくなって本で見たり友達に聞いて知ったヤンマと云う名前のトンボと一緒だった様な気がする。恐らく、出雲特有の呼び方の様に思う。このオンジョは宍道湖や家の横の玉湯川の水面少し上をスイスイ飛んで、杭のてっぺんや、釣りをしている浮きの上、時には水面上にのびた葦か蘆の葉の先に止まっているのがイメージとして思い浮かんでくる。夏とは云っても少し涼しい早朝のないだ宍道湖と一番よく似合っていた様に思う。湖面から突き出た朽ちかけた細い杭にとりついたヤゴから、このオンジョが今にも抜け出しそうにしている姿も何度となく見かけた事がある。

お盆を過ぎて夏休みが終わる頃になると、どっかで暑さを避けていたかの様に赤トンボが現れ始める。少し高目の所をスイー、スイーと飛んで空中で止まったり、滑る様に近寄ったりしているイメージも浮かんでくる。赤トンボにも真っ赤なのもいれば、少し朱色に近い色のもいた様に思う。赤トンボは鮮やかな色の割に少しひんやりし始めた穏やかな気候と結びついている。そんな少し寂しさを感じる空気とバランスをとるかの様に赤い色をしている様にも感じられるし、逆に、こんな真っ赤な色をしているから余計にひんやりした秋を感じた様な気もしている。

こんなトンボたちよりも目立たないがもっと身近まで来てくれるトンボもいた。風に誘われるかの様に開け放たれた縁側から入ってくる糸トンボと川トンボである。

糸トンボは明るい庭に面した表の縁側から入ってくる。大きさも二、三センチと小さいが、なによりもその体の細さが糸トンボと呼ぶにピッタリで、こんなか細い体では耐えられそうにもなく、強い日差しを避けて入ってきた様な気がする。音も無く風に乗って入って来て、畳の上にしっぽをぴんと伸ばし、糸よりももっともっと細い足で止まっている。

さっき畳の上にいたのと同じ糸トンボだろうか。昼御飯のおかずの皿の縁に糸トンボが止まっている。思わず伸ばしかけた箸をフッと止めて、飛び立つのを待つ。人を信用してる様な糸トンボを驚かすのがはばかれる思いである。

我が家の西側の小庭には大きな松が何本も植えられていた。その端にはもちの木や少し大きな葉っぱの色んな木が植えられて、更にその木陰には木苺や紫陽花（あじさい）等色んな草木が生えていたので、西向きと云ってもこの小庭はいつも少しひんやりして、森の中に入った様な気さえした。百メートルほど離れた宍道湖と我が家の間には川といくつかの田んぼがあるだけで、何も遮るものが無いから、強い西風、特に冬の冷たい西風をさえぎるため、こんな木々が防風林として植えられていたのだろう。

こんなひんやりした、少し薄暗いくらいの小庭であるから、ここにいる生き物も前の南に面した庭と全く違っており、カタツムリもその気になればいつでも探せた様に思う。トンボだって同じ、糸トンボも少しはいるが、主役は数はそう多くはないがふわりふわりと飛ぶ川トンボである。細い胴も、胴の細さに比べて薄いが結構幅の広い大きな羽根もすべて真っ黒で、飛び方はトンボというよりも蝶にも近い感じである。これがまた小庭に面した縁側から奥の部屋へフワリフワリ入ってきて畳や机の上に止まる。その止まり方がまた面白い。左右二枚二枚、計四枚の羽を上にまっすぐ上げてピタっと会わせて止める。

しばらくしてまたフワーッと開きまた閉じる。この閉じる速さの方がフワーッとした広げる速さより大分早い。前後二枚の羽が少しずれて広がるのも面白い。まるでバランスをとるために時折ひろげている様な風情である。

このトンボの名前が本当に川トンボだったのかは知らない。私が小さな頃、小学生の低学年の頃まではこの樹々の間には恐らく田んぼに水を引くためのものではなかったかと思うが、ほんの小さな小川と云うのもいい過ぎの様な小さな水の流れがあった様に思う。それで勝手に川トンボと名付けていたのかも知れない。少しひんやりした水けのある所にいるから川トンボと呼んだのかも知れないが、兎も角、黒い色やか弱そうな風情からして日陰のトンボであることには違いない。こんな風情のある上品な貴婦人の様なトンボを川トンボと呼んではなんだか申し訳ない様な気がするのである。

昨年（平成元年）の夏帰省した折り、昔と全く同じ様に奥の部屋にフワーッと川トンボが飛んできて畳の上に止まった。閉じた羽を私のイメージに残っていた通りにフワーッと広げる川トンボは、まるで本当に久しぶりに私を迎えるかの様に、入って来てくれたのである。田舎でもあちこちが舗装され、清潔らしくされつつあるが、どうやらこの我が家の西の小庭だけは、なんとか昔を保っている様であり、もうしばらくの間は保たれそうである。

兄の一言。

「勝つぁん、昔は暗くなーまで野球やっちょったけん、自然を見る機会が少かっただけんの。この頃やっとお前の心境になってきたけん。小さな虫やなんかがいっぱいおると、いろんな鳥なんかも飛んで来てごすし(くれるし)、自然の声が聞こえるのはええもんだけん。どげん綺麗に剪定して綺麗な松の格好にしても、石を並べても、箱庭みたいになって鳥も飛んでこんよーじゃ仕方がねけんの。そだけん、当分はこの小庭に手入れせんし、薬も使わせんけんの。」

三　投　網

投網の名手であった父、秀男に時々篭持ち役でついて行ったが、場所と時間帯、狙う魚によって微妙に要領が違っているのが子供ながらにも分かり、いつも何か新鮮なものを感じ、ポイントに忍び足で近づくにつれて緊張と期待で胸が高鳴った事をよく憶えている。

家の横の玉湯川では、夕刻、まず糠（ぬか）と少し粘土質の土をこね合わせて作った直径大体四、五センチくらいの糠団子を二～三十メートルおきに数個ずつ川の中に放り込んでおく。この時、岸の笹を一本目印に折っておく。これで家に一旦帰ってお茶を飲み、二～三十分経った頃が本番である。

まず、目標の十メートル位手前で網を打つ準備である。投網は丸い大きな平網の真中にひもをつけ、網の周囲に焼き物（陶磁器）か金属でできた太さ数センチ、長さ十センチ位のおもりをたくさんぶら下げたものであるが、このおもりから七、八十センチの所をまとめて右手で持ちぶら下げる。次に左手で一つまみ、二つまみと、何つまみかをつかみとり、ピンと横に張った左ひじに掛ける。右手でも何つかみかを持ち、残りを左手で握る。この姿勢で、そろりそろりと草むらに入り、目印の手折った笹の所まで忍び寄る。体を少し左にひねり、右にひねり、ついで大きく左にゆりもどした後、サーツと体を大きく右にひねり網を打つ。見事にいっぱいに広がった網はバサッと水面に落ちる。

薄暮の静かな川原に見事にマッチした父の姿、父の手からピンと張って伸びた紐の先の白い網の舞う様な動きと、辺りをはばかるようなバサッという音が子供ながらに、たまらず好きであった。右に左に少しづつ紐を引っ張りながらたぐり寄せた投網には、鮒や鯉、ナマズ、ハエ、鮎等がたくさん捕れている。宍道湖ではこれに鱸（スズキ）、セイゴやボラ、ハゼが混じる事もあった。

時たま、子供の私が教えて貰いながらやると、うまくまねをして打ったつもりでも、網はせいぜい一〜二メートル位にしか広がらず、固まってドバッと落ちる。勿論、余り捕れるわけがない。

昼間の宍道湖で、大きな魚が泳いでいるのに合わせて歩きながら、サッと狙い打ちする投網も手際が良かった。宍道湖は透明だったし、父の目もすこぶる良かったのである。若い時には昼間でも星が見えたと云っていた父の目は凄かったに違いない。勿論、視力は二・〇以上である。所が、健康診断の視力検査で楽に二・〇まで見えていた目の良かった私自身には昼間の星は見えなかったから、当時は半信半疑であった。しかし、世の中には信じられないくらい目の良い人がいるらしく、しかも環境、訓練で更に良くなると言う事を聞いてから、少しづつ信じる様になってきた。

所で、この投網について、一つだけおかしな思い出がある。

日当たりの良い縁側に、ゴマ（胡麻）か大豆の茎、多分胡麻の茎が広げて干してあったから、秋ではなかったかと思う。胡麻は黒か、薄茶色の一～二ミリの小さな粒状のものである事は誰でも知っているであろうが、どんな植物に、どんな風に出来、どんな風に収穫するのかは知らない人が殆どであろう。胡麻は草丈五十センチから一メートルくらいの幹のしっかりした草であり、これに長さ十センチ、太さ一センチくらいの棒状の鞘状のものがつく。この鞘の中に小さな胡麻粒が一杯入っているので、これを乾燥して胡麻を落とすのである。一昔前、田舎では大抵これを自家栽培していた。

この胡麻か大豆の実を採った残りの茎を、縁側に山の様に積んでおいたものを川に捨てに行ったのである。この積んである所を見たのは私自身もはっきり覚えている。当時、田舎ではゴミの収集車が来るわけでもないので、川原など、地域の一角に捨てたものである。但し、大抵、野菜くずなどであって、ポリ袋や電気製品の残骸を捨てるわけではないので、すべて適当に土に返り、何時迄も残って公害になると云う事はなかった。従って、川はいつも綺麗であった。

晩御飯を食べている時、突然、母、政子が云いだした。

「財布どこに行ったかなあ。確か縁側に置いちょったただなかったかと思うけど」

縁側に出て大分探してから、

「矢っ張り無い。胡麻と一緒に川に捨てただらか」

「何が入いっちょったかや」

と、父。

「お金はちょんぼしだども、保険（健康保険か）証書や領収書なんか入れちょったかも知れん」

「そら、えらい事だがの」

皆んなで何度も探すが矢っ張り見あたらない。

「川を調べてみーか。もー、暗れし、仕方がねけん投網でも打つか」

父は渋々、私は喜んで投網を持って夜の川に出た。

父がいつもの手つきで投網を構え、バサッと打つ。引き上げてみると、矢っ張り胡麻の茎がたくさんかかったが、財布は見あたらない。所が、胡麻の茎の間から大きなナマズが飛び出してきた。もう少し方向を変えてまた投網をバサッ。今度も少しの胡麻の茎と矢っ張り大きなナマズ。

「おい、財布がナマズに化けたで」

諦めが案外によい我が家の事、投網もここまで。

財布のナマズの蒲焼きはなかなか美味で、いつもより一寸高価な味がした。

四　骨粗鬆症

一年に一度は、それもできれば家族連れで田舎に帰る事にしているが、大抵、夏休みを利用する事になり、しかもお盆の頃になる。孫の声を聞き顔を見ると、私の父母はとても嬉しそうな顔をしているのである。

平成三年の夏、休暇をとって子供達と一緒に田舎に帰ったのも矢っ張りお盆であった。

いつも元気で嬉しそうにしている母が、子供達に、

「よう来たね。大きくなったね」

とニコニコしているが、私には、いつになく少し寂しそうに見える。親子だからすぐ分かる。

「元気かね。大丈夫」と云うと、

「大丈夫だけんね、そげん心配いらんが」

と云っているが、どうも気になる。

夕方になって、皆んなと一緒に食事に付こうとした時、顔をしかめた。

「どげしたの」

「腰が痛くて、痛くて」

と顔をもっとしかめる。体の向きを変えるだけでも猛烈に痛そうである。

「少しもんであげようか」

と背中をもみかけるが、触った途端、

「痛い、痛い」

ともっと顔をしかめる。按摩は結構コツを摑んでいるつもりだったが、どうも役にたちそうにない。これは簡単な事ではない、ただ事ではないと直感する。

母は明治四十四年九月二十六日生まれだから八十歳近い高齢で、しかも目も足も悪くなっていた明治四十年二月生まれの父秀男を起こしたり、手を引いたりする事も多かったので、腰にかなりの無理もかっていたのだろう。何しろ父は骨太で頑強、かなり体重もあったのである。以前から、時々、〝腰が痛い〟と云う事はあったが、今度だけは相当きつそうである。

それでも、子供を連れて特急八雲に乗って大阪に出発する朝には何とか起きあがって、

「皆んな元気でや。無理するといけんで。また来てね」

と名残惜しそうに玄関の所まで出て見送っていた。

大阪に帰って、数日して電話をすると

「あれから、痛みがもっときつくなって、こらえきれん様になって、きんにょ（きのう）車で病院に連れていって貰って精密検査して貰ったけん」

と云う返事であった。

さらに数日してもう一度電話をして聞いてみると、大分骨が減って、いわゆる骨粗鬆症の疑いがあると云う結果であったらしい。兎も角、痛み止めの注射をうって、腰にコルセットをはめて貰い、何とかゆっくり身動きは出来る様になった様である。

骨粗鬆症と云う名前を昔は聞いた事がないが、最近はしばしば耳にする。どうやら年をとって骨がスカスカになり、丁度大根に鬆（す）が入ったような状態になってもろくなる病気で、カルシウム不足からきている様である。名前は比較的新しいが、昔からあった症状である筈で、年寄りの腰が曲がるのもこの骨粗鬆症が原因の一つである可能性がある。腰が曲がったお年寄りは田舎の方が多い様に感じられたが、これは田舎の方が長寿であったための可能性もあるのかも知れない。しかし、田舎の人は若い時から力仕事をしたり、前屈みで長時間作業をするので腰骨に負担を掛けすぎるのと、骨粗鬆症の初期にも無理に力仕事をして骨を痛めてしまうためなのかも知れない。勿論、食べ物の影響も極めて大きい事は云うまでもなかろう。

母は確かに田や畑の仕事も良くやっていたし、春には味噌を造るのに大豆を茹でて、石臼に入れて杵でついたりしていた。だから、重いものを持ったり、腰を曲げて作業する事が多かったので腰骨を痛めていた可能性がある。食事に関しては、小魚や野菜はよく食べていた。何が不足していたかを考えてみると、すぐに気の付く事がある。そういえば母は余り牛乳が好きでなかった。

妹、敬子が生まれた後と思うが、母の体調が余り良くなく、山手の数少ない乳牛を飼っていた農家、福場さんと云った様に思うが、そこに兄富夫とガラス瓶をぶら下げて、牛乳を買いに行った事がある。所が、母がその牛乳を余りうまそうな顔をせず、と云うよりもむしろ嫌々飲んでいた様な気がするのである。

兎に角、牛乳は優れたカルシウムの補給源の筈であるのは、母乳や牛乳だけで赤ちゃんの骨がどんどん太く大きくなる事からも分かる。消化吸収も極めて良く、骨を丈夫にするには一番効果的な筈である。もう一つ考えて見れば自明な事がある。骨は単なるカルシウムを主成分とする固まり、セラミックではない筈である。と云うのは骨の上に骨が成長する、伸びると云う事は骨を介して何かが、即ち、物質と情報が届けられているに違いない。と云う事は骨の中にその様な作用をするために有機物質も含まれている事になる。この有機物質の存在も重要な筈である。

昔は、余り日光に当たらないと背中が丸くなる、くる病なる名前の病気になるとよく云われた。これも日光に当たらないとカルシウムがうまく使われず、骨を丈夫にする事が出来ないからなのだろう。中学校か高等学校で、光が当たると有効なビタミンDが増えると聞いた事があるので、ビタミンDが骨の成長に重要な役割を果たしているのだろう。ビタミンと日光の関係は、生椎茸より干し椎茸の方が体に良いという話にも繋がっているのだろう。もし、暗い所で単に水だけを取り除いて乾燥したのでは、干し椎茸の効能も少ないに違いない。有効なのは天日による乾燥、天然処理のものに限られるのかも知れない。

また、この頃の子供はリン（P）を含む防腐剤がたくさん使われているインスタント食品、保存食料を食べ過ぎるので骨が脆くなっていると云われたりするが、骨がカルシウムを得て成長するのをリンが抑制する働きをしているかも知れない。

骨を丈夫にするには運動も良いと云う話である。運動による刺激で骨の成長が促進されると云うのである。運動による刺激は恐らく電気的刺激となって、これが骨の成長に影響を与えるのであろう。骨自体、或いはそれを取り巻く組織体の中には力を加えたり、変形したりすると電圧が発生する、いわゆる圧電性を持つものが色々あるの思われる。圧電性によって発生した電圧はイオンなどの振る舞いに大きな影響を及ぼす筈である。ある時、圧電性のプラスチックフィルムを骨に張り付けておくと骨の成長が著しく早くなると云う話を聞いた事がある。

骨粗鬆症の人に運動しろと云うのは痛みがある状態では酷な話で、なかなか大変であろうから、こんな時は直接電気的な刺激を与えても良いのかも知れない。

所で、最近、針治療が見直されている様であるが、針をうまくつぼに刺すと、これが体に活性、活力を与える事になるのは何故だろうか。もしかして、今の運動と刺激の話と同様な解釈が可能かも知れない。針を刺せば、刺した周辺にはその刺激で小さな領域ではあっても細胞が縮む、変形するなどその他様々な理由で圧電性のため電圧が発生し、電気刺激となっているのかも知れない。或いは、針と生体組織の直接の接触そのもので、電子の移動或いは何か電気化学的な作用が起こり電圧が発生するのかも知れない。そうすれば効果は針の材質、銅か鉄か金か銀か合金かなどによって変わるのかも知れないし、針を持っている人自体の電気的な性質の影響もあるかも知れない。いっその事、刺した針に少し電流を流したらいいのかも知れない、などといい加減な思いが頭に勝手に浮かんでくる。

お灸も熱で似た様な効果を生じさせているのかも知れない。お灸の場合、もぐさの熱そのものが効くかも知れないが、熱せられたもぐさの成分が直接或いはいぶされた煙となって皮膚の表面から内部に拡散して薬効を発揮する可能性がある。単に熱だけの効果であれば、電気的にも可能な筈である。更に、繰り返し刺激の効果もあるかも知れない。その時は、温、冷の繰り返し刺激が効果的かも知れない。ペルチエ素子など色んなものが利用できる可能性がある。

光の照射でも同じ様な刺激があって効果を生むのかも知れない。私の知人、と云うよりも私が可愛がって貰っている近畿大学の久保宇市教授はレーザー治療の研究にも関係されているから、一度、レーザー光による同じ様な効果があるかどうか聞いてみたいものである。

所で、直接の電気刺激も体に良いかも知れないが、私は電気、電子工学を専門としているのにもかかわらず、あのビリッビリッと来る感触は好きになれない。この頃、町の銭湯にある電気風呂と超音波風呂のうち、電気風呂には電圧はごく低い筈で心配はなかろうが、どうも入る気にはなれない。

兎も角、コルセットと痛み止め、それに牛乳のお陰で平成三年の暮れには、母はある程度歩ける様になった様である。

世の中には色んな事を知っている人がいるもので、こんな話をした翌日、英光社の片岡さんが勢い良く部屋に飛び込んできた。

「先生、白い木耳（キクラゲ）知ってますか。これ、骨粗鬆症にも良いみたいですよ。少しずつちぎって水にもどして、料理や味噌汁に入れたり、酢の物にしたらいいですよ。これは中国から手に入れた本物ですよ。スーパーにも似たのは売ってますが、一寸色が違うでしょう。お母さんに送ってあげたらどうですか」

有り難い人である。母にも送るが、私も一寸試してみようと目を輝かす好奇心の強い私である。片岡さんは中国通、中国ファンなのである。

日を経ずして片岡さんから早速尋ねられた。

「先生、効き目はどうですか、白いキクラゲの」

「田舎の母に送ったら、食べているみたいです。効果はまだ分かりませんけど、続ければいいでしょうが、続きますかな。私も食べたんですよ、片岡さん。云える事はですね、今の所、効くかどうかはまだ分かりませんけど、少なくともなかなかうまいんですね。うまいだけでも気に入ってます。うまいから長続きするかも知れませんね」

〃うまいのは当たり前、体にもいい筈だ〃と云う表情の片岡さんである。

「そうですか」

と笑ってはいるが。

追記

私の直感。骨は筋肉と一体となって機能する、筋肉と対の関係にあると考えるのが妥当である。従って、骨を強くするには筋肉も鍛える必要がある。

そもそも骨が何故必要であるか。体に形を与える、体を支える姿勢を保つ、重力に耐える、外部からの力から守る、外敵から守るなど色々あるだろう。何れにしても最も大事なものは骨の中に入れてしまうのがいいと思われる。骨そのものを活用の場とする、必要なものの貯蔵庫とする、と云う事も考えれる。その他、色んな大事な役割を演じているだろうが、そんな役割が不必要なくなれば、骨を保っておく必要もなくなるから骨が退化する事になる。だから、地球上で生活していく限り、骨が大事だから、日頃から適度に運動して筋肉を鍛え骨を強くしておく必要がある、と云う事になる。

五　お賽銭

平成四年元旦、昼過ぎに岸和田尾生地区の真ん中にある神社に初詣に出かける。小さな神社ではあるが、時間が中途半端なのか、誰一人いないとガランとして正月とは思えないくらいである。

ずいぶん長い時間拝んでいる香苗に聞く。

「お賽銭いくらしたの」

「三十円」

「エッ、お父さんお金持っていたのに」

「いいの、二十五円しようかと思っていたけど、五円がなかったので三十円にしたの」

「えらいつつましやかだな。でもなんで二十五円と半端な額なの」

「二十五円は二重にご縁がありますと云う事、五円はご縁がありますで、四十五円が始終ご縁がありますと云う事で、いい額なんよ」

どこで仕入れたのか知らないが、親の知らぬ間に面白い事を学んでいるものである

「お参りした時、お賽銭は気持ちよくできる額をするのが一番良いんだって」

田舎へ帰った時、出雲大社や八重垣神社を始め、私が連れて行かなくても自分で勝手に神社巡りをしている香苗が、どこかの神社で聞くか、読むかしたものかも知れない。

「たくさんお賽銭して後からあんなにしなかったら良かったのにと、いつまでも気持ちが尾を引く様なのは良くないいんだって、自分で稼ぐ様になったらたくさんするし、子供は少しでいいの。気持ちが大事」

そう云えば私の渡すお年玉も毎年余り多くはないいんだ。

六　正座　パート一

平成四年一月二十八日　父、秀男の葬儀が蓮光寺で行われた。

家から徒歩十五分くらいの宍道湖を見下ろせる小高い丘の上に立つこの曹洞宗のお寺、蓮光寺は大寺ではないが静かなたたずまいの素朴な、なかなか良いお寺である。所が、山陰の冬の事、しかもこの小高い丘の上に立つお寺であるから、開っ放しの講堂に吹き込む風はかなり冷たい。特に、この日は少ししぐれ気味で霙（みぞれ）も混じりそうであったからなお更である。

お寺に着いたのが告別式の四十分くらい前、壇上に身内、親族を始め五十名余りがしんみり正座した。

程なく若いお坊さんが現れ、声を掛けられた。

「皆さん、まだ始まります迄大分時間がございますから少し楽にしていて下さい」

後から聞いた所では、この若いお坊さんは中学校で英語と柔道を教わった浪花先生の息子さんだった様である。

声を掛けられたとしてもいつもと違ってくつろげる気持ちにもなれず、神妙に座り続けていると、やがて定刻十四時から読経が始まった。

大体、知っているお経でない限り、聞いても殆ど理解出来ないものなので随分長く感じられるものであるが、この日の読まれたお経は少し知っているお経だったし、三人のお坊さんの読経の声が大変うまくハモって素晴らしい響きであったので、いつもの告別式と違って余り長いとも感じられなかった。

読経が終わった時、チラッと腕時計を見ると既に十五時を超えていたので、一時間以上も読経があったわけだから、ずいぶん長く正座していた事になる。〝長い時間座っていたのに足が痺（しび）れなかったな〟と安心した時、焼香が始まった。最初に兄の富夫が焼香を済ませたので、親族の中では前列左に座っていた母、政子にそっとすすめると、

「勝美、先に焼香して」

と小声でささやいた。母は半年くらい前から背骨を痛めており、立ち座りが少しやりにくいのである。

それでは私が最初にと、右膝を立てて立ち上がろうと力を入れた瞬間〝ギクッ〟と音がして足首に猛烈な痛みが走った。骨が折れたかなと感じられる程である。〝あかん〟と思って、即座に左足に力を入れると今度は左足首が〝ギクッ〟。グラ、グラッと倒れそうになったが、母にもたれかかって転がらずにす

んだ。

一体何が起こったのか皆目わからない。

ドタバタあわてふためいてやっと立ち上がれたので、痛む両足首を気にしながら焼香を済ませ、ほうほうのていで壇を下り、立礼の場所へ急いだ。少し遅れてきた弟が私の隣に立った。

「長い時間座ってたから足首の具合がおかしくなって、立ち上がろうとしたら、兄貴と同じ様にひっくり返りそうになってしまって。片手ついたよ。人の事を笑っておられなかったよ」

お寺からの帰りの車の中で誰かが云った。

「三人とも転びそうだったね」

「えっ、僕と隆夫の他にもっと転びそうな人がいたの」

「昭さんが転んで、両手をついて四つん這いになったよ」

昭さんとは妹、敬子の主人である。

別の誰かが云った。姉、迪子の主人の精さんだった様に思う。

「冗談の好きだったお父さんが、皆を笑わせようとして転したんじゃない」

敬子だったのか、兄嫁の美智子さんだったのか、どちらかがすぐに応じた。

「そうじゃなくて、お父さんを笑わせようと三人が転んだんじゃない」

いずれにしても長時間座る時は要注意である。長時間座る仕事の人はよく知っている事だろうが、要は脚に体重をかけないのがコツだろうから、おばあさん座りでお尻をぺたんと畳につけて座るか、お尻の下に何か小さな台を置いてお尻を浮かせれば良い筈である。

この日、何人も転んだり転びそうになったのは二時間以上も正座して緊張していた事、寒い日であったので膝から下が冷えてしまっていて足がしびれている事に気が付かないくらい感覚が麻痺していた事に原因がある。私自身、〃今日は珍しく足がしびれないな〃と安心しきって立ち上がったのである。兄に聞くとこのお寺での葬式や法事では毎回何人か転倒する人がいるので、いつも気を付けているそうである。もっとも兄は交通事故以来、足をかばってどんな席でもあぐらをかいており、これが誰からも大目に見られているので、何が幸いするかわかったものではない。

正座から立ち上がる時に転ぶのは何もこの蓮光寺に限った事ではなく、あらゆる和式の会合で、また、武道、即ち剣道や空手、少林寺拳法や合気道等での待ち時間の間正座している時にも見られる光景だそうである。研究室の少林寺拳法の学生さん、桑村君か内山君のどちらかが云う事には、この時、骨折した人もあるそうである。

所で、この告別式の夜が初七日であった。本来なら一週間後、即ち具体的には亡くなった日の一日前から数えて七日目が初七日であるが、皆が多忙で遠方から家族親族が駆けつける事の多い昨今では、この初七日を葬式の夜に行う所が多いそうである。

この初七日に来ていただいたのは、葬式の時に来ていただいていた和尚さんのうちの一人である。非常ににこやかな方で石田さんとおっしゃっていたが、私が小学校の頃習った石田早苗先生という美人の先生の兄さんか、叔父さんであるらしい。石田先生には　ゆりさん　とか云う妹さんか姉さんがおられて私の姉迪子の友人であったらしく、時々洋裁の依頼等に来られていた。所が、よく似ておられたので、先生としばしば勘違いしていた様な気がする。

この和尚さんは、勿論、曹洞宗のお坊さんであるが、お経を始める前におっしゃった。

どうぞ体をゆっくりくつろがしてお勤め下さい。緊張なさる事ありません。足も正座でなく、あぐらをかいてもらって結構です。その方がよいでしょう。正座をして足の痛さ、しびれが気になってはお勤めにも身が入りにくいでしょうから。

途端に皆にこやかになって、ゆったり安心して心を込めてお勤めが出来た様である。

気が付かなかった様に思っていたのに、背を向けてお経を上げながら蓮光寺での顚末を一部始終ご承知だったのである。その上での今の話しである。さすがはお坊さん。

考えてみると、禅宗のお坊さんが重視される座禅は決して正座されているのではなく、一寸見るとあぐらをかくような形で、いわゆる結跏趺坐（けっかふざ）である。

まあ、これを理由に人間の出来ていない私に近い人は、出来る限り結跏趺坐に近づくに限るが、やむなく正座の時は慌てる事なく、ひっくり返っている足の甲をやおらまっすぐに手を添えて戻してから立ち上がるが良かろう。しかし、やっぱり人間の出来ていない悲しさ、まだまだ何度も同じ過ちを繰り返しそうである。

有り難い事にこんな不出来の人間に慰めを云ってくれる人もあった。

「吉野さん、そんなの序の口、私の知ってるのなんか、立ち上がり損ねて、祭壇をひっくり返しましたよ」

七　正座　パート二

私を含めて、最近、長い時間正座をするのを苦痛に感ずる人が多い様である。だから、葬儀や法事の席でも、和尚さんの読経の間、痛いのを必死に我慢して、辛抱して座っているのは私だけではない様である。

平成四年のある春の日、出張で東京から深夜に帰宅して遅い夕食を始めた時である。私が不在だった前日の晩にあった親戚の法事に出席した妻、和子が
「おかしな話しを聞いてきた」

と子供達を前に笑い転げながら話し出した。

何でも、和尚さんが来られて、お経の前後に色々お話しをされた時、まず妻が言い出した様である。

「この間、主人の父の葬式で、お経がもの凄く長かったし、寒かったので、焼香に立ち上がる時、足がしびれて、主人も含めて三人が転びかけたり、四つんばいになりました」

これを聞いた和尚さんが間髪を入れず話し出されたそうである。

「長く正座した時に転ぶのはしょっちゅうで、もっと酷い事もありましたんですわ。私だけでも、もう三～四回もそんな事に出くわしたんです。やはり、読経の後、焼香に立ち上ろうとして足がしびれてひっくり返りそうになって手をついた人があるんです。なんと、倒れ込みそうになって祭壇に手をついてしまったから、体重がかかりましたんや、祭壇がものの見事にひっくり返してしまって大変だった事もあります」

皆大笑いをしたそうである。中の誰かが尋ねたそうである。

「和尚さんはしびれんでしょうね」

「いえ、私ら自身も、勿論、長いお経をお勤めしますと、足がしびれますので、お経が終わった時、気が気でない事もあります。だから、そんな時はしばらく足の甲がひっくり返らない様に、足首から先をつま先立ちにして一寸呼吸をおいてそなえてから、一気に立ち上がります。こうするとうまくたてます」

皆が納得していた様である。

「足がしびれない様に色々小道具もありましてな。こんなんもあります」

と云いながら、普段たたんでおいて、座る時にX字型に広げてその上に座る小さな道具を出されたそうである。

「これをやると足はしびれんですが、X字の所で指をはさんでつめる人もたくさんおられます」

それを聞いた人が云ったらしい。

「指じゃなくてお尻をつめるんじゃないですか」

痛いくらいつめるのであれば、よほど小さなお尻の筈である。

「そうかも知れませんね。とにかくこれは便利がいいですが、一つ困るのは居眠りができない事です。小さいのでバランスをとるのが結構難しくて、居眠りしてうとうと体を前後に揺らすと、パタンとひっくり返ります」

冗談ではあろうが、読経中の和尚さんがひっくり返る姿を思い浮かべるとおかしさがこみあげてくる。

それにしても、うとうと居眠りしながらお経をあげられるとすれば大してものである。まさに神業（かみわざ）である。いや仏業が正しかろう。もっとも、お経を聞いて意味のわかる人は少ないだろうから、うとうとしながら読経されるともっと有り難く聞こえるかも知れない。出席者は足が痛くて目が覚めているのに、和尚さんだけがうとうとしているのも何となく絵になりそうである。

和尚さんの話しは講話というそうであるが、この話しも講話だろうか。お釈迦様は人を見てお話しをなさったという事であるので、やはりその場を見てこんな講話がよかろうと判断されたのかも知れない。

八　目

「子供の頃、ぱっちりした大きな目をしていて、本当に可愛らしかった」
と十歳歳上の姉、廸子は私の事を云う。それを聞くと、私の子供達は
「へえっ、信じられない。可愛かったなんて嘘でしょう」
と云う始末である。信じられないのも当然、五十を越えた今は眼鏡をかけて頭も薄いのである。確かに、自分で考えてみても大きな目をしていた様に思う。誰だったか、小学生の頃私の事を〝大目玉の・・・・〟と冗談で呼んでいた人があったのである。

私の目は大きいだけでなく、視力ももの凄く良かった。なにしろ小、中学校の頃は視力検査表の一番下の二・〇の所が楽に見えたのである。これはどうも親譲りだった様である。私の父、秀男も若い頃もの凄く目が良く、晩年に〝若い頃には昼間でも星が見えた〟、と私に云っていたくらいであるから。まさか、真昼間に太陽の横に星が見えたと云うわけでもあるまいが、午前とか午後に、太陽と反対側に、或いは太陽が雲に隠れた時に星が見えた可能性がある。そんな嘘をつく様な父ではなかったから。

中学を卒業して高校に入っても、二年生の始めまでは私の目は相変わらず良く、両眼とも視力二・〇であった。視力が落ちたのは高校二年の途中からである。高校生になってから勉強を始めたから、と云うわけではない。その頃、私は殆ど勉強をしていなかった。悪くなったきっかけは良く憶えている。

ある平日の午後だったと思う。試験で早く帰ってきていたのか、もしかしたら土曜日だったかも知れないが、家の横で薪（まき）割りをしていた。その頃、何故か我が家には二〜三十センチの太さの丸太がいっぱいあった。おそらく、陶器を焼くために山から切りだした木（〝割り木〟とも云っていた）の切り端だったかも知れない。そんな丸太を相手の薪割りが私は大好きだったのである。大きなまさかりを頭に振りかぶって、エイッと振り下ろして、丸太がパカッと割れると、スカッとして気持ちのいい事この上もない。

パカッと半分に割って、それをもう半分に割った所で止めればよいものを、もう更に半分に割ろうとしたのである。一本の木を横倒しにして枕にし、その上に十文字になる様に割ろうとする木を縦向きに置いて、まさかりをたたきおろした瞬間、その木がバーンとはじけて私の顔を直撃したのである。それも、少し割れかかってそそくれだった端っこの切り口の所が、まともに目に当ったのである。〝そそくれだつ〟というのは出雲弁で、端の方がトゲトゲ、ギザギザにほぐれた様になっている事である。

〝痛いっ〟と云うよりも、一瞬、目がつぶれたと思った。両手で目を押さえてしゃがみ込み、しばらくしてそっと目を開けると、何となくまだ見えそうである。〝これは助かる〟と思った途端、目のまわりに強い痛みを感じた。

その日の夕方だったのか翌日だったのか忘れたが、ともかく松江の眼科へ行って、目を洗ったり、薬を塗ったりの治療をしてもらった。はっきり憶えているのは、目か、目の回りに注射をされた事である。

目に注射針が近づいてくるのは気持ちの良いものではない。

これが原因で片方の目の視力が少し落ちた様であったが、そのまま暫く放っておいた。所が、その年の夏休み、毎日、日課の様に宍道湖で魚釣りをしていると、どうも浮きが見えにくい。それも、太陽の位置と波の具合、光の反射の具合で、どうも見えにくくなってきた感じがするのである。その時、そのまま放って置いて、毎日、宍道湖の対岸の山を見ていたら、もしかして元通りに目が治ったのかも知れない。しかし、実際には、人の薦めもあって、夏休みが終わってから松江の通学路上にあった眼鏡屋さんに顔を出した。

「少し視力が落ちていますが大したことはありません。でも左右アンバランスですから、少し眼鏡で補正をしたがいいですよ」

という眼鏡屋さんの薦めにのって眼鏡を買ってしまった。そのとき、片方は一・〇位になっていたが、もう一方の目はまだ二・〇のままだったのである。

今考えると、これが失敗だった様である。これをきっかけに、何でもなかった方の目も含めて、両眼の視力が急激に落ち始めてしまった。この時、上手に目の運動やリハビリをやっていたら、元通りになっていたと思っている。それでも、兎も角、高校を出る頃まで視力は〇・八位はあったと思う。いずれにしても、当時、度の弱い眼鏡をかけていたのである。

昭和三十五年、大学に入って大阪に来て、下宿住まいする事になった。お世話になった下宿のおばあさん、武田ヤスさん、おばさん、ラクさんはずいぶん親切で、しかも家庭的な雰囲気であったので居心地が良かったが、唯一、気になったのは最初に入った私の部屋だけには、外から明かりの入ってくる窓が無かった事である。そんなわけで、常に蛍光灯をつけていたが、別に何の不便も感じてはいなかった。私にとっては大学に入って初めて真面目に勉強を始める事となったが、それも最初しばらくだけ。その後、例の六十年安保で大騒ぎになり、勉強どころでなくなってしまった。日米安保騒動とは岸信介首相当時、日米安全保障条約延長に反対する大学生運動の事である。

これは六月頃におさまって、間もなく始まった夏休みが九月に入って終わり、しばらくすると期末試験であった。この時には、勿論、試験勉強のため蛍光灯のもと、机に向かった、と云いたい所だが、実は、高校の習慣の延長で十時頃に寝る癖がついていたので、寝る前に布団の中で準備をするだけであった。だから、机があっても使わなかった、と云うのが正しい。この時、視力が更に落ちた様である。話しは横道にそれるが、当時、隣の部屋にいた近藤義胤君は、夜の十二時頃から始めて朝まで試験勉強をやっていた。要するに徹夜であるが、私にとっては徹夜をすると云う事が全く信じられない様な驚きであった。

まあ、それでも十月の試験は良かった、後期の二月頃、冬場の試験はコタツもストーブも無いから布団の中で寝そべって試験勉強。これで近眼が一気に進んだ様である。所で、この近眼のきっかけとなった薪割りの一件をもう少し詳しく説明する事が時々ある。

「最後に、もう半分に割ろうとまさかりを振り下ろして楨を一撃した瞬間、それがバーンとはじけて飛んできて目に当たって突き刺さったんだ。何度もまさかりでたたいていたから、楨の端っこがトゲトゲになって尖っていたんだと思うよ、目に四十センチくらいの長さの楨がつきささって、ブルンブルンと震えていたからびっくりしたよ。慌てて、痛いのも忘れてグッとその楨を引き抜くと、目玉がついて出てきたんだ。（これを友人は顔をしかめながら、こわそうな表情で聞いている。）それで、あわてて目玉だけをはずして水で洗って目に入れたんだけど、全然見えないじゃない。裏向きに入れたかも知れないと思って、額をポンとたたいたらポロッと落ちたよ。それで、もう一回向きを変えて入れたら今度は見えて助かったよ」

と、ここまで云うと、それまで真に受けていた友人は

「ほんと！」

と怪しみ始める。ここで大抵

「冗談、冗談、木が目に当たった所までは本当だけど、後は冗談、冗談」

と云う事にしている。

それでも、まだ半分信じている人もいて聞き返されることがある。

「ほんと、その話し。でも、それなら何かのはずみに、また目玉がポロンと落ちるんじゃないの」

「いや大丈夫、目を眼帯で二、三日しっかり押さえていると、どうもまた神経や血管や筋がつながる

みたいで眼帯をはずしてももう落ちないんだよ」

「ほんと」

ここで誤解されては責任問題となるので慌てて打ち消す小心者の私である。

「うそうそ、みんな冗談」

こんなわけで、近眼になって、その後ずっと同じ様な状態が続いていた。所が、五十歳少し前から、近くが、特に少し薄暗くなってから新聞などの小さい字が読みにくくなってきた。殆どの友人が四十二、三歳を過ぎる頃からこんな事を話題にする様になったが、当時はこんな話を聞いても、私だけには無縁な事なのかと思っていた。所が、やっぱり私も、少しは遅かったが、同じ事だった様である。

最初にこの事に気が付いたのは、ドイツかイギリスであった国際会議での司会の時である。少し明るさを落としてある講演会場の司会席で、講演者と講演題目の紹介をしようとプログラムを見たが、はっきり見えないのである。日本語なら一寸だけでも見えれば、後は見当で大体の事は類推できるので適当に話せるが、英語やドイツ語で書かれた外人の名前なんか、ぼんやり見えるだけでは適当に推測できるわけがない。慌てたのは云うまでもない。一体どうしたらよいのか一瞬迷ったが、ふと気がついて眼鏡をはずして見ると、これで一件落着、明瞭に読みとれたのである。この時、〝そうか、いよいよ私も始まったのか〟と気が付いたわけである。

しかし、どう考えてもこれを老眼と呼ぶのは良くない、と思っている。別の名前にすべきである。老眼と云うのは人の心にもよい影響を及ぼす筈がない。老眼と云わずに、もし、いわゆる老眼が目の焦点調整機能が落ちたためであれば、疲労性調整不良眼疾患とか蓄積性焦点調整不良疾患とか加齢性眼機能低下症とかいろんな名称が可能の筈である。

兎も角、殆ど全ての人がいつかは経験するこんな眼の不調にも、本当は色んなタイプが、色んな原因があるに違いない。しかし、何れにしても、目そのもの、あるいはその周辺の筋とか様々な組織が、何らかの形で加齢により機能低下或いは劣化を起こしているため目が見えにくくなっている筈である。

人間の他の組織、器官と同じ様に、目だって年齢と共にその性能、機能が落ちて当たり前である。それでも、他の肉体的機能が訓練と努力、食事、精神状態によってその能力の低下を抑える事ができるのだから、目だって同じ様に機能低下を防ぎ或いは遅くして、若い状態を長期間維持する事が可能の筈である。所が、殆どの人が多少の早い遅いの違いはあっても、四十三歳位から視力の衰えを感ずると云う事は何故だろうか。誰もが〝目だけは訓練等のやり様がない〟と諦めているので、殆ど努力らしい努力をしないからではないだろうか、と思えてならない。目だって努力の効果があって不思議は無い。

我が家の娘達が小、中学校の頃、少し視力が落ち始めたため視力回復体操、訓練とか云うのをしばらくやっていた事がある。見ていると、これは目のまわりの筋肉の運動が基本にある様である。普段あまり使わなくなった筋肉を動かして、よく使う筋肉との力のバランスをとったり、刺激によって血液の循環をよくしたりする目的の訓練の様に思える。目のまわりだけでなく首、肩を含めて上半身の血液循環をスムーズにさせ様としている様に見える。訓練の一部には、掌と数メートル離れた小さな文字板を交互に見ると云う単純な訓練がある。これは目には適当なトレーニング運動だろう。遠方にあるものと、近くにあるものに焦点を合わせるのに焦点調節の筋肉を繰り返し使っているのである。それから、視力回復体操と称して首や肩の運動など、心身をリラックスする運動もさせている。これによってリラックスすれば血液循環もよくなろうし、筋肉も緩むに違いない。

この訓練法には取り入れられていないが、私の直感からすると、まだ色々な視力回復に役立つと思われる運動がある。例えば、軽くまぶたを閉じるか、ボケッと目を開けたまま目玉を上下、左右、斜め上下させたり、回転させたりの運動を疲れぬ程度くり返したり、こめかみや目の周辺を指圧する事などもいいだろう。それに、瞼を閉じて太陽を見る事である。これがずいぶん気持ちが良い。瞼を閉じていても、目の前が真っ赤になってまぶしい位である。真っ赤なのは瞼に血液が流れているという事だし、これによって気持ちが良くなるのは、目の周りの血液循環が良くなるからなのだろう。もっとも、太陽を見ている時に目を開けてはならないのは当然で、開ければ焼けて目玉焼きになってしまう。

こんな、それなりの理屈を持っているのに、どうして私の目が悪くなってしまったのか、皆んなからよく問われる。そんな時は同じ答えをする事にしている。

「原因は自分なりにわかっているけど、ただ実行しないだけなんだ」

要するに私のなまけぐせが悪いんだ、とわけの分からない責任逃れをしてしまう私である。

所で、元に戻って老眼になると云う事にどんな意味があるのかを考えてみると、これも自明である。人間、もともと必要があって全てが出来ている、と云う持論、拡大解釈した慣性の法則なる持論からすると、老眼になった方がその人或いは人間にとって都合がよいからである。要するに、〝もうあなたは余り細かいものを見るな、細かい字は読まなくてもいい〟と云うサインである。逆に云うと、本来当然、見なくても、読まなくてもいい状態、立場にあって当たり前の年齢になっている筈である、と云う事である。〝細かい事を気にせず大所高所からものを見て判断して振る舞え、細かい事は目のいい若い人に任せよ〟、と云う事である。世代交代をぼつぼつ考えるのが、世のため人のためだと云う事である。

極論すれば、高齢になって死ぬ事だって同じである。個体、個人にとっては死であるが、その方が人類繁栄にとっては残念ながらより良い、と云う事なのだろう。人が死ななければ、地球上に人があふれてたちまち食糧難なんかの大困難に陥るだろう。だから、人類そのものを存在させると云う慣性の法則からすると、適当な年齢で亡くなって、次の世代にバトンタッチするのが良い、と云う事だろう。だから、必要があって老化もするし、死も迎えると云う事であろう。

と云う事は、体の中のどっかに生まれてからの年齢をチェックする特別のセンサがあって、それがある程度時がたってくると指令を出し、老化を促す事になると云う事かも知れない。人間の体の中のどこかに、生まれてから一度も細胞の再生をする事なく、一方的に変化、劣化していく部分があって、それがある程度にまで達すると、センサとして作動して他の再生可能な細胞にもシグナルを送って再生が抑えられ本格的な老化が進む可能性がある。もし、これが当たっていれば、長生きしようとする人はこの部分の劣化をなんとかして抑えれば良い筈である。こんなセンサが体の中のどこにあって、どの様なメカニズムで機能しているかは案外将来の重要な研究テーマなのかも知れない。

しかし、そんな事より、老化して当たりまえ、亡くなって当たりまえ、それが一番自然の摂理に合っていて、本当は周囲の人にも自分にも一番幸せだ、と云う精神状態が得られる方が良いのであって、それが一番現実的な解決かも知れない、と思ったりもする。結局はなにか宗教か、哲学にもつながっていく様な気もしてくる。

まあ、いろんな屁理屈を半分薄目を開けてボケッと新幹線の中で勝手に頭の中で思い廻らせていると、どうやら目の老化予防にも一番いい様である。そう思って見ると、メモをとった鉛筆の小さい乱れた字が結構良く読めるのである。〝ん、回復したか！〟と喜びかけてすぐ気が付いた。新幹線の窓越しに明るい日差しがメモを照らしていた。空は快晴、こんな抜ける様な青空をすっかり忘れていた。

九　雷　パート一

子供の頃から私は雷が大の苦手であり、外で遊んでいる時、一寸でも雷の音を遠くに聞くと、一目散に家に飛び込んで帰ったものである。ただ一つの例外は魚釣りをしている時で、まず、餌がちゃんと付いている事を確認し、湖に放り込んでから、流されない様に釣り竿の根本を石などに固定して、それから飛んで帰った。兄、富夫や弟、隆夫、妹、敬子に比べひどく雷を怖がる私は一番気が小さいと思われ、時々、〝雷が来るぞ〟等と脅かされたりしたものであるが、なぜ私だけがそんなに雷が怖いのか、自分ながら不思議でならなかった。

所が、平成四年の春、父が亡くなり葬儀、続いて法事で田舎へ帰った時、姉、廸子から初めてその理由を聞いて事情がわかった。姉は〝犯人は私だった〟と云うのである。母、政子も同意する様に笑っていた。

私が幼い頃、いつも姉に子守をして貰っていたらしいが、姉は私を背負ったり、乳母車に乗せてかなり色んな所まで遠出した様である。人の話によると、大人になってからの私の顔、姿からは想像もできない程、幼い時の私は可愛らしかったそうなので、姉も学校や友達の所などあちこちに連れて行って、少しは自慢したのかも知れない。

ある日、家の前の庭で姉が私を背負って遊んでいる時、突然、雷がピカッ、ガーンと鳴ったらしい。

姉はキャーと悲鳴をあげて家の中に飛び込んだそうである。家に入ると蚊帳（かや）を吊って、真中に座って雷の去るのを待ったと云う事である。この時、家の周りの雨戸も全部閉めた、と云っている。私も蚊帳を吊って中に入った事は何度もあったから憶えているが、雨戸を閉めたのは知らない。兎も角、この悲鳴の一件以来、私は姉と同様極度に雷を怖がる様になったらしい。

尚、私の弟はこんな時には逆に、〝雷さんこんにちわ〟と云いながら縁側に飛び出したと云う事である。どうやら、弟まで私が雷を怖がるのを楽しんでいたふしがある。

所で、姉の云うには、蚊帳を吊った後、更に火鉢を真中に持ち込んで線香をたいて雷の去るのを祈った様である。私に〝憶えているか〟と聞くけれど、線香の所までは記憶にない。もうこうなると呪い（まじない）の世界の様である。呪いと云えば、節分の豆まきに使った豆を少し残して神棚にお供えしておき、雷が鳴り出した時、この豆を取り出してかじると雷が落ちない、と云う不思議な事も云っていた。

大学で電気工学、電子工学を専門とする様になって、少しは雷の事を知る様になってみると、この蚊帳や線香では積極的な雷除けの意味は余り無い筈である事は明白である。もっとも、蚊帳を吊って、真中に火鉢を於いてその回りに座ると云う事は、結果的に部屋の真中にいると云う事になり、少しは意味のある事かも知れない。と云うのは家に落雷した時、雷の電流は柱に沿って流れる可能性が高いので、柱のそばにいると危険性が高くなるから、部屋の真ん中の方が安全性が少しは高いと云う事になる。一番安全なのは、周りが全て金属で囲まれた箱の中に入る事である。こうすれば、中に入っている人は、たとえ雷が落ちても全く影響を受けない。これは理論的にも電磁気学で簡単に示せるし、実験でも証明されている。自動車に雷が落ちても運転手さんや同乗者が安全なのは、まわりが金属で囲まれているからであって、タイヤがゴムであるからではない。

一番危険なのは、当たり前であるが、何の遮蔽物も無い広い野原で雷に遭う事である。だからゴルフ場などで雷に遭うと大変危ない筈である。しかも、ゴルフ場のある山間部や高原の辺りは、一般的に云って、夏の暑い日は強い上昇気流が生じ易いので雷が発生し易い。だから、余り公表されないのでよく知らないが、落雷によるゴルファーの事故がかなりの数あってもおかしくない。

雷を表すのに、しばしばジグザグに光った稲妻の放電路を描く。実際に、雷は一直線に落ち、一直線に放電するのでなく、ジグザグな道筋で放電する。しかも、決して単純に雷雲から地面の方へ向かってのみ放電が起きるのではない。雷雲から放電が始まり、ジグザグにある程度まで伸びた所で、逆に地面の方から残りの短い間を放電が生じるとされている様である。

それに、一回の稲光に見える雷の放電でも、実際には空から地面へ、地面から空へ、更に再び空から地面へ等と、一瞬のうちに何度も放電が起こっている事が多く、これは多重雷と呼ばれている様である。

最近プラスチックス、高分子で極めて軽い飛行機を造ろうと云う話しが出る事があるが、この場合の最大の問題のひとつは雷である。普通の金属製の飛行機であれば、先程述べた様に、たとえ雷が飛行機に落ちても中にいる人間や物は全く安全である。所が、プラスチックス製であれば、電流が流れないので電気的な遮蔽にならず、人間やコンピュータ等は雷にまともに曝される事になり、大変危険である。

現代の飛行機はコンピュータで制御されながら飛んでいるので、コンピュータがやられれば危険きわまりない。私が研究している一つの対象である導電性高分子と云うのは、電気の流れるプラスチックスであるので、この難題が避けられる可能性があり、実用上おおいに期待される所である。

雷雲の電圧は何千万ボルト、何億ボルトにも達しているが、これは上昇気流に伴い激しい運動する空気、水、微粒子等が互いに衝突したり、割れたりする事による摩擦帯電、電荷分離によって発生する小さな小さな電荷がどんどん蓄積して超高電圧になったものである。従って、小さな事でも積み重ねれば凄い事にな、〃塵も積もれば山となる〃の最も典型的な例である。想像するに、雷雲、入道雲は随分高いから上部では相当低温の筈であり、水は激しい上昇気流によって上昇していく小さな氷滴と、ある程度この氷滴が大きくなって上の方から重力で落ちてくる大き目の氷滴が途中でぶつかって、摩擦したり、割れたりして電荷分離が生じ、これが蓄積して超高電圧が発生する様な気がする。雲、特に入道雲の中に激しい気流があるのは、雲に突っ込んだ飛行機に乗っていると、突然何十メートルも上に持ち上げられたり、落下したり、激しくもみくちゃにされる事からも明らかである。

それにしても雷が落ちるとはうまい表現だと思う。特に、ゴロゴロと云う音から連想するとぴったりである。雷放電は雷と地面の間だけでなく雲の間でも起こっている。まるで雲の中をあちこちゴロゴロ雷が走り廻っている様な感じがする事もある。雲の上に雷があふれんばかりに満ちて、それがあちこち走り回り、時折、雲の間から地面に落ちる、と云うイメージが浮かぶのである。

思い出してみると、出雲地方では雷が落ちると云わず、雷があまると云っていた。あまるが余るなら、雲の上から溢れ、落ちると云う感じになる。けれども案外、天る、天下ると云う事から来ているかも知れない。それに子供の絵本なんかに出ていた鬼の様な姿の雷さん、雷神が手に持っていたリング状に連なった小さなたくさんの太鼓、あれもうまい表現の様な気がする。ゴロゴロ雷の音が雲の上を走り回っているのがうまく現されている様に思えるのである。

実は、雷がゴロゴロ鳴っている様に聞こえるのは、その雷が遠くで発生しているからである。近くでは、やはり、ドカーンと云うもの凄い音がしている筈である。その一瞬の放電の音が雷雲や山や地面で反響してゴロゴロ鳴っているのである。自分達に聞こえてくる間に遠くであれば長い距離を伝わってくるわけだが、その間に周波数の高い、甲高い音は消えてしまって、低い音だけが届くためである。勿論、雷雲と地面との間で反射しながら伝わっていると云う事の効果もあろう。

所で、昔から云う、〝地震、雷、火事、おやじ〟何故この順序だろう。

地震はもの凄くスケールが大きく、いつどこで起こるかわらない。予測ができない。いつなん時、どこで何をしているのかと関係なく巻き込まれ、避け難い。人智の及ばなぬ所である。

雷は、大体、雲の色、形、動きを見て襲来が予測でき、今の話しじゃないが、家や金属の箱の中に入れば避けられるし、近い将来、雷はコントロールできる様になる可能性もある。スケールも地震に比べてずっと小さい。

火事は起こせば大変だが、人間の注意で起こさなくできる。避けられる。

おやじはその怒りが恐いのだが、勿論、避けられるし、逆にいい方に働く事もある。と云うよりも、背景に子を思う愛情があるから、いい方に働いてくれる事の方が多い。だから、四つの中の最後になったんだろう。

地震は地殻変動の一過程であるが、時間的に連続的にスムーズに地殻変動が起こるのでなく、どっかにつっかえる所があって無理がかかって歪みがたまり、この無理な歪みを解消するため突然起こるだろう。所が、これで局所的に歪みが解消されても、これも原因となって、別の所に新たな歪みがたまる事もあろう。火事は別として、雷も見方によれば電気的な歪みの解消、おやじの怒りも人間関係の歪みから。考えて見れば災いは皆そうである。歪み、摩擦が原因。それに、火事の元の火種だって、大抵、摩擦から始まる。太古の木をこすり合わせる発火法も、火打ち石もマッチも原理は同じ。

逆に、もっと大きなスケールでは無いだろうか。地球、水星、金星、火星、木星、土星や太陽等の太陽系全体で、或いは銀河系の中でどこかに無理な歪みがたまり、ある時突然ドカーンと歪みの開放と云う、どんでもないスケールの現象が起こる事はないだろうか。更に、宇宙全体のスケールで歪みの蓄積と歪みの開放と云う大事件は考えられないだろうか、と妙な事を思ったりもする。でも、こんな妙な事を思う事こそ杞憂（きゆう）と云っていいんだろう。杞憂と云うのは、昔、中国の杞国の人が、天が崩れて落ちてくるんではないかと、毎日、毎日心配したと云う有名な故事である。私なんか、そんな大それた事で取り越し苦労するよりも、もっともっと、自分の体に気をかけたがよさそうである。

五十歳を越える頃から体のあちこちに問題がで始めたが、これも長い間の無理がたたってストレスがたまったためだろう。ドカーンと大事件が起こる前に、このストレスを減らすか、除去する必要があるだろう。

人間のストレス解消には、何にも忘れて底抜けに笑うのが一番の筈である。さしあたり吉本新喜劇あたりが一番よさそうである。病気なんか皆んな吹き飛ぶかも知れない。こんないい加減な事を云いながら、日曜日になるとテレビのチャンネルを次々と回しながら、長い時間、馬鹿番組に見とれ続けているのを弁護している私である。

それでも、これも長すぎると目も疲れ、首も背中も痛くなってくる。どうやら、別のストレスがたまり始まる様で、つい〝犬の散歩にでも行ってくるか〟と自分のために散歩に出掛けてしまう。まさか、日曜日の朝夕、家の回りを犬を連れて歩いている人達皆が、私の様にストレスがたまって、それを解消しているわけでもあるまい。

案外、ストレスが全くなくなったら人間じゃないのかも知れない。人間らしく生きると云うのは、適当にストレスをかけ続けると云う事かも知れない。こんな阿保な事をメモするのも適当なストレスかも知れないが、それを読むのがもっと軽くていいストレスかも知れない。でも、これではストレスなんか全くかからない、と一笑に付されてしまいそうな気もする。

十　雷　パートニ

母、政子や姉、廸子に云わせると、子供の頃、兄弟の中で私が一番雷を怖がった様である。運動させても、兄、富夫や弟、隆夫に比べて機敏さに少し劣る私が、性格的にも一番意気地がなくて臆病だから雷を怖がった、と思われそうである。所が、こう云うと何だが、私自身は、私が一番想像力が豊かで感性が優れていたから雷を怖がったんだ、と自己弁護していた。と云うのも、父母の手伝いで田畑に出たり、魚取りや魚釣りで川や宍道湖をかけずり廻っていた私が、とりわけ逃げ込む所の無い所で雷に出会う機会が多かったから、雷の怖さが分かると思っていた。それに、格好は兎も角、私の運動能力、機敏さは絶対に人並み以下ではない、と思っていたし、今もって思っているからである。

この雷を苦手としていた私が、何んとした事か、平成五年は格別、雷さんに縁ができてしまった。何しろ、中国から雷さんが来たのである。何の事はない、平成五年十月中国黒龍江省哈爾濱（ハルピン）電工学院（電気、電子工学専門の大学）の雷清泉教授が、一月ほど大阪大学の私の所に滞在されたのである。

雷は中国ではレイ（Lei）と読む。この字は中国から入ってるから当然ライとも読んでいるが、日本語の訓読みではカミナリともイカヅチとも読んでいる。それに、単にカミナリと云うだけでなくカミナリ様とも云っている。しかし、尊敬しているわけではなかろうから、恐らく驚異の念で恐れ入って、様、と云っているのだろう。

雷はピカッと光ってドカーンとかゴロゴロと大きな音がする。いわゆる稲光と雷鳴であるが、近くの雷ではこれが同時で、ドカーンとは云っているが、ガチャーンと云ったが良いかも知れない、兎も角、途方もない音がする。遠い雷では稲光から大分たってからゴロゴロと低い音で雷鳴が聞こえてくる。光の伝わる速さと比べて空気中の音の速さがはるかに遅いから、遠くで発生した雷の場合には光と音が届くのに大きな時間差がでるのである。また、周波数の高い、甲高い音は遠くまで届かないので、低い音となるのである。しかも、反射、こだまも重なって、長い時間音がする。

所で、普通雷という時には、この稲光と雷鳴とのどちらの事を云っているのだろうか。どうも、カミナリ様からすると、音が驚きだった可能性がある。カミナリはどうも上の方で鳴っているから〝上鳴〟、或いは神様が鳴らしているから〝神鳴〟である様な気がする。

今の時代なら鉄砲や大砲、ジェット機の音の様にとてつもなく大きな音を出す手段はいくらでもあるし、スピーカーを使って大きな声を出す事は苦もないが、そんな大きな音を出す手段のなかった昔には、大きな音を聞く機会もまれだっただろうから、大きな雷鳴が神の声、神の音、神鳴と感じられても不思議はなかっただろう。それに、稲光だけで音が全くしない雷だったら、案外、怖さをそれ程にも感じないのかも知れない。

ドカンというかバリーンというか、鼓膜のはり裂けそうなもの凄い雷鳴が稲光と同時に至近距離で響いた時は落雷である。決してゴロゴロという音ではない。ゴロゴロは一瞬の轟音が山や雲など、あちこちで反射して重なり合って、しかも周波数の高い音が途中で消えてしまった結果の音である。この落雷を私の子供の頃の田舎では雷があまる（実際の出雲での発音はカンナーがアマー）と云っていた。当時は、これを雲の上にあふれる程の雷となって余って落ちて来たと云う表現をしているものと思っていたが、今考えるともしかして〝天下る〟という事かもしれない。神様なら天下ってもおかしくなく、神鳴と符合するのである。

所で中国からの雷さんは、雷のイメージに重ならない比較的温厚な雷さんであった。ただ研究上の議論が始まって、いったん話し出すと、だんだん声調が上がって、私の声が耳に入らなくなる様な所も少しはあったが、やっぱり雷の様な圧倒する程の迫力ではない。それでも雷と云うからには、いつの時代か、おそらく先祖の中に雷の様なイメージの人がいたか、何か雷に縁が深かったに違いない。私にとってこの人が雷の様でなかったと云う事は、もしかして、私に雷よけの、即ち、避雷か除雷の能力があるのかも知れない。と云うのも、雷の様に恐いと思われている人からの落雷を避けるコツを、私は学生時代につかんだと思っているのである。

大学院の一年か二年の頃、私と十歳余り年長の助手の久保先生が実験をしている所へ大ボスの偉い先生が突然入って来られて、久保先生が、強烈に怒なられた事がある。何が原因かとっさの事で分からなかったが、兎も角もの凄く、まさに、落雷である。一方的に頭を下げて怒られている久保先生を横で見ていると、気の毒で申し訳ないし、忍びない。それに、どうも次に私におはちが廻ってきそうである。これは大変と思った所へ、ドアを開けて飄々（ひょうひょう）、ニコニコ笑いながら同級生が入ってきた。その一瞬、私に突然ひらめいた。今だ、と思った次の瞬間、申し訳ない事に、この同級生を私はもの凄い声でどなったのである。理由も何もない。

「こらー、中島」

怒られた友人は何が起こったのかとっさに判断できず、キョトンとしているが、顔色を失っている。しかし、これがよかった様である。その大先生の声がピタッとやんでしまった。この大先生もあっけにとられて、すぐに部屋を出ていかれたのである。これでめでたく久保先生は開放。

勿論、後で友人に平頭して謝ったのは云うまでもないが、もしかして、彼はどなられた所だけ憶えているかも知れない。ここでつかんだ人雷よけのこつは、負けない様に雷を自分から近くの別のものに落とす事である。これで元の人の雷はおさまってしまう。自然の雷も、もしかして小さな雷で避雷、除雷ができるかも知れない、と馬鹿な事を思ったりもしている。

所で、当のどなられておとなしく頭を下げていた久保先生がおっしゃった。

「吉野君、ありがとう。心配してくれたみたいだけど大丈夫、大丈夫」

どうやら〝剛には柔〟で普段から処しておられたのかも知れない。私の方は〝剛には剛〟の様だったようである。この久保先生は人の信頼も厚い様で、その後、どんどん立派に偉くなられたが、私の方が一向にパッとしないのは、やっぱり、一寸ピントはずれの云い方になるが、久保先生の持つ〝柔よく剛を制す〟につながる所が無かったからなのかも知れない。

私もこの年になってやっと気がついて、柔に徹しようと思っているが、どうも、頭ももうコチコチで無理の様である。相変わらず腕力はあるが、前屈しても手先が床に付かない。床所か、前に置いた椅子の座席にやっとである。

こんな具合だから、頭も下げているつもりが、充分に下がっていないのかも知れない。〝実る程、頭(こうべ)を垂れる稲穂かな〟は田舎育ちの私にはよく分かるから、頭を下げたい気持ちは一杯である。でも、ここで、大雷先生から叱責の声が飛びそうである。

「お前はまだ実っていない」

十一 駅 伝

平成六年の正月二日は土曜日であるが、勿論、正月休み中である。年末ぎりぎりまでの仕事で疲れもたまっていたのだろう、目が覚めたのが普段より大分遅く、雨戸を開けてみると、もう、大分日も高く、快晴である。居間で炬燵に足を突っ込んでテレビのスイッチを入れると駅伝、恒例の箱根駅伝をやっている。どうやら、まだ一区のランナーが中継点直前である。

変な話である。ランナーは死ぬ程の思いで頑張って走っているのだろうが、同じ瞬間に炬燵でミカンを食べながら、酒を飲みながら、時には気持ちの良さにウトウトしながら、それを眺めているのである。たすきを渡して倒れ込む選手もある事からも分かる様に、駅伝は団体競技的な面もあるから、自分の能力以上に相当無理をしている人が多いだろう。だから、満足感、充実感は兎も角、健康には必ずしもいいのかどうかわからぬ所もある様な気がする。これをきっかけに飛躍する人もいるだろうけど、故障を起こしてだめになる人もいるかも知れない。炬燵でじっと眺めながら食べている人もいいわけがない。それでも、年始めの恒例行事として定着しているので、見ないとなんとなく気分が落ち着かない。

この箱根駅伝を見聞すると、私にはすぐに父、秀男が頭に浮かぶ。テレビの普及していない頃からいつもラジオで聞いていたし、八十歳過ぎて失明してからもラジオで大分楽しんでいた様である。気丈夫な父が、失明して目が見えなくなっても全く弱音を吐かず、また、八十五歳少し前に亡くなる直前まで頭が殆どボケなかったのも、このラジオを通じて駅伝、相撲、野球を始めとするスポーツ放送、ニュース、浪曲、落語を始め、ありとあらゆる情報を一日中取り入れていたからかも知れない。それと、毎日、毎日、新聞を隅から隅まで読んで聞かせていた母、政子の力も大きかったのだろう。このお陰かどうか、母は若い時以上に新聞や本を読む様になった様に思う。こんな事があったから、年がいっても決っして老人扱いして隔離するのでなく、常に新しい情報に接しさせ、社会との接点を持ち続ける様にしなければならない、と強く感じている。

所で、今年の箱根駅伝往路は、予想を覆して山梨学院大学が早稲田大学を抑えて優勝した。恐らく、昨年の雪辱を期して山梨学院の選手、監督は一年間必死に厳しい練習を重ね、心身ともに鍛え上げてきたに違いない。本当に能力の限界にくらいついている選手を見ていると、感動して、皆んなに勝たせてやりたい様な気持ちになってくる。それと、指導者の力がいかに大きいかと云う事も痛感させられ、大学教官である自分自身の努力の不足が、いつも恥ずかしく思えてくる。自分勝手な話であるが、私は毎年この箱根駅伝を見て、今年こそ学生皆が将来〝良かった〟と思う様な素晴らしい指導をせねばならない、と熱くなってくるのである。

私が駅伝が好きなもう一つの理由は、小さな子供の頃から年中行事の一つとして駅伝を楽しんでいた事にもよるかも知れない。勿論、見るだけである。確か、私が小学生か中学生の頃まで宍道湖一周駅伝と云うのがあって、主に島根県の各地の市町村代表が参加してやっていた筈である。簸川体協とか、横田体協とか、仁多体協などのゼッケンの選手や、一部鳥取県の地名のゼッケンを付けた選手も代表に出ていたが、肝心の私の村の玉湯体協代表が出ていたかどうか記憶にない。しかし、家の前を選手が通り過ぎる時に、知っている人を応援した様な気もするから、私の村の選手も走っていた様にも思う。

今と比べると、昔は走り方も息使いも違った様だし、スピードもずっと遅かったが、見る側にはとても面白かった。〝短距離は全く話にならないくらい遅い人でも、駅伝やマラソンの様な長距離走では粘りと根性で逆転する事が可能である〟とか、〝結局は粘りのある者の勝ちだ〟とか、何となく教訓めいた事が教え込まれる様な走り方であった。所が、昨今はそんな事はおかまいなしに、〝速いものが速い〟と云う様なレースになっていて、何となく寂しい気もしなくもない。

いつの頃からか、この宍道湖一周駅伝が無くなってしまった。私が高校生の時には松江高等学校や松江工業高校、松江農林高校では全員参加の宍道湖一周マラソン（五十六km）と云うのがあったから、案外、昭和三十年代の後半まであったのかも知れない。何故これがなくなったかは知らないが、車が多くなって危険になったからだろう。もしかすると逆に車の通行に邪魔だから道路使用の許可が出なくなったのかも知れない、と今も思っている。名所、旧跡の多い宍道湖周辺である。一寸、距離は長いかも知れないが松江城を出て。佐多神社、一畑薬師、鰐淵寺、日御崎、出雲大社、玉造温泉、八重垣神社、神魂神社、熊野大社等を経て一周する出雲路宍道湖一周駅伝が復活すれば面白い。二日レースにして中海一周も続けてもいいかも知れない。道は本来単に通過する車のためにあるのではなく、住む人のためにある筈である。

十二　宍道湖と長江

「あなたの趣味は」

と聞かれて、

「釣りです。但し、田舎の宍道湖か川の釣りで、大阪ではやりません」

と答えるものだから、何かの本か、論文の著者紹介欄で、趣味・魚釣り（但し、宍道湖）と書かれたりする。

この事を知った人に会うと必ず、

「何が釣れますか」

と、〝恐らくたいしたものが釣れないだろう〟という雰囲気で聞かれる。

どうも、昭和の頃から平成にかけて、宍道湖はシジミというイメージが出来上がってしまっている様であるが、本当はそうではない。

よく釣れるのは、主に鯉や鮒、ウグイ、ボラやスズキ、ハゼ、ウナギ、ナマズ、ハヤ、オイカワ、その他、名前を知らぬ色々な小魚、ごく希にはクロダイ。サヨリ、白魚やワカサギ（アマサギ）、シバエビ、手長エビ、シラガエビ、毛ガニなんかもたくさんいるが、これは釣るというよりも、取る対象である。川口までいれるとアユ、ボッカ、川エビ、雷魚、各種のゴズ等が更に加わる。小川や田んぼにはケンウオや田ウナギなんかも昔はいたが、今は殆ど見かけない。父、秀男が云っていたが、昭和の初め頃には鮭も取れたそうである。現在の宍道湖の魚の種類は大分減っているので多いとは云えないかも知れないが、少なくとも日本の湖沼の中では今でも多い方に違いない。

ウナギ、ナマズ、エビやカニと他の魚がかなり違ったものだ、と云う事は誰の目にもすぐわかる。所が、面白いものである。大きさだけで余り大きな差は無かろうと思えるその他の魚にも、かなり大きな違いがある事が子供ながらにも分かっていた。何しろ、毎日、宍道湖の中にはまっていた様なものであるから、分かって当たり前である。まず、食べ物、エサが随分違う。図体は小さいがハゼは動物性のものを好む事は、口に細かいが結構鋭い歯がある事でもわかるし、エサの食いつき方でもよくわかる。

針にエサを付けてハゼの頭の近くに置いても、なかなか食いつかない時がある。そんな時でも、糸を一寸引っ張ってエサを動かすと、パッと向きを変えて飛びついて食べる。秋も深くなって動きがのろくなり、余り食欲のなさそうな時でも、エサが動くと反射的に飛びついて食べる。どうも、本能的に動く小動物がいると飛びかかって食べる、と云う性質がある様である。だから、ハゼを釣る時は、少し重めの重りを付けて、水底をピッ、ピッ、ピッと引きずる様にするとよく釣れる。飛びかかってくわえた瞬間、手応えがあるから、間髪を置かずピッと竿をしならせて引く。

鯉はハゼと比べると大分違う。大きいにもかかわらず、動きまわる動物を追っかけ廻すと云うよりも、水底の土や砂と一緒に何かを飲み込み、エサになる物だけ取り込んで残った土や砂は吐き出している様に見える。釣れた鯉の口から針をはずす時も変わった感じがする。口には歯がなく、少し太めの堅めの唇の間から中に指を入れる感じであるが、喉の奥にまで入ってしまっている針を外すため、指をさらに奥の方に突っ込んだ時は、指の第一関接と第二間接のあたりにザラザラひっかき傷の様なものがつく。喉の奥に細かなトゲか歯の様なものが密集して生えている所がある様な感じである。そこでエサを処理しているかも知れない。姿が鯉とそっくりで、体の厚さだけ少し薄目の感じの鮒では、不思議な事に、そんな喉の奥のザラザラを感じた事がない。

サヨリは水面近くを泳ぐので、普通の釣り方ではなかなか釣れない。子供達はむしろ長い釣り竿で、パチンと水面を叩いて取ろうとする。亡くなった父、秀男の話では、海岸の砂浜にいる砂ノミ（人間を噛まないが、少し大きめのノミでやはりピョンピョンと跳ぶ）をエサにして、水面に糸を浮かす様にして釣ると釣れるという。

魚の体のつくり、行動様式は調べてみるととても面白そうに思える。人間が思うよりはるかに複雑、多様の筈であり、人間の常識が通じない所がいっぱいあるに違いない。定年退官後の私には恰好の研究テーマかも知れない。ついでに、水中に電極を入れて電圧をかけ少し電流を流したり、磁石の中において魚がどう反応して、どんな動きをするのか見てみたいものである。案外、魚を教育もできるかも知れない。もし、魚がそれなりに頭脳を持っておればの話である。

魚同士が会話を少しでもやっているだろうか。やっているとしたらどんな手段だろう。魚はどの程度の先まで目が見えるだろうか、どんな色が見えるだろうか、水の色を青と感じているだろうか。魚についても子供の頃から、知りたい事がいっぱいある。

考えてみると、濁った水の中にも魚は棲んでいる。平成五年、山邊先生、山田さん等と李さんの案内で、中国の長江（揚子江）中流の重慶から宣昌あたりまで船で下った時、まっ茶色に濁った激流の河で、河岸から網でのんびり魚をすくっている光景を何度もみかけた。全くの、一寸先も見えそうにもない濁った水の中でも魚が棲んでいる、と云う事になる。と云う事は、案外、中国の魚は目が良くないのかも知れない、と馬鹿な事を思ったりもしたが、目がいい必要はなく、むしろ鼻や耳がいい必要がある、と云う事かも知れない。あるいは全く別の感覚器官があるかも知れない。

それにしても、この長江の河岸の魚すくいを目にして、スケールの違い、人間の体質と云うか、感覚と云うか、発想と云うか、行動様式と云うか、行動原理と云うか、何と云っていいかわからないが、とにかく我々日本人との大きな違いを感じ、この広大な自然にマッチした人間の姿に恐れ入ってしまった。

日本であれば、まず川が小さい。その川でできるだけ広い範囲に、できれば川幅一杯になる様に網を入れて、一匹も逃がすまい、と云う姿勢で魚取りをやる事が多かろう。長江は幅が広い、流量も多い。

そもそも、こんな大きな川幅一杯に網をはろうなどと云う発想は生ずるはずはなかろう。巨大な河の中にあっては、完全に無視できる程の小さな河岸の一角で、偶然に通りかかった魚が偶然に、幸運というか魚にとっては不幸というか、網の中に入るのを待つという姿勢である。

この広大な自然の中で、無理なんか通用しない。全てを自然にまかせ、自然と一体になって生きる、と云う姿勢である。二〜三メートル以上もある様な長い竿の先についた大きな網を、上流にザブンと放り込んで、五〜十秒位かかってゆっくり流れに沿って下流に向けて、丁度、長い柄の箒（ほうき）を使う様な要領で、まさに掃引すると云ってもよさそうな感じで動かし、下流で引き上げる。偶然に魚が入っているかどうかを確かめて、また上流に放り込む、と云う事を一日中繰り返している様である。人間の動きは、まるでゆっくりした水車の回転運動の様にも思えるほどである。一日に何匹取れるのだろう。こんな悠長な魚の取り方を日本でもやっているとは思えない。妙に感慨にふけってしまう。人間が大きく見えてくるのである。

宍道湖も長江に劣らず幅は広いが、大きな違いがある。宍道湖は波さえ無ければ静かで水も澄んでいる。動と静の違い、父性と母性の違いにも感じられる。

宍道湖の中にいる魚が外から見えるように、宍道湖では何があるのか、どうなっているのか、かなりの所まで予想がつく。長江は不透明で何があるのか、何がいるのか、どうなっているのかわからない。美しい宍道湖をこよなく愛す私であるが、長江の未知の魅力にも惹きつけられてしまった。

「あなたの趣味は。」

と聞かれて、

「釣りです。但し、宍道湖か長江。」

と答えられるくらいの大物になりたいものである。

十三　しょうさん

世の中には、どんな所にも何故か分からないが、異彩を放つ人がいるものである。ずっと強くその人の個性が頭にこびりついて離れない人、気になる人があるのである。取り立てて個人的に特別の関係があるわけでもなく、また特別の話をしたわけでもなく、ライバルであるわけでもないのに、大げさに云えば、何となく偉大な存在に写ってしまうのである。

色んな所で、色んな機会に
「私は水辺が大好き、魚取り、魚釣りが大好き、子供の頃には朝から晩まで宍道湖や、玉湯川や田圃の周りの小川に入り浸っていた」
と話しているが、その私にもっとも強く印象に残り、いつも影の様に浮かび上がってくるのが、〝しょうさん〃である。川岸の草原で、田圃の横で、宍道湖岸でじっと水面を、水の中を、遠景を仁王立ちで眺めている、凝視している姿が焼き付いており、またそれがもっともぴったり似合う人でもあったのである。

〃しょうさん〃の名字は富田の筈である。しかし、名前の方は〃しょうさん〃と呼んではいるがはっきりは知らない。正さん、彰さん、昭さん、升さん、賞さん、省さん、勝さん、将さん等色々あろうが、これらのうちどれなのか或いはそれ以外なのか分からない。確か、〃しょういっつぁん〃、と云っていた人もある様な気がするので、案外、正一さんであるのかも知れない。

年齢は兄、富夫より上である事は間違いないし、姉、迪子より下のような気がするから、昭和六年から十年あたりの生まれの人の筈で、私より八歳から十歳くらい上と思われる。

何となく父、秀男から聞いた父の子供の頃のこの宍道湖周辺の自然と、自然とかかわる人々の様子をそのまま残した、当時としては最後の人の様な感じがした、と云うのも正直な所である。何となく歴史を感じさせる人でもあったのである。

私が子供の頃には、この宍道湖とその周辺にはもの凄くたくさんの魚がおり、子供の私でもたくさん取ったものであるが、父の子供の頃には、そんな私の子供の頃と比べても更に、それこそ途方もないほどの魚が、それも種類も多く、大きさももの凄くでっかいものがいたと云う話である。〃しょうさん〃はその事を最後に体験している、肌で知っている人の様に思えたのである。父達のやっていた事とほぼ同じ事をやり、同じ経験をし、父の云っていた事を唯一証明してくれる人、父に相通ずる人の様に思えていたのである。

五、六月の雨の日に川に遡上する大量の鮒を取るのは同じであるが、私が四十センチくらいの鮒を大きい鮒と思って取っているのに、〝しょうさん〟は五十センチ以上だろうし、しかも私が木枠の大きな網で取っているが、〝しょうさん〟はもんどりでもっと大量に取っている。私が三キロから五キロくらいな鯉を取ったり、釣ったりして大きな鯉と云っているが、〝しょうさん〟は十キロから二十キロの大きさの鯉であるに違いない。

玉湯川の土手の上から、宍道湖岸から、宍道湖岸の田圃の横を入り組んで網の目の様に流れる小川の畦道に仁王立ちして水面をじっと眺めている姿を目撃すると、なんだか川や宍道湖の魚が射すくめられて、全部根こそぎ取られてしまうのではと、怖くなるくらいである。

宍道湖で私がエビを取っている所を見かけて、〝かっつぁん、取れるか〟と篭の中を覗き込まれると、思わず緊張するし、大家に励まされた様な気もしたものである。

どこに魚がいるかと云う事の直感は私も余り負けない様な気がしていたが、取り方にかけては私より桁違いに上であったと思っている。川の中での〝うろ〟での魚の手摑みについても非常にうまかった様な記憶がある。それでも、ただ一つ、エビ取りだけは私の方がうまいと思っていた。それに、雪の積もった川の中での魚取りは私の方がうまかったかも知れないと思っている。と言うのは〝しょうさん〟が雪の中で取っている所を見た事がないからである。

〃しょうさん〃が、この地域では当代ナンバーワン、私がナンバーツウかも知れないと思っていたが、何しろスケールが違い豪快である。魚取りに精通している所か、魚取りを極めている、権化である、直感を、本能を備えている、と云う様に思っていた。私にとってまさに畏敬の的、尊敬の的でもあった。矛盾する様であるが、この人は魚にとって冷酷な人ではなく、あくまで食べるために、人に食べて貰うために取るのであり、勿論、楽しいであろうが、決して遊びの対象ではなく、むしろ魚を愛しているのでは、とさえ思っていた。

こんな私の子供の頃の記憶の中に大きく残っている〃しょうさん〃が一体どんな人で、何をしている人なのかという事は、待ったく知らなかったし、また当時は興味も持っていなかった。所が、面白いもので、今になってみるとどんな人だったのか興味がわいてくるのである。漁師さんも負ける程であるが、恐らく本当の漁師さんではない筈である。多分どっかに勤務され、仕事に行かれていたのだろう。

一度、ゆっくり〃しょうさん〃に魚にまつわる話を色々詳しく聞いてみたいと思っている。

そう云えば、〃しょうさん〃の事を〃とだのしょうさん〃とも云っていた。〃とだ〃は富田である。〃しょうさん〃の姪子さんか妹さんかが私と同じクラスにいて、富田春江さんと云う名で、学校では　とみたはるえさん　と呼んでいたから、　とみた　と云うのかも知れないが、私は　とだ　と云うのが正しいような気がしてならない。近所でも　とださん　と云っていた。これも誰かから聞いた事なので本当かどうか知らないが、富田のご先祖は　尼子　の富田（とだ）城の家老の流れをくむと聞いた事がある。こんな田舎でも、むしろ田舎だからなのか同級生に聞くと色々意外な話が聞ける。玉造に多い　新宮　はやはり、富田城に縁のある新宮党の流れと云うし、林地区に多い　戸谷さんに聞くと平家の末裔と云う。そう云えば美人の多い地区だったような気がする。実は私　吉野の先祖もこの林地区で大国主尊の出雲大社と同様、亀甲系の家紋である。

こんな事を云ったら叱られそうであるが、〝しょうさん〟が何をやられていたか知らないが、的をうまく捉えておられて、適する仕事につかれていたら、大成功されたに違いないと思っている。私と同じ様な研究職に就かれていても私よりずっといい仕事をされた様な気がする。

もう長い間〝しょうさん〟を見かけた事がなく、今どうしておられるのか知らないが、私のイメージからすると今でもお元気の筈である。六十代も半ば過ぎかも知れないが、今でも毎日の様に川や宍道湖に出て見回り、仁王立ちになり、時々大きな鮒や鯉を取ったりされているに違いない。小さな魚を取られるイメージはわかないのである。

むしろ、案外、私と同じ様に若い頃魚取りに明け暮れておられたのだから、今は逆に魚を愛おしみ、愛情もわいてきて、私と同じ様に、川、湖の変化を悲しみ、魚の事を思い、餌さえ与えて育てておられる様な気がしてならない。

十四　かじや

私の子供の頃、どの村にも、それ所かどの小さな部落にもあったのに、昭和二十年代後半から急速に姿を消し、殆ど見られなくなってしまったものにかじや（鍛冶屋）さんがある。

小学校唱歌の〝しばしもやまずに、つちうつ響き、飛び散る火の玉、走る湯玉、鉄より固しと誇れる腕に　まさりで固きは彼が心〟なる歌は本当によく鍛冶屋さんの様子を表している。飽きずに眺めた作業の様子もはっきりと頭に残っている。

ゆっくり引いたり押したりしている〝ふいご〟で絶え間なく風が送られ、炭は灼熱の状態にあり、中に押し入れられている刃物やクワ等の鉄片は、取り出されると、赤と云うよりも白く光り、まさに白熱状態である。大きな鉄製と思われる台の上に置かれるや否や、鉄片は親方と若い弟子の二人でタイミング良く交互にたたかれ形が変わっていく。カッチン、カッチンと強弱、高低のリズムをきざみながら、たたかれる鉄片からは火の粉、火の玉がたたかれる度に飛び散り、空中で消えるが、時にはとんでもなく遠くまで飛んでいく。

白色だった鉄片の温度が少し下がり赤黒くなる少し前、手際よく水の中に突っ込まれる。この瞬間のジューンともバーンとも聞こえる大きな音と共に、水は瞬時に沸騰し、まさに湯玉が飛び散る。

作業場の入り口近くに座り込んで見ている子供達を気にしている様子もなく、仕事を続ける鍛冶屋さんはとても凄い人の様に見えたものである。根気よく作業を繰り返す勤勉さ、一瞬にして水中に突っ込むタイミングの良さ、速さ、決め手の瞬間が大事等と云う事を、知らぬ間に昔の田舎の子供達は学んだ様な気がしないでもない。

この古風な鍛冶屋さんの熟練した腕で作られる刃物は、今でも世界最高品質のものと見られている様である。そもそもこの鍛冶屋さんの一連の作業の一つ一つは一体どんな意味を持っていたのか、大学で少し電気材料の研究をしているうちに、大体の事が理解できる様になったと思うが、もしかするとまだ外ずれているかも知れない。

高温に熱してたたくと云う事は、鉄が柔らかくなるのだから、変形させ形を整えるという目的に都合が良いのは勿論であるが、それだけではなかろう。

高温でたたいているうちに、もともと原料の鉄に含まれていた大量の異物はたたき出されてしまうであろうし、逆に、炭の中で熱しているのであるから炭素（C）が鉄の中に相当含まれる事になるだろう。しかも、高温に熱すると鉄などが少し膨張する事からも、鉄の原子間隔が少し伸びると共に、所々、鉄の原子が抜けてしまった所、即ち、格子欠陥ができている筈である。高温ではかなり高密度の格子欠陥が生じていても、ゆっくり温度を下げると格子欠陥密度も次第に低くなる。所が、高温状態から冷たい水の中に一気に突っ込まれて急冷されると、鉄の中には、たくさんの格子欠陥や炭素不純物等が取り込まれる事になる。これが鉄を硬いものとするのである。この刃物を作る上で最も重要な急冷の過程が〝焼き入れ〃と称されている。この様な格子欠陥や不純物は鉄中の電子の運動にも影響を与え、電子を散乱する事になるので、電気抵抗は焼き入れによって高くなる。

この焼き入れによって硬くなった刃物も、もう一度加熱してからゆっくり冷やすと、柔らかくなって刃物としての役を果たさなくなってしまう。これは、〃焼き鈍し〃と呼ばれているが、せっかく取り込まれた不純物や格子欠陥が鉄の外へ出ていって減ってしまうためである。同時に、電子の散乱も減って電気抵抗も低くなる。

兎も角、この鍛冶屋さんが出雲産の砂鉄を原料とする鉄、即ち、玉はがねの材料をもとに打ち上げると、極めて優れた刃物や日本刀になる事はよく知られた所である。だから、私の田舎、出雲地方で作られる鍬（くわ）の刃先はまことに鋭く、まさに刃物と云う感じがしないでもない。そのためか、子供の頃から農作業する時〃鍬先三間〃と云って、鍬の前に出る事は強く戒められてきた。三間は五メートル以上である。だから、今でも私は本能的に鍬先を避ける。云い変えると出雲の鍬はいつでも本格的な武器にもなりうると思える。

出雲を離れて他の地域の鍬をみると、鍬の刃先はあまり鋭くなく、しかも鍬の柄と刃が直角にならず平行に近い。だから、打ち下ろして耕す事ができないので、私には使いにくくて仕様がない。恐らく武器の様な鍬の作製と使用が、江戸時代以降許されていたのは、出雲くらいしかなかったのではないか、出雲は比較的温和な性格の人が多いから、と身勝手な冗談を云う事にしている。

所で、鍛冶屋さんは何も日本の専売特許ではなく、世界中に、即ち、鉄を利用している所にはどこにでもいる。例えば、ドイツにも勿論いる。私の親しいベルリンのシュミット（W. F. Schmidt）博士の苗字そのものが鍛冶屋さんと云う意味であると云う事をシュミットさん本人から聞いた事がある。地域によってはシュミットをSchmidtと書かずに、SchmitやSchmittと書く所もある様である。また英国ではポピュラーなスミス(Smith)云う前もシュミットと同じ語源でやはり鍛冶屋さんだそうである。シュミットさんによると、ヨーロッパで鍛冶屋さんは刃物を作るだけでなく、馬の鉄のひづめ、いわゆる馬蹄を作る事も重要な仕事だったそうである。

それにしてもベルリンにいた当時のドイツ人の友人の名前にはそれぞれ意味がある事が多く面白かった。ラーベ（Rabe）さんの意味はカラス、シュナーベル（Schnabel）さんの意味はくちばしである。シュナーベルさんの部屋の入り口には、くちばしという漢字が書いてあった。この嘴という字をくちばしと読める若い日本人は少ない様である。

かじやは鍛冶屋であるが、これも今の若い人には読めないかも知れない。どうも日本でも鍛冶屋さんは苗字にだけ残りそうである。やっぱり鍛冶屋さん、鍛冶家さん、鍛冶舎さんなどと少しづつ形を変えながら。冶を治と書いたりもする様である。

鍛冶屋さんの作業を見ながら学んだ格言〝鉄は熱いうちに打て〟を次の世代の人はどう実感する事ができるのたろうか、とつい余計な心配をしてしまったりする私であるが、どっこい若い人達は私等よりずっと逞しくて、もっと現代にマッチしたうまい格言を生み出しているかも知れないし、格言所か、何か映像から同じ事を修得する様になっているかも知れない。

こんな下らん事を気にする様では、この格言を知る若い人から、熱いうちに充分打たれてないから中途半端だな、と云われるかも知れないし、単なる〝ぼやき〟の年齢に入ったおっさんと見られるのかも知れない。

十五　ひしの実

研究室で昼食の後、研究室の教官、学生さん達とお茶を飲んでいる時、何かのきっかけで、ひし(菱)の実を知っているかを尋ねた所、殆ど誰も知らなかった。

一時期、人面魚などと大さわぎをしていた事があった。実際に魚の頭が人間の顔に似ているかどうか、私自身は見ていないので知らないが、世の中、身近のものが、全く異なる思いもかけない様なものによく似ている事がある。ひしの実もその例で、大きさは小さいが鬼の顔そっくりである。勿論、実物の鬼の顔を見た事は無いが、絵に出てくる二本の角の生えたあの鬼の顔にそっくりなのである。これがどこにあるかと云えば、小さなため池の様な藻の生えた所にあり、藻をひき抜くと、その根っこの方からだ

った と思うがいくらでもとれる。夏に咲く花は確か白である。

子供の頃、同級生の湯原君か戸谷君について隣の林地区に行き、取り方を教えて貰ってたくさん持ってかえった事があり、ひしの怖い顔をした実の固い殻を割ると中から出てくる白い実は食べられるので、何度も食べたが、味の方は余り覚えていない。なんだか淡泊な味だった様な気がする。所が、最近、九州出身の方から（阪急タクシーの三雲さんか、藤井さんか、東郷さんのうち誰かだった様に思うが、）

「ひしの実は姿は悪いけど焼いて食べるとおいしかったですね」

と云う話を聞いた。途端に子供の頃の野次馬根性が頭を持ち上げ、無性にひしの実を焼いて食べたくなったが、恐らくそんなチャンスはなかろう。

ごく最近、また誰かが云っていた。

「九州では、ひしの実からも焼酎を造るよ」

どんな味かためしてみたいものである。

それにしても、〝姿、形が悪くても中味は美しく、素晴らしい〟、と云う例の話に、このひしの実も使えそうである。でも、今の若い人にとったら、〝ひしの実の姿は素晴らしく面白いが味が悪い〟云う事になるかも知れない。

価値観、好みが時代と共に大きく変わる様である。

十六　い　も

久し振りに何も特別の用事の無い日曜日だから島根の田舎にでも電話しようか、と思っていた矢先、突然電話のベルが鳴った。〝島根の母だ〟と云う直感通り、電話の向こうは少し高目の母、政子の声である。

「もしもし、皆んな元気かね。こっちは元気だけんね。今日は一人で暇だけん、一寸電話したけんね」

おかしなもので、こちらから電話しようと思う時は、大抵、母の方も電話しようと思っている様で、いつも先を越される。と云うよりも、毎日、毎日電話を待っていてくれているのに、こちらがかけるのが少な過ぎるのかも知れない。

ひと通りの安否の確認と世間話しの後である。

「えもあーかね、さつまえも」

「えんや、ねよ」

「ほんなら、ちょんぼしだども送ってあげーけんね。今年はあんまーたくさんできんだったけん、ほんのちょんぼしでごめんよ。柿は今年はできが悪かったけん、ちょんぼしだけだども、柿ももうちょんぼししたら送ってあげーけんね」

「ありがとう、だんだん。楽しみにしちょうけん」

宅配便ができて便利になったものである。数日後には、数は一年前程ではないが、随分大きな赤いさつま芋が箱に一杯送られてきた。

さつま芋が私の大好物である事を母はよく知っている。食糧難で甘いものの全くなかった戦時中から戦後が育ちざかりだった私と同年代以上の人は、随分さつま芋のお世話になった筈である。そんな中には、いつもいつもさつま芋だけを余りにたくさん食べたので、さつま芋はきらいだと云う人もいるけれど、私は子供の頃から今に至るまで、さつま芋は大好きである。蒸しても、ゆでても、煮ても、焼いても、てんぷらにしても、兎に角うまい。砂糖の甘みとはまた少し違う甘味がたまらなく好きである。勿論、叔母と母がさつま芋と麦芽から作ってくれた芋あめも大好きだし、同じ様な香りがする芋の茎の油いためなども大好物なのである。

子供の頃の記憶では、標準的なさつま芋と云う呼び方もしたが、りーきー芋と云う事も多かった。恐らく日本への伝搬ルートに関係して名前が色々ついているだろう。さつま芋は薩摩芋、りーきー芋は琉球芋であり、薩摩の前は琉球だったと云う事だろうが、薩摩や琉球地方ではどう呼んでいたのか知りたいものである。唐（から）芋だった可能性がある様な気がする。名前をたどっていけばコロンブス以来アメリカ大陸、南米か中米からヨーロッパに持ち帰られて、それから日本に伝わる迄のルートがわかるかも知れない。案外、スペインかポルトガル或いはオランダなどの船によって直接アジア、東南アジアに届いた可能性もある。

私はその頃、馬鈴薯（ばれいしょ）とも呼んでいたじゃがいも（芋）はさつま芋ほど好きではなかった。甘味が少し異るし、少かったからかも知れない。面白いもので、弟の隆夫は私には不思議でしょうがなかったが、さつま芋よりじゃが芋、特に白い粉がふくように炊かれたじゃが芋が好きだった。世の中色々あっていいのだろう。姉、廸子や兄、富夫、妹、敬子がどちらが好きだったのか余り憶えていないが、私は兎も角さつま芋好きで、それも、ほかほかのものより、ぺとぺとで、とろける様なのが好きだった様に思う。

じゃが芋もアメリカ原産らしいが、名前からしてヨーロッパ特にオランダに伝わった後、ジャガタラと呼ばれていたインドネシアのある地域を経由して日本に入ったのは間違いなかろう。最初はじゃがたら芋だったのだろう。さつま芋が暑い時期に出来るのに対し、じゃが芋は比較的涼しい時期に作った様な気がする。だから、ジャガイモは暑いジャガタラで作られたのではなく、寒いヨーロッパで作られ船でジャカルタ経由で運ばれて来た、と云う事かも知れない。

もう一つの身近な芋であるさといも（里芋）は子供の頃じゃがいもよりもっと好きになれなかったが、五十近くになって上手に炊けたのは時折おいしく思う事もある様になってきた。特に粘りけがあって、ぬるぬるっとして、適当の甘味のものがいい。関西では里芋の事を小芋とも云っている様である。確かに里芋は他かの芋より小さいから小芋と呼ばれているのかも知れないが、里芋を掘り出して見ると根の所に小さいのがいくつもかたまっており、子供がかたまってる様だから案外、子芋の可能性があってもいい様な気がする。勿論、子芋に対して、その親芋もある。大きさは十センチ以上もあって遙かに大きいが、見かけはそっくりである。それになんで里芋だろう。畑芋でないと云う事だろう。人間が畑に栽培すると云うよりも、元々、野原、野山、里に自生していた芋なのかも知れない。

さつま芋を見ると、子供の頃、たんぼで野良仕事の手伝いの合間、休憩の時に食べるのが格別にうまかった様な気がする。

芋は食べるだけでなく、家で植えたり掘ったりの手伝いもやったが、とりわけ芋掘りが楽しかった。だから、さつま芋の作り方はよく知っていたので中学校で農業の時間に木幡先生から受けた授業もよくわかるし、教科書を見ていた時のさし絵や話しがおぼろげながら懐かしく思い出される。

さつま芋はまず藁（ワラ）で囲った苗床の様な所で芽を出させ、つる状の茎を伸ばし葉をつけさせる。このつる状の茎を三十センチ位に切って地面にさすので、まるでさし木の様であるが、垂直にさしてもいいらしいが、大抵、水平に近くか、斜めにさして植えた。教科書によると、植え方にも色々あって、その中の一つに舟底植えと云うのがあると書いてあったが、経験から、これはピンとわかった。妙な事を憶えているものである。さつま芋の皮にも茶色のもの、紅色のものから色の薄いものと色々あり、皮をむいた中味も色んな色のものがある。どれがどれに対応するか記憶にないが、農林何号とか、護国何号とか色々名前がついていた様に思う。兎も角、多様な品種があるのである。日本に伝わってから、ずいぶん品種の改良も行われ、政府指導のもとに推奨、保護が行われた事を、これらの名前は意味しているのだろう。

所で、さつま芋はこの茎から伸びた根の先がふくらんで芋となって、じゃが芋は茎に養分がたまってふくれたものと聞いた事があるが、掘った時の芋つき方、根のはり方からなんとなくそれに納得したものである。特に、じゃが芋の場合、芋が成長の途中で土から出て空気に触れると、空気に曝された部分が緑色になる事からも茎の変化したものである事がわかる。じゃが芋は二つに切って、その切口に灰をまぶして土中に植えた事を思い出す。

それに、じゃが芋の芽は毒だから絶対にかじるなと（出雲方言では　かぶるな）と親に教えられもしたが、学校で買った教科書にはソラニンとあった。掘りたてのさつま芋は、そのまま皮をナイフではいでかじると、パリンと割れて、丁度、生の栗をかじっている様で仲々おいしいから子供がよく食べるので、ジャガイモはさつま芋とちがって怖いと云う事を教えてくれたのである。

もっとも、一度、芽の出ていないジャガイモをこっそり生でかじってみた事があるが、実際にはさつま芋と違ってちっともうまくなかった。

芽のつき方からすると、里芋も茎の変化したものの様な気がするが違うかも知れない。

もう一つ山芋があった。山芋は根を食べてる事になるのか、茎を食べている事になるのかよく知らない。山芋を長芋と呼んだりする事もある様に、実は、山芋には長芋という名前の通りずいぶん長いものと、ゴロッと太った長丸形のものがある事は案外知られていない様である。大阪から近い丹波地方に行った時など、手に入り易いので買ってきて食べる長丸形の山芋はなかなかいい味である。

長い山芋も山に自生するが、畑で栽培する時は高い畝を作ってそこで栽培する。こうすれば掘り出す時に畝を崩していけば簡単に取れ、折れる事もない。所が、この山芋は本当は素直にまっすぐに伸びたものよりも、くねくね複雑に曲がっているものの方がいいそうである。と云う事は、石コロや岩石の多い荒地や山に自生するものが最高と云う事である。こんな自生している芋だからだろう、自然薯（じねんじょ）と呼ぶ事もある。自生しているものを山でどんな風に見つけ、どんな風に掘り出すかには、特別のコツと経験が必要だそうで、これは片岡氏の話しとしてどっかで記した事がある。（吉野著、雑音、雑念、雑言録、信山社、一九九三)　恐らく人間の体にも自生したうねうねしたものがいい筈である。

思い出したついでに述べておくが、子供の頃、芋にかぎらず自然に勝手に生えている野菜類を〝おのーばえ〟と称していた。自生をおのー（自）ばえ（生）と云うのだろう。

山芋が他の芋と一寸違う所は、あの、ぬるぬるした所で、その特徴を生かした〝とろろ〟を始め、色んなおいしい食べ方がある。何で山芋だけあんなにぬるぬるしているのか、いい加減な推測をしてみると、やっぱり、もともと山芋自身のための様に思える。あのぬるぬるしたものは、恐らく条件の良くない所で成長する茎が環境や害虫から身を守る、或いは傷ついた身を回復させるのに役立っている可能性がある。生物としての芋が自己修復のためにこのぬるぬるを役立てている可能性がある。これが本当なら人間の体にも良くて当り前である。時折話題になる繊維質も多いそうである。

さつま芋とじゃが芋が南米原産でヨーロッパ経由で日本に持ち込まれたのは有名であるが、それでは里芋や、山芋はどうだろう。さつま芋やじゃが芋と違って、里芋や山芋が外国から伝わったと聞いた事がない。

ここまで書いてふと気がついたが、山芋と里芋は対になっている。人里に生えているのが里芋、人里離れた山中に生えているのが山芋と云う事だろう。山芋の事をじねんじょ（自然薯）と呼ぶ人もある。人の分け入らぬ山や茂みに生えているのが山芋と云う事だろう。こうしてみると、山芋も里芋も、もともと日本に自生していたのかも知れない。それに、渡来地らしい地名がついているわけではないから、恐らく大昔から日本にあった可能性が高いと思われる。

どんな芋か知らないが、南の方の島々では野生のタロ芋と云うのを掘って食料にしていると聞くから、もし里芋がタロ芋の仲間であるとすると、黒潮に乗って人間と一緒に或いは人間より先に南国から運ばれてきたのかも知れない。或いは、逆に、大昔、里芋と一緒に南方の島々に日本から人間が渡ったと云う事もありうるのかも知れない。タロ芋を是非一度見てみ、食べてみたいものである。

都会育ちの人は勿論、田舎育ちでも知らない人が多いかも知れないが、芋を栽培していると、それぞれ特徴的な花が咲く事がわかる。特に、じゃが芋の花は紫色で、可愛く凄く綺麗である。中学の時、教科書にナス科と記載されているのを見た時、もっともだ、と頷いたものである。ナスには紫色の綺麗な花が咲くのである。それに家庭菜園にも芋は最高である。特に、子供にとってさつま芋掘りをした時の〝やった〟と云う気分、慶びは最高で、教育的効果も大の筈である。収穫の喜びを学べるし、すぐに食べれて子供の好きな甘味もある。それに、花も葉も茎も面白い。美しいじゃが芋の花、青々として（本当は緑）可愛い形の葉と白い可愛いい小さな花をつけるさつま芋の長い茎、大きな雨傘にもなりそうで時々その上に水玉がコロッと乗っている里芋の葉、長いつるに丸い黒い玉の様な実（ムカゴと云う）をつける山芋、長芋、みな面白い。しかも、さつま芋の若い茎はゆでて、油で炒めるとおいしく、里芋の茎も干して煮て食べると、ズイキと称してこれまたうまい。もっとも生のさと芋の茎はえぐくて食べられないから要注意である。油で炒めたさつま芋の茎の味とさつま芋そのものの味が少し似ているのも面白い。

山芋だけでなく、私の好きなさつま芋も含めて他の全ての芋は、単にでんぷんの固りでエネルギー源になるだけでなく、随分体にいいものをたくさん含んだ健康食品、美容食品と昔から確信しており、いつも味噌汁にでも何でも切りきざんで放り込む事にしている。何故それがわかるかと云うと、これを入れるとぐっと味が良くなるし、私の食べた直感でわかるのである。今はやりの繊維質が多いのも自明である。

とにかく私にとって、芋類、特にさつま芋は楽しみながら食べる事の出来る最高の食材の一つである。ずぼらな私の様なとんでもない人間にも出来る、とても簡単なさつま芋料理をいくつか紹介する。

(1)　さつま芋を水を入れた鍋に入れて塩を少し加えて炊きあげるだけ。

(2)　さつま芋を水で洗ってラップでしっかり包んで電子レンジに入れて数分。これで焼き芋の様な、ふかし芋の様な出来上りとなり結構うまい。

(3)　さつま芋をさいの目に切って（どんな形でも可）ご飯を炊く時に電気釜に一緒に入れる。ご飯が炊き上ると同時に出来上り。これもうまい。小さい時から時々食べさせていれば多分子供にも向くし、やがて米不足となった時には米節約にもなる。おかゆにさつま芋を入れてもおいしい。

(4)　さつま芋を小さ目か、薄目に切って放り込み味噌汁と一緒に炊き上げる。

もっとも、こんな料理の工夫をしながら、しょっ中やっている私であるわけはない。気まぐれに突然の思いつきで、ごく希に一人の時に、いたずら気分でするだけである。無責任でやれる範囲なので楽しいと云う事かも知れないが、まだまだ色んなアイデアがあるので何かのチャンスがあれば、こっそりやってみたいと、懲りずに変な事にこだわっている。

本当の所、一番食べて見たいなつかしいものは芋あめである。さつま芋と麦芽を使うとか云っていたが、叔母と母が一緒に作ってくれた芋あめは最高だった。砂糖の手に入らない戦後間もなくの頃だったから余計うまく感じたかも知れないが、兎に角、懐かしい甘い味である。しかし、残念乍作り方をよく聞いていない。

特に好きだったせいか、さつま芋についてはどうも子供ながらに不思議で、今もって気にかかっている事がいくつもある。

さつま芋は砂の多い土地にも山手の粘土けの多い固い地にもどちらにも、余り肥やしをやっている様に見えないのに、他の野菜にくらべてよく出来る様だし、強そうである。そんな畑の芋を掘り出してナイフで削ってかみつくと生の栗をかみ割る様な感じでパリンと割れて生でも食べれる。その味は案外あっさりしていて甘味が少ない。所が、この生では余り甘さが強くはないさつま芋を茹でると、途端にぐっと甘くなる。砂糖を入れてないのに甘くなっている。それ所か、塩を一寸入れるか、かけて食べるともっとうまくなる。調べてみたら、皆んな当り前の事かも知れないが、子供にとっては不思議でかなわなかった記憶がある。

中学生位になって、さつま芋の事を甘藷と云ったり、やま芋の事を自然薯と云ったりする事を知ってくると、いもは芋でいいのか薯なのかわからなくなって、一度辞書を調べて見ようと思いながら、この年になるまで結局は調べていない。

それにしても、こんな芋の事を昔からずっと気にかけて、こだわっているから、吉野君は田舎の雰囲気が抜けん、芋くささが抜けんと、からかわれそうである。メモも書き留めておいた事だし、もう、皆んな忘れてもよさそうである。

十七　パンコ

毎年年末の三十日、正月用の魚が届けられる。近畿大学（近大）の仲田淳一君が運んでくれるのである。近大水産学部で研究教育のため和歌山県の海でのびのび育てられた新鮮な魚をこの日の朝水揚げしたものである。

その夜は私の料理。魚は鯛、ハマチ、メジロ等であり、メジロと云ってもかなり大きくもう殆ど鰤（ブリ）である。久保教授によると近大にはキンダイ（金鯛、錦鯛、近鯛？）と云う鯛もあるそうであるが、これは見た事がない。

私は本格的に魚の料理を習ったわけではないが、子供の頃やらざるを得なかったので、一応は見よう見まねでこなせる。

宍道湖で鮒や鯉やボラ、スズキ、スズキの子のセイゴを釣って帰った時は、大抵、母に迷惑をかける。特に食事の用意が終わった後、釣って帰った時等、薄暗がりの井戸端で母が魚をしごしている（さばいている、料理している）のを見ると、申しわけない様な気もするものだから、たまには私がやっても当然である。その上、魚がよく釣れるのは大抵早朝と夕刻だから、家に帰ると朝七時、夕六時の食事の準備は終わっているのである。それに、春先から梅雨にかけて、産卵のため大量に川に遡上する鮒を捕ってきた時、全てそれを食べるのだから、母一人では手に負えず、私も一緒に　しご　をせざるを得ない。

だから、最小限の事はできる様になったわけである。子供の私にとって、魚釣り、魚取りは決してスポーツではなく、食料のためなのである。勿論、楽しみでもあるのは云うまでもないが。

所で、年末にメジロやブリの料理をやっていると、同じ魚であるのに鮒や鯉と随分違う事に改めて気づく。

勿論、鰻やナマズの形が鮒や鯉と全く違う事は誰でも知っているが、ブリや鯉、鮒は基本的には似た形をしていて殆ど同じ様なものと思いがちである。実は、随分大きな違いがある。まず鱗が違う。鮒や鯉の鱗は薄片状であり大きいのに、ブリなんかでは鱗が小さくて目立たない。だから料理の時、鮒や鯉の時の様に鱗がそこら中に飛びちる心配はしなくて良い。鯛は鮒によく似ている。

それにブリの鰓は体の大きさの割にとても小さくて貧弱である。私はブリが泳いでいる所を見た事はないが、誰かの話では、ブリなんかの回遊魚は高速で泳いで、水が口の中に流れ込む事で水中の酸素を取り入れて呼吸し、餌も取り入れていると云う事である。鮒や鯉の様に鰓をパクパクやって水を口の中に送っているのではない様である。

鱗を取った後はお腹を開ける。この時注意する事は胃をつぶさない事である。本当は胃ではなかろうが、青紫色の小さな袋であり、恐らく肝臓か膵臓か脾臓か何かであろう。兎に角、その形や色からしてこれが胃であるわけでない事は、子供の頃から知っていたが、これがつぶれると身が苦くなって食べられなくなる。これは殆どすべての魚で同じ、鮒もブリも同じである。

次の違いはブリには大きな浮き袋が無い事である。あったとしてもとても貧弱で目立たない。少なくとも私には見つけられない。所が、鮒の浮き袋はとても大きい。それも大小二つがつながったと云うか、途中でくびれて二つに分かれた様になった袋である。鮒汁を作る時には、この浮き袋を一緒に入れる事がある。私は特に好きでもないが、その歯触りがとてもいいと云う人もいる。

子供達はこの浮き袋をパンコと呼んでいた。何でパンコと云うのか本当の所は知らないが、パンパンに張り裂けるくらい張っているからかも知れない。しかし、案外いけず子（わんぱくな子供）が強く踏んづけた時の〝パン〟と云う大きな破裂音から来ているのではなかろうか、と思っていた。

このパンコの中にはガスがパンパンに詰まっているのである。空気なのか、何か魚自身が分泌したガスなのか、兎も角、パンパンである。破裂した時に特別の臭いがしない所を見ると恐らく空気である。そうであれば、パンコの中に酸素が呼吸のために貯えられる可能性もあるかも知れない。しかし、パンコの形や状態を見れば主な役割は浮き袋である事は自明である。だから、パンコの大きな鮒や鯉は水底でも水面に近い所でも、中間でも、何処でも静止できるわけである。これに対してパンコの目だたないブリなんかは、泳いでいる時、ヒレと水の相互作用を利用して飛行機と同じ様に浮き沈みしているのかも知れない。もし、この考え方が正しければ浮力を与えるには高速で泳がねばならず、泳ぐのをやめたら沈んでしまう事になる。

先にも述べた様に、もしかして浮き袋の中の空気は水が無くなった時、或いは水から出た時、短時間でも空気、酸素の補給をするための、即ち、呼吸のための空気だめの役割りもしているかも知れない。

釣った魚を篭に入れてからでも、魚の種類によって変化の様子が随分違う。ハヤなんかはあっという間に死ぬ。所が、鮒は蘆や葦、或いは適当な草を少し湿らせて上からかぶせておけば、かなり長時間生きているのである。もっとも、鮒でも乾燥させたり、鰻もぬめりを取って乾燥させると案外早く死んでしまう様である。もしかして、本当に口以外でも呼吸しているかも知れない。人間だって毛穴からも少しずつ空気を出し入れしているそうであるから。

どうやら、魚の種類によって、呼吸の仕方、或いは恐らく空気の貯え方、更には最低どのくらい空気が必要なのかが大きく異なっている可能性がある。人間は酸素が止まるとすぐ死んでしまうが、これは脳が酸素不足であっと云う間にやられてしまうからの様である。心臓が止まって死ぬのは血流で運ばれる酸素の補給が止まるからである。これに比べると、魚は水から出しても結構生きている。もしかして、魚の脳が人間ほど発達していないので、少しの酸素でも脳が大丈夫で長持ちするのかも知れない。実際に魚の頭を開いて見てもあんまり脳味噌らしいものをたくさん見かけない。

魚一匹しごしていても色んな事が思い出されたり、おかしな想像ができて面白いが、やっぱり、そんな事より新鮮なしごしたての魚は食べるのが一番である。

十八　深海ザメ

魚のパンコの事を思い出しているうち、ハタッと突然謎が解けて分かった様な気になった事がある。数年前からダルマ薬局の古田さんに勧められて飲んでいる深海鮫のエキスの事である。めまいでひっくり返って、一寸の間入院した事があった。それ以来、体調の悪い事が時たまあったが、その折り訪れたダルマ薬局で推薦されたのがこの深海鮫のエキスである。色んな事に有効であると聞き、私も服用し始めたが、なるほど効いているかな、と思う事もある。

深海鮫のエキスと聞いて、最初は、大きな鮫を何かの機械にかけてエキスを絞り出すのかとびっくりしたが、よく説明を伺うと深海鮫の肝臓の油と云う事である。それなら納得である。私達が子供の頃は食料難だった事もあって、痩せた体の弱い子が結構いたが、こんな子は学校で肝油を貰って飲んでいたのである。丈夫な私など飲む機会が無く、一寸うらやましく思ったりもしたが、飲まされている子はうまくないと嫌がっていた様に思う。

兎も角、昔から肝油は体にいいと云う事になっていた様で、それも魚の肝油であると聞いた記憶がある。

それにしても、何故、深海の鮫の肝油がいいのか不思議であった。それに、肝臓の中にそんなにたくさん油があると云う事も不思議であったが、浮き袋の事を思い出した途端、なんだか謎が解けた様な気がしてきた。

深海にいる鮫も、恐らく、同じ深さの深海にいるだけでなく、時々かなり上の方へ上がる事もあるに違いない。そうであれば、鮒のお腹にある様な浮き袋が必要であろう。しかし、浮き袋の中に空気を入れて深い所から上がっていくと、表面近くでは圧力が深海に比べて大きく低下するから、浮き袋は途方もなく大きく膨れるに違いない。だから、体の中に空気の様な気体の入った浮き袋を収めておく事がそもそも無理だろう。

空気の浮き袋がだめなら、水より軽い何かを使わねばならない。水より軽いと云えば油である。体の中の何処に入れておくかを考えて見ると、候補は肝臓である。人間でも動物でも肝臓と云うのは非常に大きいらしいから、肝臓に貯めておいたが効果的かも知れない。

この頃、人間ドッグに行った時、脂肪肝でひっかかる人が多いそうであるが、そもそも、肝臓は油、脂肪分を取り込み易いのかも知れない。大きな肝臓に大量の油を貯め込んだ深海ザメの比重は海水と殆ど同じになって、一寸した力で簡単に上下できるのかも知れない。この油が脂肪肝の脂肪の様に固まってしまっていたのでは良くないだろうから、液体状態の筈である。

深海の温度は非常に低温の筈である。十度以下、恐らく数度だろう。こんな低温でも液体状態で、流れる事の出来る油は恐らく粘度の低い油で、しかも、人間の体温三十六～三十七度では固まる事はなかろう。だから、すき焼きが冷えた後で白く固まる事がある事からも分かる様に、人間の体の中で簡単に固化しうる牛のあぶらとは大きく異なっている筈である。牛のあぶらは油でなく脂と書く様に、字さえ違っている。

それに深海鮫の様に、深海と云う食料も不足がちで生存条件の極めて悪い環境に住む魚の肝臓の油は、単に浮力だけでなく、生命を保つのにも極めて重要な役割を演じているに違いない。深海鮫の肝油が人間の体にも良くて当然の事の様な気がしてくる。

十九　血　圧

急ぎの写真の現像を頼みに立ち寄った淡路、新光カメラの新崎さんが、開店前の八時半頃だと云うのにシャッターを開けて貼り紙をしている。かねがね、通勤途上のサラリーマンにとっては、九時ではなく八時頃に店を開けて貰えたら、現像を頼んだり、前日に頼んで出来上がった写真を受け取ったりしてそのまま仕事に行けるから都合が良いのに、と思っていたものだから、有り難い限りである。所が、近づいてみると、貼り紙は本日休業の知らせであった。新崎さんは確か私と同じ歳だった筈であるが、振り返った顔色を見ると余りすぐれない様である。尋ねてみると、身内にご不幸があった上、ご本人も胃の調子が良くないと云う事である。と云っても、現像のお願いだけは引き受けて貰った事は云うまでもない。

どうも、昭和の末から平成の初めになって、私と同年代、五十歳前後の友人で高血圧や心臓疾患で体調を崩して入院したりする人が随分多いが、恐らく、体の曲がり角にかかっていると云う事だろう。一昔前には、男は四十二、三歳と云われていた厄年が、栄養、医療知識の向上と共に少し後にずれ込んで五十歳前後となってきたのに違いない。厄年をぼつぼつ修正したのが良いかも知れない。そんなわけで、人を見るとその人の年齢に関係なく、つい血圧や心臓の事を話題にしてしまう。この日の昼食時もそうである。

「おっ、河合君、今日は弁当じゃないの」

「はい、今日は」

「この間、新幹線で京兼君と話し込んでいて京都へ着くまで全然気が付かなかったけど、偶然、通路を挟んで隣が君のお母さんだったよ。世の中狭いね。北京の帰りとおっしゃってたけど、独りで行かれたの」

「いいえ、父も一緒でしたけど、父はまだ一人北京に残ってます」

「お元気そうだったけど、血圧が高かったのはお父さんだったかな」

「そうです、父です。母も少し高いですけど」

「そう、君はどうなの」

「はあ、僕は今はいいですけど、気を付けないといけないでしょうね。両親がそうだし、祖父母みんなそうだった様ですから」

「そうか、なるほど。わかった様な気がするな」

こうなるとまた私の独断と偏見に満ちた議論が始まる。

「君ん所、お父さんもお母さんも背が高いけど、先祖も皆んな高いでしょう」

「はあ、その様です。皆んな背だけは高い様です」

「そう、背が高いから血圧が高いんだろう。だってキリンなんかはあんなに背が高いから血圧三百くらいあると云うんじゃない。馬も高いかな。あんな高い所に頭があると、頭にまんべんなく血を廻すのに心臓から高い圧力で血液を送り出さないといけないから血圧が高いんじゃないかな。人間だって同じでしょう。背の高い人の血圧が高目で当たり前だろうけど、血管の太さや壁の厚さ、強さが同じなら高過ぎると良くないかも知れないね。キリンや馬は寝る時どうしたかね、横になったかな」

横から尾崎君がすかさず答えた。

「馬は確か立ったまま寝ると思いますよ。キリンはどうか知りませんけど」

「そうか、そうだろうな。恐らく危険が迫った時、即座に逃げられる様に、遮るものの無い草原の草食動物は立ったまま寝る、と云う説明もできるかも知れないけど、頭が普通心臓より高い所にある背の高い動物は、横になると頭と心臓の高さが同じくらいになるので、頭の血圧がもの凄く上がって頭の血管が危ないから立ったままで寝るんだ、と云う説も成り立つかも知れないな。恐らく、心臓近くの太い血管の壁の厚さや強さは背の高い動物は大きいかも知れないけど、頭の中では最終的には毛細血管となる筈だから、そこでは人間や小動物と血管の様子は変わらんかも知れないからね」

「なるほど、それも一理ですね」

私が無理矢理創り出す暴論に、やむを得ず相づちを打っている可能性もある。

「こんな話がもし正しいとすると、ある程度以上の年齢で血管の弱くなっている人は逆立ちなんか絶対にしてはいけない、と云う事になるだろうね。それに、寝る時も頭を高くして寝るのがいいかも知れないね。大きな枕で頭を高くすると首が変な曲がり方になって負担がかかるから、背中のあたりから少し斜めにスロープ状になったベッドか敷き布団にしておくのが一番体にも良くて、気持ちもいいんじゃないかな」

「なる程と思いますけど、それでも大きな動物が首を伸ばして地面に生えている草を食べる時は頭が低くなりますね」

「ん、そうだな。考えておかんとあかんな、説明を。でも、大体キリンは高い木の枝の葉を食べる事が多いんじゃないかな。それでまた必要に応じて首が長くなったんだろうし。馬はどうかな。馬の血圧本当はどうかな。案外、脳の毛細血管が太かったりして。もしかして、まさかそのため頭が余んまり良くないって事ないんだろうね、見かけによらず。まあそんな事はなかろうけど」

「大きな頭してるから頭が良い様に見えますけどね」

所で、馬、特に競走馬についてはどうも納得のいかない所が多い、と以前から思っていた。競馬そのものには殆ど興味も知識も無いが、四歳馬か五歳馬のレースが多いと聞くから、馬は四、五歳頃が一番元気のいい充実した頃で、主役なんだろうか。人間だったら二十歳前後がピークだろうし、他の大型動物でも四、五歳がピークと云う事はなかろう。そもそも、大きな動物ほど寿命が長い様であるから、あの大きな馬は象やカバと迄は云わなくとも、その体の大きさからすると、もともとかなり長寿であって良い筈であるし、最も充実した時期も十数歳～二十歳くらいであっておかしくない筈である。もっとも、ノロノロ動くのは長寿命で、セカセカ高速で動くものは短寿命と云う見方もあって、大型動物が長寿なのは大型のものは一般にノロノロして動くと云う事に対応しているから、と見られるかも知れない。そうすれば、馬は例外と云う事かも分からないが、それにしてもおかしい、といつも思っていたのである。

今の競走馬はもしかして相当無理して作られた、改造された人為的な動物なのかも知れない。本来もっと小型なのが自然なのかも知れない。

変な事を考え出すときりがないが、下手な考え休むに似たりと云うから、妄想はもう断ち切るが良かろう。案外、下手な考えをして休息できてリラックス出来ていて、本当は体にも精神的にもいい事なのかも知れない、とまたまた独断と偏見を楽しみだしてしまう。

二十 空家

岸和田尾生の自宅から、毎朝急ぐバス停の少し手前の一寸した坂道の右手に、昔はそこそこ立派だっただろうと思われる空家がある。所が、田んぼの中の一軒屋に住み始めてから十五年余りの間に、この坂道の家の傷みがかなり急速に進んだ様である。壁や柱は少し朽ちて破れ始め、軒先の木も痛んで瓦がこぼれる様に少し落ち始めている。この傷みの早さは、なにも空家で修理されていないから、と云うのではなさそうである。むしろ、周囲の家の様子と比べてみると、どうも人が住んでいないから痛みが激しい様な気がする。

何度もこんな事を思いながらこの家の横を歩いて通っているが、この平成六年の秋口の一寸冷え込んだ朝、バスに乗った途端、十年くらい前の事をふと思い出した。

長女の瑞穂だったたか、次女の香苗だったのか三女の智恵だったのか思い出せないが、当時、小学校の高学年だった筈だから瑞穂なのかも知れない。ともかく、娘の一人が妻、和子に本を開いて見せ、話している。

「日本の田舎は、人がどんどん都会へ出て行くので過疎化が進んで、山の中の方は村が消えてる、って先生が社会の時間に話してたけど、教科書には壊れかけた、倒れかけた家の写真が載っていて、これがそんな島根の例だって」

横から本をのぞき込んでいた二人の娘が尋ねる。

「ほんとなの、お父さん」

「まあ、山間部の村では多少そんな所もあるんじゃないかな」

「この写真見たら、島根は皆んなこんなんと思うよね」

島根は私の出身地だから、娘達は自分にも多少関係している様に思ってか、少し気にしている様な気もする。その時、あらためてその写真を見て、〝無人となった家は随分早く朽ちて行くんだな〟と少し驚いた事を鮮明に思い出したのである。

確かに、昔から、〝人が住まなくなると家に良くないから、空き家にするより人に貸した方が良い〟など云われている様である。どうもこんなのを見ていると、空き家になって人の出入りが途絶えると、急速に傷んで行くのは事実の様である。

〝一体どうして空き家になると早く朽ちるんだろう〟と云う疑問に、天王寺に着く迄の一時間程の間とらわれて、また妙な結論を導いてしまった。

何しろ、天王寺迄の間、JR阪和線で座れなくて吊革を持って立っていたので、膝に載せた鞄の上で仕事をする事が出来ず、つまらん、下手な思いを巡らすより他になかったのである。ここで云う家は木造の家である。

人が家に出入りして家に影響を与える事としてどんな事があるのか考えてみると、次の事くらいしか思い浮かばなかった。㈠人の出入りによって戸や窓を開けるので、空気の入れ替えがある。㈡人の体から水分や炭酸ガスが出る。㈢人が歩いて振動を与える。この三つくらいがすぐに思い浮かぶ。勿論、人が掃除したり、修理したりすると云う事もあるだろうが、ずぼらな人であっても住まないより住んでいた方が遥かに痛むのが遅いから、これは一応除外して、もっと本質的な事を見ようと云うのである。

このうち㈢の効果は余り大きくなさそうに思えるから、㈠か㈡が大事なのかも知れない。普通だったら㈠の効果が大きいと云う人が多いかも知れないが、案外㈡の効果も随分効いているのかも知れない。とすると、㈡の効果が大きいとして、その原因を考えて見るのも面白い。人間の体からは、今述べた水分や炭酸ガスの他に熱、赤外線も出ている筈である。これらが木造の家に効果的であるとすると、木がこれらを吸収していると云う事だろう。これは頷かれる。

木は一寸見てもそうとは思われないが、のっぺらぼうのつるつるで無く、その表面は凸凹で、小さな穴も開いていて、水（H_2O）、炭酸ガス（CO_2）の分子から見れば、結構すかすかと云うか、スポンジみたいな状態なのだろう。木がもともと生きて成長していた事からすると、それが当たり前である。それに、木を焼いて炭を作ると、その炭がガスや水分を強く吸着する作用があるのだから、元の木にだってそんな作用があって不思議でない。

人間が塗料の塗られていない木の家の中に入ってすがすがしさを感ずるのは、こんな木が人間の出す水分や炭酸ガスを吸収するのと関係しているのだろう。逆に、時には木がそれらを放出するのかも知れない。例えば、乾燥が少し行きすぎた時には、木の方から吸い込んでいる水分を放出して室内に潤いを与えるのかも知れない。

それに、木がそんな色んなものを取り込む様な隙間を持っているなら熱が伝わりにくい筈だから、断熱効果で室内の温度の変化を抑える働きもするだろう。強い日差しの時などは、もしかして、木から水分などが蒸発する事で温度の上昇を抑えるのかも知れない。これは極端な話しであるが、木造の家と云うのは石やコンクリート造りに比べて柔軟で、多少のゆとりを持っているだろうから、ごくごく小さなギシギシと云う様な音や揺れを何時も出しているのかも知れない。案外、完全に音がなかったり、静止しているよりも、こんな多少のノイズや揺らぎがあった方が人間には気持ちがいいのかも知れない。

こんな色んな事を考えると、家の木と中の人間の間には色んなやりとりがある、と云って良さそうである。柱や壁の木はこんなやりとり、相互作用のお陰で長持ちするのかも知れない。

まるで、家を造っている木は切り倒されて、削られ、組み立てられてからも生きている様である、と云ってもいいだろう。人間が木のために環境を安定化させ、木が人間のため環境を安定化させている、とも云えそうである。木が人を生かし、人が木を生かしていると云う事である。もっと大げさに云えば、動物と植物がお互いを助け合って生きている事、一方が無ければもう一方も生きられないと云う事につながる。

こんな風に考えると、この頃やたらと木や壁を塗料で塗ったりする洋風スタイルが増えている様であるが、それが良い事なのかどうか分からない様に思えてくる。塗料を使うのは人間に心地よい色彩環境にするとか、木をバクテリヤや虫から守ると云う事が目的なのか知れないが、もしかして、塗料を塗らなくとも、人間と木の相互作用がバクテリアや虫の影響を抑える効果も発揮しているのかも知れない。するると、無人の家の劣化が早いのも頷かれる。

シロアリの害が結構増えているのも、もしかして、我々が洋風のスタイルや様式を家造りに取り込んでいる事と関係があるかも知れない、人口の集中と和風と洋風のコンクリート建築の混在が日本の家屋には悪い影響を与えている為なのかも知れない、等と強引な解釈も出来そうである。そんな考え方からすると、塗料も水や炭酸ガスを適度に通すものであると面白いのかも知れない。

何れにしても、純和風の木造家屋、建築物も、もう一寸前向きに考えたが良いのではないのだろうか、等と建築の先生には〝そんな事は分かり切ってる〟とか〝いい加減な屁理屈を云うな〟等と叱られそうな無責任な結論になってしまった。

こんな話しになると、また別の人からは、〝材木そのものの質が悪くなってしまっていて、お前の云う様な話しは話しにならん〟と云われるかも知れない。とすると、日本の山々の材木の材質の回復から始める必要があるかも知れない。

ここまで至ると、いつもは同じ自問自答である。

〝とすると、材木にからんで私に何が出来るのか〟

必ず最初は、

〝何にも出来そうにないな〟

であるが、最後は強引な結論である。

〝そうか、私にも少し出来る〟

この日の結論。

木と人間の優しい相互作用に木の組成、構造が関係している筈、と云う事は、色んな種類の木、色んな環境、条件で育った木、色んな年齢の木を熱処理して炭化して、その吸着能や電気伝導を調べたらい い。面白い相関関係が出て来るかも知れない。全く新しい可能性が出て来るかも知れない。これなら私に出来る。色んな繊維、バクテリアセルロースや阪大キャンパスの竹を蒸し焼きにして電気伝導、即ち電気の流れ易さを調べた経験があるのである。

いつもこんなに多様な結論になるのは私に持論があるからである。〝研究でもなんでも、兎も角、自分の土俵に持ち込んでやるのが一番〟

これから冬が近くなって来ると、木の葉が日に日に落ちて緑が少なくなって、やがてまるで枯れ木の様になってしまう。所が、次の春、四月、五月頃突然緑が再び芽生え始め、一週間も経たぬ、あっという間に全てが緑で覆われてしまう。毎年この急激な変化に魅せられ植物の持つエネルギーに感動してしまう。このいつもの思いを思い出した途端、結論が代わってしまった。

この生きた木そのものを対象に何かやってみたい。

「電気的測定を生かして、植物の診断、対話が出来ないだろうか」

こんな事を口にしたら、いつもの彼に云われそうである。

「吉野君、ぼつぼつ盆栽でもやるか」

もう一人の彼も口を添える。

「吉野君、盆栽一鉢やろう、三十年ものでなかなか良いんで、気に入ってるものだけど」

僕の性格を知らない様である。後で後悔するに決まっている。私のやる事が私には目に見えている。

「この三十年間小さく固められてきた盆栽の木を、広い土地に植え替えてやったら大木に成長するだろうか」

二十一　トンヤッキ

子供の頃、雪が降って外で遊ぶ機会が少なくなってくると、屋内で、炬燵のまわりで色んな遊びをしてきたが、大学に入って色んな地方から来た人達と話をすると、共通の遊びもあるし、中には出雲だけで他の地方からの人は殆ど知らないものもある様である。

カルタ、花ガルタ(花札)、百人一首、更にはトランプ等はほぼ皆んなが知っているが、私達が小学生の頃やった事がある　トンヤッキ　なる変わった名前の一種のカルタについては知ってる人が全くいない。縦七―八センチ、横五―六センチくらいの四角い紙に色んな動物の絵が書いてあるのである。確か、ライオン、象、熊、犬、狐の他にもう二、三種類の動物が書かれたカードであり、相手と向かい合って、〝トンヤッキのキ〟と云いながら、一枚ずつパッと出して見せ会い、勝った方がそのカードを貰って、自分のカードの中に加えて、次々と出し合い、取り合いを続けるのである。ライオンは一番強いが、狐だけには負ける。象はライオン以外の動物には勝が犬に負ける。熊はライオン、象には負けるが他の動物には勝つ。犬は狐と象に勝つ。狐はライオンに勝つ以外には全て負ける。と云う様なゲームで、あらかじめたくさんのカードを積み重ねて左手の平の中に持って、一枚ずつ上から出し合っていくやり方と、相手の顔を見ながら、相手の手を予想して、自分のカードの中から一枚選んで出して勝負すると云うやり方があった様に思う。余りカードゲームなんかに強くなかった私であったが、この　トンヤッキ　だけは強かったらしくどんどん数が増えて、いつもポケットにも家にもたくさんあった様に思う。

これらのカードは大きな三十、四十センチくらいの紙に印刷された形で売られており、これを買って来てハサミで切って一枚ずつのカードにした。同じ動物でも、出所によって絵が色々異なっており、中にはとても美しいもの、下の方に英語の単語が書いてあったものもあった様に思う。兎も角、私はこのトンヤッキが好きであったのである。

所が、大阪に来て、色んな地方からの出身者に会って、これを尋ねたが、この　トンヤッキ　なるカードを知っている人は誰もいなかった。まさか、これが出雲地方だけのゲームとは思われないのであるが。

それにしても、そもそも、トンヤッキ　なる言葉自身が変である。子供の頃には何も変とは感じなかったが、大阪に来てから考えてみるとなんだか変である。単なる掛け声に過ぎないだろうが、その起源が想像できないのである。そのうち、トンヤッキ　は　ヤッキ、ヤッキッキ　と関係しているのではないかと思う様になってきた。それでも、他の地方の人は　ヤッキッキ　そのものが全く奇異に感じられ、何の事か分からないだろう。

ヤッキッキ　と云うのは、出雲地方で、ジャンケンポン　に当たる言葉である。大阪では　インジャンホイ　とも云う様であるが、全国的にはジャンケンポンの様である。ジャンケンポンすると云うのをヤッキすると云っていた様に思う。このヤッキッキ　もずっと気になっていて、もしかすると　中国か、韓国でジャンケンポンに当たるものとして使っているものでないかと云う気もして、中国や、韓国、インドネシアなど色んな国々からの留学生に聞いてみるが、未だ、何処が、何が　ヤッキ、ヤッキッキ　の起源か分からない。誰か知っている人があれば教えて欲しいと思っている。

二十二 手紙

いつも見慣れた光景なので何とも思っていなかったが、ふと気が付いて見ると、ずらりと並んだ研究室の学生さんの殆ど全員の机の上にパソコン（パーソナルコンピュタ）が乗っている。もともと部屋が狭いし、人数も多いので、小さな机しか与えられていないから、パソコンに場所をとられて読み書きするスペースが余りなさそうである。

昭和から平成に変わる頃はパソコンを毛嫌いする学生が必ず何人かいたものであるが、平成も六年ともなるとそんな学生は殆どおらず、皆んなが上手に使いこなしている。文章はもちろん、データ整理や図面作成までも全てこれでやっている。だから、課題を出してレポートなんかを提出させると凄く綺麗に出来上がっているが、中味が殆ど同じだったり、毎年同じ課題であったりっすると、先輩と同じレポートだったりする事がある。要するに、名前の所だけ入力し直して、労せずに見かけ上自分のものにすり替えている者も中にはいる様である。もっとも、読む側からはすぐにその事に気が付くので、殆ど同文のレポートのものはそれなりに厳しく採点する事になる。時たま、自筆のものにお目にかかると、この学生パソコン使えないのか、と思ったりもするが、逆に人間らしくて少し嬉しくなる事もある。案外、教官の心理を読んだ凄い学生なのかも知れない。

こんな事があって数日後、私の研究室を訪問した外国の教授二人を連れて淡路の〝味安〟で焼き肉をいただいた日、高山さんとおっしゃる奥さんがワカメスープを出しながらおっしゃった。この店は味がいいし、値も安いので外人さんを食事に招待する時、しばしば利用させて貰っている。店構えは決して良いとは云えないが、外人さんの評判が結構いいからである。

「父が亡くなった後、母が気を落として寂しそうにしていましたので、お世話になった淀川キリスト教病院の方々に〝手紙を出してやって下さいませんか〟ってお願いしましたの。そうしたら数日後、母がとっても喜んで電話をかけてきました。〝嬉しい〟と云って。それから、〝あなた色々気を使って貰って〟と云うんです。私せっかちだからまた失敗して、私がお願いした事が母に全部わかってしまったみたいです。みんなお見通し。だって、先生、突然いっぺんに四通も手紙が届いたらびっくりしますでしょう。偶然なんて事考えられませんもの。私が少し日をずらしてお願いすれば良かったんです。それでも本当に母が喜んでくれて嬉しかったです。」

「どなたにお願いされたんですか。」

「副院長だった、柏木先生、今先生と同じ阪大に移られましたよ。それから梶田婦長さん、荻原さん、荻原さんと結婚した定本さんそれからもう一人の先生、直接お父さんがお世話になった先生。一度喧嘩しましたけど、後、本当によくやってくださったんです。ここまでお名前でてますけど、思い出せません。申し訳ないですけど、お顔は思い出してますけどお名前を一寸ど忘れしています。すぐに思い出します。柏木先生はホスピスの偉い先生ですでしょう。時々〝お元気にされてますか〟

と云うお手紙をいただいていた見たいです。それまではワープロで打たれたものだったらしいですけど、その時は自筆の便りだったから余計に感激したみたいです。先生、家庭にいると女性にはダイレクトメールや請求書を除くと手紙が来る事は少ないです。まして、年老いてくるとますます減ってきますでしょう。なんだか、社会から忘れられて行くみたいだし、寂しいものだと思いますよ。ですから、自筆の手紙と云うのは本当にいいものだと思いますよ。」

こんな話を聞いてハッとっした。〝私はどうなんだ〟田舎の母に兄弟姉妹に、親戚の叔父さん、叔母さんに、友人に手紙を書いているんだろうか。殆ど書いていないんではないか。〝何でも電話で話したら済む〟と思い込んでいる。直接声を聞くと云う事もすごくうれしい事だろうが、肉筆の手紙はもっと暖かいものに違いない。大学に入って初めて親元を離れて下宿した時も、母からの手紙が届いているととても嬉しかった思いがある。

「仲良しの杉山さんは、何かあった後すぐに手紙を送ってくださいます」と達筆で書かれたはがきを取り出してチラッと見せて下さった。大いに反省させられていただくワカメスープは、いつもとはまた別のさわやかな味がする。

所で、机の上のパソコンを使ってる学生さん達は手紙を自筆で書く機会があるだろうか。そもそも、手紙を書く事が年に何回あるのだろうか。手紙を書く機会を強引にでも作ってやったがいいのじゃなかろうかと、つい余計な心配をしてしまう私であるが、案外、卒業論文を書くのが、文章を書きなれると云う意味でも大いに役立っているのかも知れない。

所で、皆んなの机の上のパソコンは学校から貸し与えられたものではなく、学生さん達が自分の小遣いで買ったものである。そんな予算の余裕が大学に充分に無いのである。研究用の装置と材料を買うと、たちまち研究費は底をついてしまう。それじゃ、学生さんはそんなに金持ちかと云うと、そうでもない。その証拠は学生食堂での昼食時の学生さん同士の会話からもわかる。

吉田君か不破君が嬉しそうに目を輝かせて云った。

「小林、今日はいいのを食べてるじゃないか。彼との約束破ったんか、彼が知ったら怒るんじゃないか」

そんなにいいものを食べているわけではない。三百円程度の定食である。すぐに野次馬の私が口を出す。

「なに約束しているの」

「はい。毎日、昼はうどん一杯にしようと彼と約束したんです。もう一週間目くらいですけど。一日の食費全部でいくら、いくらにしようと約束しました。一人でやると守れんので二人でやってるんです」

納得、後で彼に弁解するつもりの様である。〝吉野先生が一緒だったんで、つい先生にあわせてしまったよ。すまん〟すると、彼が云いそうである。〝何だ、吉野先生おごってくれなかったの〟彼とは吉本君では他の学生さんが云っていたが真偽のほどはわからない。小林君は剣道四段、あまり節食してがりがりになって欲しくないものである。喫茶店のモーニングコーヒーでいつも〝モーニングは卵とパン抜いて下さい〟と云っていたが、これからは普通通り注文してパンと卵を学校に持って来ようと、みみちい事を思う私であるが、卵とパンを抜いたモーニングとはサラダだけである。

尚、小林君の机の上には立派なパソコンがデンと座っている。

二十三　歯痛　パート一

おかしなもので、どっかが具合が悪かったり痛かったりすると、普段はその存在を忘れているのに、体の中でそれが極めて重要なものであると云う気がしてくる。胃が痛い時は、胃がお腹の真中にどんな形であるかが分かって、治ったら今度こそは胃を大事にしよう、と思ったりするのは私だけではあるまい。殆どの人がそうである筈である。

阪神大震災から十日程たった頃から、左の上の奥歯がもの凄く痛くなった。確か、二〜三年前抜いて貰った歯の隣の歯である。だから、歯の事が常に頭から離れず、ついおかしな事を考え出してしまう。

考えてみると、歯と云うのは妙なものである。柔らかくて何にもなかった赤ちゃんの口の中に、ニョキニョキと恐らく体の中で一番、骨よりも堅いと思われる歯が生えてくる。それに、小学生の頃、一度抜けてその後にもう一度生えて来る。その二度目のが抜けるともう生えて来ない。

　生えてくると云ってしまったが、出来てくる、と云うのがいいのかも知れない。生えてくると云うのは、丁度、地下茎の途中から竹の子が生えてきて竹になるのと似た様子を思い浮かべるからであるが、比較的簡単に抜けると云う事は、必ずしも顎の骨から連続的に繋がって、一体のものとして頑丈な形で成長してきているのではなかろう。それに、顎と完全に一体のものだったら、堅いものを嚙んだ時など顎に大きな衝撃がかかって痛くてたまらんだろうし、顎の骨が長持ちする筈がない。だから、多分、嚙んだ時の衝撃を逃がす様に、顎の骨とは意外に弱く、細く繋がって、途中に一種のバッファー、緩衝部分となって衝撃を吸収する組織が出来上がっている可能性があろう。とすると、抜くのも比較的容易な筈である。そうでないと、いかに弱っているといえ、ヤットコの様なもので容易に抜けるわけがない。歯医者さんには〝容易じゃない〟と云われそうであるが。

　柔らかいものから堅いものが出来る例としては貝殻がある。貝の中身は柔らかいが、そのどっかで海水中から吸収したカルシウムから作くった物質を分泌して貝殻を作っていると思われる。同じ様に考えると、単純に堅い顎の骨からもっと堅い歯が直接伸びてくるのでなく、顎の骨の表面近くで、何か小さな柔らかい細胞が何かを分泌するか或いはその細胞自身が堅いものに変化しながら成長している可能性も考えられる。勿論、一つの細胞が堅いものに変わってしまってそれでおしまいなら歯が成長するわけがないから、堅いものに変わりながら、同時に次々と堅いものに変り得る新しい細胞が出来ているかも知れない。

こんな風に想像してみると、歯と顎の骨はまるで大きな木に別の木が寄生している様に見る事も出来そうである。寄生した新しい木（歯）の根が、跨（またが）る様な型で親の木（顎の骨）の上に成長している姿が思い浮かぶ。そう考えてみると、抜いて貰った歯の根本の所は、なんとなく跨ぐのに都合の良い様に、いくつかに割れている。こんな妄想を始めると、後は仮定の上に仮定をたてて好き勝手な結論を持ってくる私の悪い癖が出てしまう。

もし、何か細胞が骨の発生に関係しているとすれば、その細胞を培養しておけば良い。子供の時しかその細胞が存在しないものなら、各人、子供の時に歯医者さんでその細胞を一部とって貰い、それを培養して増やして保存しておいて貰う。これをやがて成人して或いは老人となってから歯を失った時に、もう一度歯ぐきの所に埋め込んでやれば、また何度でも歯が生えてくる事になる。もっとも、歯の形は皆んな違うから、全部の歯の原細胞が必要となる。恐らく永久歯が生えてくる時の細胞がいいだろう、大きさの事を考えると。

変な心配も出てくる。もし、歯の原細胞を本来それがあるべき所と別の所へ埋め込んだら、植えてしまったらどうなるのだろう。本来、平たい前歯の生えるべき所に奥歯の様な形の歯が生えるだろうか。もし、うっかり人の歯の原細胞を埋め込んでしまったら、他人の歯に似たものが出来るのだろうか、自分の歯に似たものになるだろうか。もし他人の歯に似るんだったら、丈夫な歯の人の原細胞を貰って植えたらいいかも知れない。

全く別の考え方も出来るかも知れない。そもそも、なんで一度だけ生え変わるのだろう。なんで二度、三度生え変われないのだろう。生え変わる時は何がきっかけなのだろう。何かの刺激だろうか、何かホルモンか何かが出るのだろうか。よく研究してみると、電気的な刺激か、機械的な刺激か、化学的な刺激か、何かのホルモンの注入で何度でも生えてくる様にする事が出来る様になるかも知れない。

ここまできた妄想、奇想、暴想の結論は自明である。歯は何度でも再生できる筈であり、歯ぐきも同じく再生可能。兎も角、二十一世紀の中頃の歯科治療はこんな具合に大きく変わっているかも知れない。しかし残念ながら、どう考えても私には間に合いそうにもない。まあ、当分は歯学部の和田健君のお世話にならねばならぬだろう。そのためにも、少なくとも私より長生きしてもらわねばならんだろう。八十歳か九十歳を越えて、目も大分悪くなって手も震え始めている和田君の治療台に心配そうに上がる私を見て、彼が云いそうである。

「吉野君心配いらんで、大体、長年の経験でカンでできるんや」

もっと心配そうにしている、諦めの悪い私の姿が見える。

二十四　歯痛　パート二

例年一、二月は、平常業務の他に卒業と入学に関連する仕事が入ってくるので、大学に勤務する者にとっては大忙しである。この平成七年は阪神大震災が突然襲ったものだから、震源地から余り遠くないため激しい揺れに見まわれた私達の阪大吹田キャンパスも、結構痛手を受けたのである。

窓ガラスが割れ、壁や柱にひびが入ったり、部屋の中では実験装置やロッカーやファイリングキャビネット、本箱がひっくり返ったり、足が折れたり、コンピュータが転がったりでかなりの混乱が起こった。その上、学生や教官職員の中には阪神地区から通っているものも多く、本人や家族が亡くなったり、怪我をしたり、家が倒壊したり半壊したり、瓦が落ちたりして大変な被害を被った者も多く、しばらくまともな教育、研究ができなくなってしまった。

意外な事に兵庫県だけでなく、大阪でも大学からの至近距離にある豊中、池田、箕面、大阪市内の一部では犠牲者や、家の全、半壊がかなりあったのである。恐らくこれらの地域では震度六を越えている所もあろうし、阪大のキャンパスあたりでも五を越えていた筈である。どうも、震度と云うのは比較的小さい数字であるので、聞いただけで地震の程度がわかった様な気になるが、実際には曖昧で、時には誤解を招いてしまっている様な気もする。やがては、もっと客観的な、しかも物理的に評価できて、分り易い表現法に変わるだろう。少くとも5(縦)4(横)12(秒)の様に所で、まともな教育・研究ができなくなったと云っても、別に、教官が暇になったわけでなく、むしろ、少し時間がたつと逆に例年以上に業務が集中し忙しくなってしまった。だから、週末になるとすっかり疲れてしまうのである。おかしなもので、こうして疲労がたまってきた土、日曜日なると歯が痛みだしてくる。奥歯が痛むのであるが、どうやら痛みだすきっかけに疲労も関係がある様である。例の歯周病と云うのかも知れない。

今回の痛みは、のべつまくなくズキンズキンとうずく様な痛みが続いているのはでなく、痛かったり、痛くなかったりの繰り返しである。じっと変化を観察していてひとつ気のついたのは、少し甘い物を食べた時、すぐにしみる様な刺す様な痛みが走り、それをきっかけに強い痛みが当分続く事である。所が、これを辛抱していると、そのうち、何かの拍子に痛みが治まっている事に気付く。日曜日はどうしようもないが、月曜日か火曜日には和田先生の所へ行って治して貰おうと、保険証をカバンに入れて、兎角、休みの間は辛抱する事にする。

何しろ私には強い味方がいる。松江高校で同級だった和田健君が阪大歯学部病院の教授なのである。もう一人、大阪歯科大学の永目誠吾助教授とは共同研究もしている。たのめば見て貰えるかも知れない。どうも、考えて見ると歯痛と云うのは特別の様である。そもそも小さなものでありながら、人間の体の中で歯が極端に堅い。しかも、体には色んな部分があるのに、歯に関してだけは特別に歯科大学や歯学部がある。他はひっくるめて医大であり医学部であり、目学部や心臓学部、脳大学などと云うのを聞いたためしがない。歯が特別な立場にあると云う事は、また、たくさんの人が歯に関連する事で苦しんでいると云う事である。

食べ物を噛み砕いたり噛み切ったりするために、歯は極めて堅ろうな物質から出来ているわけであるが、もし神経が変な所にあれば、噛んだ時の強い圧力による痛みで食事なんか出来ない事になる。だから、歯の神経は強い力がかかっても大丈夫な所に納まっているにきまっている。一番大丈夫な所は堅い歯の中、中心部の筈である。

いっその事、歯に神経なんかもともと無い方がいいんじゃないか、と云う考え方もあるかも知れないが、それはだめである。と云うのは、赤ちゃんの柔らかい口の中にだんだん堅い歯が生えてくると云う事は、その様な成長を司る所がなければいけない、と云う事で、そんな重要な所には、色んな働きをする要素になる部分と共に当然色んな情報をやりとりする神経が不可欠の筈である。歯が成長し終わってからも、歯のある部分は少しずつ入れ換わっているのかも知れない。骨だって常に新しいものとどんどん入れ換わっていると云うから、歯だって似た状況であっておかしくない。だから、歯になにか異変が起こると、例えば歯にひびが入ったり、一部が壊れたり、抜けかけたりすると、当然その情報は神経に伝わる様になっている筈である。

所が、歯の痛いあたりの歯ぐきを見ると、大分赤く腫れ上がっている様に見える。赤く腫れ上がっていると云う事は、何かを分泌している、或いは血流などがおかしくなっていると云う事であろう。案外、痛いから腫れていると云うのではなく、腫れているから痛いのかも知れない。分泌されて溜まった液体や物質が、或いはその結果の腫れた組織が、直接または間接的に、神経に刺激を与えて強烈な痛みとなるのかも知れない。即ち、これが痛みの一因かも知れない。

疲れて肩が凝る様な状態となると全身の血流が悪くなり、その一部として歯の中の或いは歯茎の血流も悪くなっているのかも知れない。これは疲れによって血管の収縮の具合が変わったためもあるかも知れないが、もしかすると血液の粘度が上がったためかも知れない。甘いものを食べたのがきっかけとなって痛みが始まるのは、もしかして甘い濃い液体と組織細胞或いは血管等の間でいわゆる浸透圧の差があるために一方から液体成分がしみ出しているためかも知れない。また、赤い所が少し熱っぽい事からすると、そこで細菌や毒に対して強烈な生体の防衛反応が起きており、そのために何かが大量に出ているのかも知れない。それも痛みの一因かも知れない。

もっとも、以上の話しは単なる〝風が吹けば桶屋が儲かる〟式の推論とも云えない暴論であり、もともと私など専門外であるから信じる必要もないし、保証の限りでない。責任を負うつもりは毛頭ない。もし、暴論の中に少しでも妥当な所があるとすれば、歯痛に対して虫歯はあくまで間接的な要因であって直接では無い、虫歯菌が神経に嚙みついているわけではないと云う事になり、持論の拡大された慣性の法則にすべてが従うとすると、ストレスが血流に影響を与える筈と云う事からしても、ストレスがまた歯痛の原因になると云う事になる。

あらためてこの一、二週間の間に何か強烈なストレスになる原因がなかったか考えて見るが、なかなか思い当たらない。ただ、〆切の大幅に過ぎた依頼原稿が残っている。これかも知れない。今書いている様なこんなメモはいくらでもすぐに書けるが、テーマを決められると途端に手が動かなくなってしまう。誠に不思議である。もともと私がストレス、拘束に弱い人間なのかも知れない。

何と、よせばいいのに、こんな事を思ったついでにもっと何かなかったかとよくよく考えていると、ふと、全く手を着けていないもう一つの依頼原稿がある事を思い出してしまった。来週、もう一本、歯が痛みだす様な気がしてきてしまった。

追記

翌週の中頃、忙しい和田健教授の予定の中に隙間を作って貰って、視て貰う事が出来た。一目視るなり云った。

「こら、君、歯が浮いてるじゃない」

歯を一寸たたいたりしながら、もっとよく視て一言。

「やっぱり歯が浮いている。歯がぐらついているだけだから心配ない。あんまり一所懸命仕事やりすぎるなよ。まあ、そう云っても君の事だから無理だろうけど」

私をよく知る和田君である。〝自分で勝手に忙しくしてストレスをかけるな〟と云う事だろう。これで一安心である。

「薬出しておくけど、イソジンで消毒だけしとこうか」

赤いイソジンガーグルを何かの先に一寸つけて、痛む歯ぐきの周りに塗って貰えた様である。

気が付いて見ると、上から館村助教授と、数人の大学院生さん、女医さん、女性職員さんらが覗き込んでくれている。いつもお世話になっているのに、こんな所まで気を使って貰って申し訳ない限りである。お蔭で椅子から降りる頃には、何か、痛みが大分とれた様な気がした。

イソジンガーグルはどうも色からするとヨード系の液体の様であるが、まことに用途が広く万能の様である。和田君に云わせると手術の時両腕を消毒したり、風邪の時うがいをしたり、色々の所で使われている様で、外国へ行く時も一本持って行ったらいい、と教えて貰った。

「寝る前に、イソジンを少し薄めて、痛むあたりにグチュグチュとやったら大分いいと思うよ」

持つべきものはやっぱり友人。有難い限りである。

所で、私は余り大きな声では云えないが、変な信念を持っている。それはチューインガムや仁丹であり、いつもポケットに少しだけひそませている。口から喉にかけてのトラブルにはチューインガムを噛んだり仁丹をなめたらいいと云う話しなのである。風邪の引き始めや、人混みの中に出る時、喘息気味の人にはいい筈であるし、特にチューインガムは歯や歯茎の痛い時にもいい、と云う話しである。

チューインガムを噛む事で唾液が出るが、これが喉のあたりや口内を洗ったり、消毒したりするのに役立っているのかも知れない。チューインガムが虫歯菌も捕捉するかも知れないし、虫歯菌が巣くっている歯垢なんかも取り除き、それに噛む事による反復刺激が血行も促すだろうと思っているのである。

それにしても殆どのチューインガムは少し甘すぎる。その甘味で逆に歯に痛みが来る事もある。恐らくチューインガムは体にいいと思われるから、ぜひ全く或いは殆ど糖分の無いチューインガムを安く売り出して欲しいものである。

ついでに、むしろチューインガムの中に何か歯にとって有効で無毒の物質を混ぜておいたらいいかも知れない。虫歯菌を殺す可能性のある酸化チタンや、カルシウム源、たとえば魚の骨、或は、フッ素系のものがいいと聞くから歯をコートして保護するもの、歯が成長を始める時に主体となっている物質などを安全性を確認した上で混ぜておけば面白い。歯痛用チューインガム、健歯ガムなど、何でもいいから適当に名づけて売り出して貰えば有難い。もっとも、私自身はチューインガム会社の宣伝マンでも、関係がある人間でも何でもない事を断っておかねばならないが。

歯に関連してもう一つ私は変な確信を持っている。何かの拍子、固くなった米粒や、小さな石や金属片等をうっかり強く噛んだ時、歯が割れる事があるが、普通こんな時、歯医者さんではすぐに抜歯されてしまう。私の確信とは、この時、軽い虫歯程度でまだ丈夫な歯だったなら、接着か或いは縛って固定するなどの方法で元通りにする事が可能な筈であると云う事である。しばらくきっちり合わせて固定しておくと、やがて一体化してしまいそうな気がするのである。もし歯が単なる無機質の固まりであるのなら、逆に強力な接着剤で強く接着出来る筈である。歯が割れて強烈に痛くてしみるので歯医者さんにとんでいった時、私の口の中をのぞき込んでる歯医者さんとこんな会話をした事を何度か覚えている。

「特に何ともないじゃないですか。丈夫な歯だし。まだしっかりしてますよ」

「いえ、痛いんです。水を含んだらすぐ凍みますから、割れてると思います。固いもの噛んだんで、バリッていいました」

「あっ、割れてますな。これはもう抜かないといけませんね」

すぐにヤットコの様な物を口に入れて抜き始める。

「固いな。しっかり付いてますよ。丈夫な歯だったんですな」

〝何か他に方法がないんですか、丈夫な歯だったなら〟と思わず云いたくなるのである、口には出さないが。

歯学部が吹田キャンパスに移転してきて以来、和田君と彼のスタッフの方々にはいつもお世話になってばかりで申し訳なく、何か協力でもしなければ気がすまない。

確か、彼が以前に、〝口腔内に歯の補修や顎の骨に埋め込むため色んな金属を使う様になったが、それが原因で新たな問題が生ずる事もある〟と云っていた。これなんか私も協力できるテーマである様な気がする。口の中には唾液があるし、これには電気が流れる筈だから電解液となる。従って、もし二種類以上の金属が入っていれば、電池作用、ある種の電気化学的な反応が起こって、これが色んなトラブルの原因になる可能性がある。金属の種類と唾液の成分、イオン濃度、金属間の距離、骨や皮膚との相対距離によって色んな事が起こる可能性があり、多少は私でも研究出来るだろう。でもそんな事を云うと、彼から云われそうである。

「そんな事まで受けて立つから、ストレスがたまって肩が凝って歯が痛むんや。かまわんかまわん、君はおいしくお酒を飲んでいてくれ」

こう云ってくれる彼はやっぱり最良の友である。

二十五　柿

阪神大震災の後、タクシーに乗ると必ず運転手さんに問いかける事にしている。

「この間の大地震の時どうされてましたですか。凄かったですね。うちの家なんか分解するかと思いましたよ」

震源地或いは震源地から至近距離にいて致命的な目に遭いながら、何とか生き延びられた方々の話しは新聞やテレビでしばしば見聞きする。所が、一寸だけ距離があって大きな被害は出なかったけれど震度五から六の強烈な揺れで恐怖にかられた人の数はもの凄く多い筈であるが、案外そんな人の話は余りたくさんは聞かない。その瞬間、眠っていた人もいたであろうが、もう起きて仕事を始めていた人も、始めるため出かけ様としていた人もある筈である。また、いた場所も様々に違い、中には食事中の人も、トイレにいた人も、案外、シャワーを浴びていた人もいるかも知れない。こんな色んな場所と情況にあった人が、それぞれどんな風に感じ行動したかを知りたいと思ったからである、運転手さんに問いかけるのは。

北千里駅前から乗った吹田交通のタクシーの運転手さんの名札には田中さんとある。何度も乗せてもらって顔を憶えているから声もかけ易い。

「もの凄かったですね。もうあの時は起きてましたが、すごい地震でしたね。それでも私あんな経験は二度目なんですよ。最初は子供の頃鳥取の大地震にあいましてね。あの時もすごい揺れでしたよ。今度より大きかったんじゃないですかな。だから、今度のは揺れがひどかったですけど、家は大丈夫倒れないと思いましたね。」

「鳥取のご出身ですか、市内ですの」

「いいえ、鳥取から少し山手に入った智頭から二つ目の駅あたりになります。この間、第三セクターとかで智頭急行と云うのが出来ましたでしょう」

「あれ何年ですかな。私、随分小さかったけど憶えてます。私の家、松江の近くなんですよ」

「そうですか、近くですね。確か昭和十八年じゃなかったですかね」

「あれ何時頃でした」

「確か夕方ですよ。晩めしの用意してる時間だったから、鳥取市内ではあちこちから火が出て大火災になりましたからね」

「何月でしたかな」

「秋の始め頃じゃなかったですかな。柿が青かったですから」

「友達とうちの縁側で遊んでたんですよ。そしたら凄い地震が来たでしょう。庭に飛び出して大きな柿の木に抱きつきましたよ、無意識のうちに。友達も一緒に抱きつきましたね。その時、凄い揺れだったんで柿の実がバラバラ落ちましたね。青い柿の実でしたよ」

「青い柿の実はしっかり付いているから、なかなか落ちるもんじゃないですよね」

「そうですよ。それが皆んな落ちましたからね。はっきり憶えてます」

こんな話しをしているうちに、何しろ近い所だから、大学に着いてしまって、肝腎の阪神大地震の話しを聞きそびれてしまった。青い柿とは緑の柿の事である。日本人は青と緑を区別する事なく、緑まで青と云ってしまう事が多い。これは緑の信号を青信号と云う事からもわかる。

兎も角、この会話で鳥取大地震が直下型の凄い地震であった事も分かったが、懐かしい田舎の情況も瞼に浮かんだ。

　どの家も縁側があって、そこは腰かけてお茶を飲む事も、何かを干す事も、友達と遊ぶ事もあった気の利いた空間であり、家の中から外の庭への繋ぎの空間でもあった。開放型の家を象徴する空間と云えるかも知れない。

　庭の先には大抵数本は大きな木が植わっていた。それが柿の木である事も多かった。私の家も同じ、柿の木もあったし、杏（あんず）の木、金柑（きんかん）の木、それに手入れが行き届いてはいなかったが紫陽花（あじさい）もあった。母、政子の実家、小川の家も同じ雰囲気だった事が記憶に残っている。だからだろうか、今でも柿も、杏も金柑も紫陽花も大好きである。紫陽花と一緒にカタツムリを思い出す事があるのは、紫陽花の花が見事なのが梅雨の頃だったからだろうか。優しかったハナおばあさんの姿が重なって思い出される。

　そう云えば、あの頃はワラぶき、茅（かや）ぶき屋根の家も結構あった。そんな家が倒壊した時やっぱり圧死するだろうか。火事の危険性は勿論高かろうが、圧死はずっと少なかった様な気がしてならない。最近、生活レベルが高くなり、住環境も良くなった様に見えていたが、本当に日本の国土にマッチした様に進歩してきたのだろうかと、ふと疑問に似た気持ちがよぎった。

　話が突然飛ぶが、こんな経験があるからだろう、今でも青木洸一の〝柿の木坂の家〟が大好きである。

略歴

吉野《よしの》 勝美《かつみ》

昭和十六年十二月十日　島根県生まれ
玉湯小学校、玉湯中学校、松江高等学校を経て、
昭和三十五年大阪大学工学部電気工学科入学、昭和三十九年同卒業
昭和四十一年大阪大学大学院修士課程修了、昭和四十四年同博士課程終了
昭和四十四年大阪大学工学部助手、
昭和四十七年同講師、
昭和五十三年同助教授、
昭和六十三年大阪大学工学部電子工学科教授、現在に至る。
その間昭和四十九年～五十年、ハーン・マイトナー原子核研究所客員研究員、
工学博士
昭和五十九年応用物理学会賞、平成二年大阪科学賞受賞、平成十年電気学会業績賞
日本液晶学会会長、電気学会元副会長

主な著書

「電子・光機能性高分子」（講談社）
「分子とエレクトロニクス」（産業図書）
「導電性高分子の基礎と応用」
（アイピーシー）
「高速液晶技術」（シーエムシー）
「自然・人間・放言備忘録」（信山社）
「雑学・雑談・独り言」（信山社）
「雑音・雑念・雑言録」（信山社）
「液晶とディスプレイ応用の基礎」
（コロナ社）
「吉人天相」（コロナ社）
「分子機能材料と素子開発」
（エヌティーエス）
「高分子エレクトロニクス」（コロナ社）
「過去・未来五十年」（コロナ社）
「電気電子材料」（電気学会）
「番外講義」（コロナ社）
「液体エレクトロニクス」（コロナ社）

ふるきをたずねてあたらしきをしる　五十年

発行日　平成12年10月10日　第1版　第1刷発行
著　者　吉野勝美
発行者　牛来辰巳
発行所　株式会社コロナ社
〒112-0011 東京都文京区千石4-46-10
振替　00140-8-14844
電話　(03)3941-3131(代)
印刷・製本　やまかつ(株)

ISBN 4-339-08283-X C1095 ¥952E